O elenco

O elenco
DANIELLE STEEL

Tradução
Sandra Martha Dolinsky

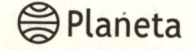

🌐 Planeta

Copyright © Danielle Steel, 2018
Copyright © Editora Planeta do Brasil, 2023
Copyright de tradução © Sandra Martha Dolinsky, 2023
Todos os direitos reservados.
Título original: *The Cast*

Preparação: Ligia Alves
Revisão: Bonie Santos e Tamiris Sene
Projeto gráfico e diagramação: Márcia Matos
Capa: Tom Hallman
Adaptação de capa: Renata Spolidoro
Imagem de capa: Tom Hallman

Dados Internacionais de Catalogação na Publicação (CIP)
Angélica Ilacqua CRB-8/7057

Steel, Danielle
  O elenco / Danielle Steel; tradução de Sandra Martha Dolinsky. - São Paulo: Planeta do Brasil, 2023.
  256 p.

ISBN 978-85-422-2458-0
Título original: The Cast

1. Ficção norte-americana I. Título II. Dolinsky, Sandra Martha

23-5817   CDD 813

Índice para catálogo sistemático:
1. Ficção norte-americana

Ao escolher este livro, você está apoiando o manejo responsável das florestas do mundo

2023
Todos os direitos desta edição reservados à
EDITORA PLANETA DO BRASIL LTDA.
Rua Bela Cintra, 986 – 4º andar
01415-002 – Consolação
São Paulo/SP
www.planetadelivros.com.br
faleconosco@editoraplaneta.com.br

Aos meus filhos maravilhosos e muito amados,
Beatie, Trevor, Todd, Nick, Samantha,
Victoria, Vanessa, Maxx e Zara.
Que a vida de vocês seja cheia de novas
aventuras, novos capítulos, novos começos,
com cada capítulo melhor que o anterior.
Que vocês deem força uns aos outros,
recordem os bons momentos e abracem a vida!
Amo vocês com todo o meu coração e alma.

Mamãe/DS

PREFÁCIO

Caro leitor.
Muitas séries de TV hoje em dia são tão divertidas e têm tantos fãs, que se viciam em suas favoritas, que me animei com a ideia de escrever sobre uma. Há muitas pessoas envolvidas na produção das séries, e alguns atores fantásticos.

Mas, como sempre, neste livro também existem temas e tramas subjacentes, como o desafio cada vez mais frequente que muitos pais enfrentam: o ninho vazio, quando os filhos aceitam empregos que adoram em outras cidades e vão morar longe dos pais. Hoje em dia, muitas vezes, quando os filhos "estão indo bem", isso significa que eles conseguiram um emprego que amam em outro lugar. Às vezes é solitário quando os filhos se mudam e não podem mais fazer coisas espontâneas com os pais. Você gostaria de morar mais perto dos seus filhos adultos, mas não mora, e as visitas são muito raras. E, para um pai ou mãe sozinha, é um grande desgosto ter filhos que vivem longe. Nós desejamos que eles sejam felizes, mas sentimos muito a falta deles. Seria errado segurá-los, então não o fazemos. Mas aí, nós, os pais, temos que enfrentar o desafio de preencher nosso tempo e ter uma vida plena, satisfatória e interessante, na cidade onde morávamos com nossos filhos e os víamos todos os dias, mas não os vemos mais. Para os pais é uma espécie de arte tirar o melhor proveito disso, e pode ser muito difícil.

De certa forma, o tema deste livro é a oportunidade de se reinventar, a qualquer idade. A heroína deste romance escreve para uma revista e tem uma carreira de sucesso. E, depois de um jantar casual ao qual comparece, surge a chance de escrever uma série de TV, que abre novas portas e lhe propicia experiências novas e maravilhosas, com as quais ela jamais sonhou. De repente o vazio deixado pelos filhos, que se mudaram para ter a própria vida e se dedicar à carreira (para San Francisco, Dallas e Londres, enquanto ela mora em Nova York), não é tão devastador, pois ela explora uma experiência profissional diferente e tudo que isso implica. Ela conhece pessoas fascinantes, faz amigos, descobre seu talento em uma área até então desconhecida e constrói uma vida totalmente nova para si mesma.

É uma oportunidade que muitos gostariam de ter, e, à medida que *O elenco* se desenrola, descobrimos os elementos empolgantes da arte de escrever e filmar uma série de TV de sucesso e todas as pessoas que fazem parte dela. Para mim parece bem divertido!

As portas para um mundo totalmente novo se abrem para as pessoas deste livro e para nós. Espero que você goste muito de *O elenco* e de todas as personagens interessantes retratadas nele. Divirta-se lendo; eu adorei escrever!

Com amor, Danielle

CAPÍTULO 1

Os sons da festa de Natal da empresa chegavam à sala de Kait Whittier pela porta parcialmente aberta. Ela não dava atenção, debruçada diante de seu computador, tentando terminar o último trabalho antes do recesso de Natal. Era sexta-feira à tarde, o Natal caía na segunda-feira e a redação da revista *Woman's Life* ficaria fechada até depois do Ano-Novo. Ela queria escrever sua coluna antes de sair e tinha muito a fazer antes que dois de seus filhos voltassem para casa, na manhã de domingo, para passar a véspera e o dia de Natal com ela.

Mas, por ora, todo o seu foco estava no que ela estava escrevendo. Era para a edição de março da revista, mas a época do ano não importava. Ela procurava falar de assuntos de interesse geral para as mulheres, como as questões difíceis que enfrentavam em casa, nas suas relações e no casamento, com os filhos ou no trabalho. A coluna que ela escrevia se chamava "Conte para Kait"; às vezes, nem ela mesma acreditava que a escrevia havia dezenove anos. Respondia a algumas cartas diretamente, sobre assuntos pessoais particularmente delicados, e incluía outras, de escopo mais amplo, na coluna.

Era frequentemente citada como especialista e convidada para participar de painéis sobre questões femininas, ou para aparecer em programas dos principais canais de TV. Formara-se em jornalismo e fizera mestrado na mesma área na Columbia. E alguns anos depois de começar a escrever a coluna, para ganhar mais credibilidade e conhecimento, tinha feito mestrado em psicologia na NYU, o que lhe fora muito útil. A coluna saía no começo da revista agora, e muitas pessoas compravam a *Woman's Life* principalmente para lê-la. O que originalmente era conhecido como "coluna das agonias" nas reuniões editoriais agora era um grande sucesso e tratado com dignidade e seriedade, assim como Kait. E o melhor de tudo era que ela adorava e achava gratificante o que fazia.

Nos últimos anos, ela acrescentara um blog a seu repertório, no qual incluía trechos de sua coluna. Tinha milhares de seguidores no Twitter e no Facebook e já pensara em escrever um livro de conselhos, mas ainda não o fizera. Tinha o cuidado de respeitar a linha tênue e não dar abertamente conselhos delicados que pudessem expor a revista a ações judiciais, ou ela mesma a acusações de praticar medicina sem ser formada. Suas respostas eram inteligentes, cuidadosamente pensadas, sensatas, sábias e cheias de bom senso – o tipo de conselho que se espera receber de uma mãe inteligente e preocupada, como ela era, em sua vida privada, para seus três filhos, já adultos. Eles eram bem novos quando ela começara a escrever na *Woman's Life* para ter uma porta de entrada para o mundo das revistas femininas.

O que ela realmente queria era trabalhar na *Harper's Bazaar* ou na *Vogue*, mas aceitara escrever a coluna de conselhos femininos como um quebra-galho, enquanto esperava que um cargo mais glamoroso surgisse em outro lugar. Mas descobrira seu nicho e seus próprios pontos fortes e se apaixonara pelo que fazia. Era perfeito, porque ela podia trabalhar de casa quando precisasse e ir ao escritório só para reuniões editoriais e para entregar suas colunas finalizadas. Quando seus filhos eram pequenos, o horário lhe dava muita liberdade para passar mais tempo com eles. E agora ela estava livre para ficar mais tempo no escritório, mesmo fazendo grande parte de seu trabalho por e-mail. Ela mesma enfrentara muitos dos problemas sobre os quais suas leitoras lhe escreviam. Tinha uma legião de fãs, e a revista logo percebera que tinha uma mina de ouro nas mãos. Kait podia fazer o que quisesse na *Woman's Life*; eles confiavam em seus instintos, que até então eram infalíveis.

Kaitlin Whittier provinha de uma família aristocrática tradicional de Nova York, mas era discreta a esse respeito e nunca usara esse fato para qualquer negociação. E sua educação fora suficientemente incomum para lhe dar uma perspectiva interessante da vida desde cedo. Ela não era alheia aos problemas familiares, ou aos reveses da natureza humana e às decepções e perigos dos quais nem o sangue azul poderia protegê-la. Tinha cinquenta e quatro anos e uma beleza impressionante. Cabelo ruivo, olhos verdes, e se vestia com simplicidade, mas tinha seu próprio estilo. Não tinha medo de expressar suas opiniões, por mais impopulares que fossem, e estava disposta a lutar por aquilo em que acreditava. Era uma pessoa ao mesmo tempo corajosa e tranquila, dedicada à sua carreira, porém apaixonada pelos filhos; despretensiosa, mas forte.

Em dezenove anos, ela sobrevivera às transições de vários regimes na revista. Mantinha o foco em sua coluna e nunca fazia joguinhos políticos. Sua atitude conquistara o respeito da direção; ela era única, assim como sua coluna. As colegas também adoravam lê-la; ficaram surpresas ao descobrir que muitos dos desafios que enfrentavam eram abordados ali. Havia uma qualidade universal no que Kait escrevia. Ela era fascinada por pessoas e seus relacionamentos, e falava sobre eles com eloquência, com um toque de humor de vez em quando, sem ofender suas leitoras.

— Ainda trabalhando? — perguntou Carmen Smith, enfiando a cabeça no vão da porta.

Ela era de origem hispânica, natural de Nova York, e havia sido uma modelo de sucesso até doze anos antes. Era casada com um fotógrafo britânico, por quem se apaixonara quando posara para ele.

Mas o casamento deles era turbulento, e haviam se separado várias vezes. Carmen era a editora de beleza da revista, alguns anos mais nova que Kait, e elas eram boas amigas no trabalho. Mas nunca se encontravam fora da revista, pois a vida de cada uma em casa era muito diferente da vida da outra. Carmen andava com gente mais ousada, artística.

— Grande novidade. Eu sabia que encontraria você aqui quando não a vi mergulhando no eggnog ou no ponche de rum com os outros.

— Não posso beber — disse Kait, sorrindo, sem erguer os olhos, enquanto conferia a pontuação da resposta que havia acabado de escrever para uma mulher de Iowa que sofria abuso emocional por parte do marido.

Ela também havia mandado uma resposta individual, pois não queria que a mulher esperasse três meses para ver suas preocupações abordadas na coluna. Aconselhara-a a consultar um advogado e um médico e a ser honesta com seus filhos adultos sobre o que o marido estava fazendo. Abuso sempre fora um tema sensível para Kait, que ela nunca deixava de levar a sério; e dessa vez não seria diferente.

— Desde aquele estimulador facial elétrico que você experimentou em mim, acho que estou perdendo neurônios — disse Kait. — Tive que parar de beber para compensar.

Carmen riu.

— É, eu sei. Em mim deu dor de cabeça. Tiraram do mercado mês passado, mas valeu a pena testar.

As duas haviam feito um pacto, dez anos antes, quando Carmen fizera quarenta anos, de nunca fazer cirurgia plástica; e o estavam cumprindo. Mas Kait acusava Carmen de trapacear porque aplicara injeções de botox.

— Se bem que você não precisa daquilo — prosseguiu Carmen. — Eu odiaria você se não fôssemos amigas. Eu é que não deveria precisar, já que tenho a pele morena. Mas estou começando a ficar parecida com meu avô, que está com noventa e sete anos, e você é a única ruiva que eu conheço com a pele clara e sem rugas, e nem usa hidratante. É revoltante. Venha, vamos lá com o pessoal nos acotovelar diante da tigela de ponche. Você termina a coluna mais tarde.

— Acabei de acabar — anunciou Kait, e enviou o texto por e-mail à editora-chefe.

Ela girou na cadeira para ficar de frente para a amiga.

— Tenho que comprar uma árvore de Natal hoje à noite; não tive tempo no fim de semana passado. E depois montar e decorar. As crianças chegam domingo, só tenho hoje à noite e amanhã para fazer a decoração e embrulhar os presentes. É por isso que eu não posso aproveitar a tigela de ponche.

— Quem vem?

— Tom e Steph — respondeu Kait.

Carmen não tinha filhos nem nunca quisera ter. Dizia que o marido se comportava como criança, e um era suficiente. Já para Kait, os filhos sempre foram de vital importância e tinham sido o centro de seu mundo quando eram mais novos.

O filho mais velho de Kait, Tom, era mais conservador que as duas irmãs, e seu objetivo, desde cedo, era uma carreira na área de negócios. Ele conhecera a esposa, Maribeth, na faculdade de administração em Wharton, e os dois se casaram novos. Ela era filha de um rei do fast food do Texas, um gênio financeiro que ganhara literalmente bilhões de dólares e era dono da maior rede de restaurantes de fast food do sul e do sudoeste. Tinha uma filha, mas sempre desejara um filho, e recebera Tommy de braços abertos e o pusera debaixo das asas. Colocara-o no negócio quando Tom e Maribeth se casaram, depois da pós-graduação. Ela era muito inteligente, trabalhava no marketing do império do pai e eles tinham duas filhas, de quatro e seis anos, que pareciam anjinhos. A mais nova tinha o cabelo ruivo do pai e da avó e era a mais extrovertida das duas. A mais velha se parecia com a mãe, uma loira bonita. E Kait quase nunca os via.

Tom e a esposa eram tão ativos e envolvidos na vida do pai de Maribeth que Tom só se encontrava com a mãe em Nova York para almoçar ou jantar quando estava na cidade a trabalho e em datas importantes. Ele fazia parte do mundo da esposa agora, mais que do de Kait. Mas estava feliz e fizera fortuna graças às oportunidades que o sogro lhe dera. Era difícil competir com isso, inclusive encontrar espaço para ela na vida dele agora. Kait aceitava essa situação com tranquilidade e ficava feliz por ele, mas sentia sua falta. Fora vê-los em Dallas várias vezes, mas sempre se sentia uma intrusa na vida agitada do casal. Além do trabalho no império de fast food, Tom e Maribeth desenvolviam atividades filantrópicas com as duas filhas e a comunidade, e ele viajava constantemente a trabalho. Ele amava a mãe, mas tinha pouco tempo para vê-la. Estava trilhando o caminho de seu sucesso, e ela tinha orgulho dele.

Candace, sua filha do meio, tinha vinte e nove anos e havia escolhido um caminho diferente. Possivelmente para chamar a atenção, ela sempre se sentira atraída por atividades de alto risco e perigo. Passara o primeiro ano da faculdade em Londres e nunca mais voltara. Arranjara um emprego na BBC e produzia documentários para eles. Tinha a mesma paixão da mãe por defender mulheres que lutam contra o abuso em suas culturas. Havia trabalhado em várias matérias no Oriente Médio e em países subdesenvolvidos do continente africano, e contraído uma porção de doenças, mas achava que os riscos de seu trabalho valiam a pena. Com frequência viajava para países devastados pela guerra, mas considerava crucial destacar as situações em que se encontravam as mulheres e estava disposta a arriscar a própria vida por elas. Havia sobrevivido a um atentado a bomba em um hotel e à queda de um avião pequeno na África, mas sempre voltava, querendo mais. Dizia que ficaria entediada trabalhando em um escritório ou morando em Nova York o tempo todo. Queria ser documentarista independente um dia. Até lá, seu trabalho era significativo e importante, e Kait também se orgulhava dela.

De todos os seus filhos, Candace era a mais próxima de Kait e a que mais tinha em comum com ela, mas as duas raramente se viam. E, para variar, Candace não ia voltar para casa no Natal; estava terminando uma missão na África. Ela não vinha fazia anos, e todos tinham muita saudade dela. Não havia nenhum homem importante em sua vida; ela dizia que não tinha tempo, o que parecia ser verdade. Kait esperava que um dia Candace encontrasse o certo. Ela era jovem e não havia pressa. Kait não se preocupava com isso, só com os lugares aonde a filha ia, que eram perigosos e muito difíceis. Mas nada assustava Candace.

E Stephanie, a caçula de Kait, era o gênio da computação da família. Estudara no MIT, fizera mestrado em ciência da computação em Stanford e se apaixonara por San Francisco. Arranjara um emprego no Google quando terminara o mestrado e conhecera o namorado lá. Tinha vinte e seis anos, estava realizada no Google e adorava sua vida na Califórnia. Os irmãos debochavam dela por ser nerd; Kait nunca vira duas pessoas que combinassem mais do que Stephanie e o namorado, Frank. Eles moravam em Mill Valley, no condado de Marin, em um chalezinho em ruínas, apesar do longo trajeto diário até o Google. Eram loucos um pelo outro e por seus empregos na alta tecnologia. Ela ia voltar para casa para passar o Natal com a mãe e, dois dias depois, ia se encontrar com Frank e a família dele em Montana, para passar uma semana com eles. Kait também não podia reclamar disso. Era óbvio que sua filha estava feliz, que tinha o que queria e que estava indo muito bem no trabalho. Stephanie também nunca mais voltaria para Nova York. Por que voltar? Ela tinha tudo o que queria e com que sempre sonhara lá onde estava.

Kait sempre os incentivara a ir atrás de seus sonhos, só não esperava que o fizessem com tanto sucesso e tão longe de casa, e plantassem suas raízes tão profundamente em outros lugares e em vidas diferentes. Nunca havia criado problemas por isso, mas sentia falta de ter os filhos por perto. No mundo atual, porém, de pessoas com mais mobilidade e menos ancoradas, os filhos acabam se afastando da família para se estabelecer na carreira. Ela respeitava seus filhos por isso e, para evitar pensar na ausência deles, se mantinha sempre ocupada. Muito ocupada. Isso tornava sua coluna ainda mais importante para ela. Kait preenchia sua vida com trabalho, era dedicada e amava o que fazia. Era feliz e via certa satisfação em saber que havia criado seus filhos para trabalhar duro a fim de alcançar seus objetivos. Todos haviam conquistado posições gratificantes e dois deles encontraram parceiros que amavam, que eram boas pessoas e os companheiros certos.

A própria Kait havia se casado duas vezes, a primeira logo após a faculdade, com o pai de seus filhos. Scott Lindsay era bonito, charmoso, divertido e jovem. Os dois se divertiram muito juntos, e levaram seis anos e três filhos para descobrir que não compartilhavam os mesmos valores e que tinham muito pouco em comum, exceto o fato de ambos proviram de famílias antigas e bem estabelecidas de Nova York. Scott era dono de um enorme fundo fiduciário e Kait finalmente percebera que ele não tinha a intenção de trabalhar – e nem precisava. Ele queria se divertir pelo resto da vida, mas Kait achava que todos deveriam trabalhar, independentemente das circunstâncias. Sua avó insubmissa havia lhe ensinado isso.

Ela e Scott se separaram logo após o nascimento de Stephanie, quando ele anunciou que queria viver uma experiência espiritual ao lado de monges budistas no Nepal durante um ano, que estava pensando em participar de uma expedição de escalada ao Everest depois disso e que achava que a Índia, com sua beleza mística, seria um ótimo lugar para criar os filhos, depois de suas aventuras.

Eles se divorciaram sem animosidade nem amargura depois de ele passar um ano fora. Scott concordou que era o melhor. Depois, viajou por quatro anos e era um estranho para os filhos quando voltou; então se mudou para o Pacífico Sul, onde se casou com uma bela taitiana e teve mais três filhos. Morreu após uma breve doença tropical, doze anos depois de se divorciar de Kait.

Ela havia mandado os filhos ao Taiti para visitá-lo, mas ele tinha muito pouco interesse por eles, e depois de algumas vezes as crianças não quiseram mais ir. Ele tinha seguido com a vida, fora simplesmente uma escolha ruim como marido. Tudo que era charmoso e sedutor nele na época da faculdade deixara de ser mais tarde, quando ela amadurecera e ele não. Scott nunca amadurecera, nem queria. Ela ficara triste pelos filhos quando ele morrera, mais do que eles mesmos. Ele havia passado tão pouco tempo com as crianças e demonstrado tão pouco interesse pelos filhos que eles não tinham quase nenhuma conexão com o pai. Os pais dele também morreram cedo e não tinham muito contato com os filhos antes disso. Assim, os filhos de Kait cresceram tendo a mãe como centro e único sistema de apoio na vida. Ela transmitira a eles seus valores, e os três admiravam o fato de a mãe trabalhar duro e, mesmo assim, estar sempre disponível para eles, mesmo depois de adultos. Nenhum deles precisava de ajuda; estavam bem encaminhados no rumo que escolheram, mas sabiam que podiam contar com ela se precisassem. Kait era assim, tinha clareza de que seus filhos eram prioridade desde o momento em que nasceram.

A segunda tentativa de casamento de Kait fora totalmente diferente, mas não mais bem-sucedida que a primeira. Só aos quarenta anos se casara de novo. Tom já havia entrado na faculdade e morava fora, e as duas filhas dela eram adolescentes. Ela conhecera Adrian ao começar um mestrado em psicologia na NYU. Ele era dez anos mais velho, estava concluindo o doutorado em história da arte e havia sido curador de um pequeno, mas respeitado, museu na Europa. Culto, realizado, fascinante, inteligente, ele abrira novos mundos para ela, e os dois viajaram a muitas cidades para visitar museus: Amsterdã, Florença, Paris, Berlim, Madri, Londres, Havana.

Em retrospecto, ela percebia que havia se casado com ele depressa demais. Tinha medo de enfrentar o ninho vazio dali a alguns anos e estava ansiosa para estabelecer uma nova vida própria. Adrian tinha planos infinitos que queria dividir com ela, nunca havia se casado e não tinha filhos. Parecia uma boa combinação, e era excitante estar com alguém que tinha uma vida cultural tão rica e um conhecimento tão extenso. Ele era muito reservado, mas gentil e caloroso com ela. Até que lhe explicara, um ano depois do casamento, que seu desejo de se casar com ela havia sido uma tentativa de ir contra sua natureza, e, apesar de suas boas intenções, havia se apaixonado por um homem mais jovem. Ele se desculpou muito com Kait e se mudou para Veneza com ele, onde viviam felizes havia treze anos. O casamento deles, obviamente, acabara em divórcio também.

Desde então, ela era comedida em relação a relacionamentos sérios e desconfiava de seu julgamento e das escolhas que havia feito. Sua vida era feliz e satisfatória. Ela via os filhos sempre que possível, quando eles tinham tempo. Seu trabalho era recompensador e ela tinha amigos. Quando completou cinquenta anos, quatro anos antes, ela se convencera de que não precisava de um homem em sua vida, e não saíra com mais ninguém desde então. Parecia mais simples assim. Não se arrependia do que poderia estar perdendo. Adrian, em particular, a pegara de surpresa; nada em seu comportamento em relação a ela sugeria que ele pudesse ser gay. Kait não queria cair em outra armadilha, nem cometer um erro. Não queria se decepcionar, ou talvez até encontrar algo pior. Embora fosse uma grande defensora dos relacionamentos em sua coluna, começava a achá-los complicados demais. Sempre dizia que era feliz sozinha, mas os amigos, como Carmen, tentavam convencê-la a buscar alguém novo; diziam que, com cinquenta e quatro anos, ela era jovem demais para desistir do amor. Kait sempre se assustava com sua idade. Não a sentia nem a aparentava, e tinha mais energia do que nunca. Os anos voavam. Ela era fascinada por novos projetos, pelas pessoas que conhecia e por seus filhos.

— Vem ou não encher a cara conosco? — perguntou Carmen à porta, impaciente. — Você queima o filme de todos nós trabalhando o tempo todo. É Natal, Kait!

Kait olhou para o relógio. Ainda precisava comprar a árvore, mas tinha meia hora sobrando para ficar com seus colegas e beber um pouco.

Ela seguiu com Carmen até o local onde estavam o eggnog e o ponche de rum. Tomou um gole do primeiro, que estava surpreendentemente forte. Quem o havia preparado pesara a mão. Carmen estava bebendo seu segundo quando Kait saiu, voltou para sua sala, olhou ao redor e pegou uma pasta grossa de sua mesa, contendo cartas que ela pretendia responder para a coluna e um rascunho de um artigo que aceitara escrever para o *The New York Times* sobre a existência ou não de discriminação contra as mulheres no trabalho, se isso era um mito e uma relíquia do passado. Não era, na opinião dela; só era mais sutil que antes e dependia da área. Estava ansiosa para terminar. Ela colocou a pasta em uma sacola que Stephanie lhe havia dado – com o logotipo do Google –, passou discretamente pelos colegas que se divertiam e, depois de acenar para Carmen, entrou no elevador. Seu recesso de Natal estava começando, e ela tinha que decorar seu apartamento para os filhos, que chegariam em dois dias.

Pretendia assar o peru na véspera de Natal, como sempre fazia, e providenciaria todas as comidas favoritas deles. Havia encomendado um bolo de Natal na padaria e já comprara o pudim em uma mercearia britânica de que gostava. Tinha gim Bombay Sapphire para

Tom, um excelente vinho para todos eles, pratos vegetarianos para Stephanie e as guloseimas e os cereais matinais certos, em tons pastel, para as netas. E ainda precisava embrulhar todos os presentes. Seriam dois dias agitados até eles chegarem. Pensando nisso, ela sorriu enquanto entrava em um táxi para ir até a loja de árvores de Natal, que ficava perto de seu apartamento. Tudo já estava com um ar natalino, especialmente porque começara a nevar.

☆ ☆ ☆

Kait encontrou uma árvore bonita, que parecia ter a altura certa para o teto dela, e lhe prometeram entregar mais tarde, quando a loja fechasse. Ela também escolhera uma guirlanda para a porta e uns galhos que poderia usar para decorar a lareira da sala. Já tinha o pé de que precisava para a árvore, a decoração e as luzes. A neve grudava em seu cabelo e em seus cílios ruivos enquanto ela escolhia a árvore e depois, quando percorreu a pé os quatro quarteirões até seu apartamento. As pessoas estavam festivas, felizes, pois só faltavam dois dias para a véspera de Natal.

Já em casa, depois de tirar o casaco, começou a abrir as caixas de enfeites que usava havia anos, desde a infância, e que seus filhos ainda adoravam. Alguns estavam meio cansados e amarfanhados, mas eram os preferidos deles, e, se ela não os colocasse na árvore, eles notariam e reclamariam. As lembranças dos primeiros anos de vida eram importantes para eles. Havia sido um tempo cheio de amor e carinho.

Ela morava no mesmo apartamento que tinha quando eles eram crianças. Era de um tamanho generoso para Nova York e perfeito para eles quando ela o comprara, vinte anos antes. Tinha dois quartos de tamanho razoável, um dos quais era dela, uma sala de estar e uma sala de jantar, uma grande cozinha rústica onde todos se reuniam e, como era um prédio antigo, três aposentos de empregados no fundo, que haviam sido reformados e eram os quartos de seus filhos quando eram pequenos. O segundo quarto ao lado do dela Kait usava como quarto de hóspedes agora, quando necessário, e como escritório para si mesma. Havia sido o quarto de brinquedos das crianças quando eram pequenas.

Kait pretendia deixar seu quarto para Tom e a esposa durante a breve visita. Stephanie ficaria com o quarto de hóspedes/escritório. As duas filhas de Tom ficariam em um dos antigos quartos que haviam sido do pai e das tias, e Kait dormiria no quarto que havia sido de Candace, já que ela não estaria. Não havia se mudado para um apartamento menor porque adorava ter espaço para receber seus filhos e netas. Eles não iam todos ao mesmo tempo havia vários anos, mas poderiam ir um dia. E, depois de vinte anos, ela adorava o apartamento, era seu lar. Uma diarista ia duas vezes por semana, e no resto do tempo ela cuidava de tudo e cozinhava, ou comprava alguma coisa no caminho para casa.

Com o salário que ganhava na *Woman's Life* e o dinheiro que sua avó havia deixado para ela, Kait poderia ter uma vida um pouco mais luxuosa, mas optara por não ter. Não queria mais do que tinha e nunca gostara de ostentar. Sua avó lhe ensinara o valor do dinheiro, o que ele pode fazer, o quanto é efêmero, e a importância do trabalho duro. Constance Whittier fora uma mulher notável, que ensinara a Kait tudo o que ela sabia sobre a vida e os ideais pelos quais ela ainda vivia e, por sua vez, demonstrara aos filhos. Mas a própria Constance havia tido menos sucesso com os próprios filhos, ou talvez não tivesse tido tanta sorte. Havia salvado a família de um desastre mais de oitenta anos antes e fora uma lenda em seu tempo, dando a todos um exemplo de desenvoltura, coragem e inteligência nos negócios. Sempre fora o único modelo de Kait.

De uma ilustre família aristocrática, Constance vira sua própria família e os Whittier – a família de seu marido – perderem toda a fortuna ao mesmo tempo na Crise de 1929. Eles eram jovens, casados e tinham quatro filhos pequenos na época, um deles um bebê

– que seria o pai de Kait, Honor. Viviam em um mundo luxuoso de casas enormes, propriedades imensas, riqueza ilimitada, belos vestidos, joias espetaculares e exércitos de empregados, até que tudo desapareceu e virou cinzas na Crise que destruíra tantas vidas.

Incapaz de enfrentar a derrocada, vendo seu mundo inteiro destruído, o marido de Constance cometera suicídio, e ela ficara sozinha com quatro filhos pequenos e sem dinheiro. Vendera o que pudera, perdera o resto, mudara-se com os filhos para um apartamento no Lower East Side e tentara arrumar um emprego para alimentá-los. Ninguém de sua família ou círculo imediato jamais trabalhara; todos haviam herdado suas fortunas. Ela não tinha nenhuma habilidade além de ser uma anfitriã encantadora, uma bela jovem, uma boa mãe e uma esposa devotada. Pensara em costurar, mas não tinha habilidade para isso. Então, passara a produzir a única coisa em que conseguira pensar e que sabia como fazer: biscoitos, aqueles que adorava assar para seus filhos.

Antes da Crise, eles tinham um batalhão de cozinheiros e criados para preparar qualquer iguaria que desejassem, mas Constance sempre gostara de fazer biscoitos para os filhos, quando a cozinheira a deixava entrar na cozinha. A cozinheira de seus pais lhe ensinara a receita quando criança, e isso lhe fora útil. Ela começara a fazer os biscoitos no apartamento de um quarto no Lower East Side; e, com as crianças a seu lado, levava seus biscoitos a mercearias e restaurantes, em caixas simples, onde escrevia "Mrs. Whittier's Cookies for Kids", e os vendia a quem os quisesse comprar. Tivera aceitação instantânea, não apenas de crianças, mas também de adultos, e as mercearias e os restaurantes começaram a lhe fazer encomendas. Ela mal conseguia dar conta da produção dos pedidos, e o que ganhava era para alimentar os filhos na nova vida que tinham, na qual sobreviver e ganhar dinheiro suficiente para sustentar as crianças eram preocupações constantes. Logo acrescentara bolos à sua produção e começara a testar receitas que recordava da Áustria, Alemanha e França, e os pedidos continuaram crescendo. Economizara, e em um ano conseguira alugar uma pequena padaria no bairro e continuara atendendo aos pedidos cada vez maiores.

Seus bolos eram extraordinários, seus biscoitos os melhores. Outros restaurantes, na parte alta da cidade, ouviram falar dela, fizeram encomendas e se somaram aos primeiros clientes. Em pouco tempo ela fornecia seus produtos a alguns dos melhores restaurantes de Nova York e tivera que contratar mulheres para ajudá-la. Dez anos depois, tinha a empresa de bolos e biscoitos de maior sucesso em Nova York, que começara em sua cozinha pequena, pelo desespero de sustentar seus filhos. A empresa crescera nos anos de guerra, quando as mulheres passaram a trabalhar fora e não tinham tempo de cozinhar. Constance já tinha uma fábrica, e, em 1950, vinte anos depois de começar, vendera seu negócio à General Foods por uma fortuna, que posteriormente ajudara a sustentar três gerações de sua família, e ainda sustentava. O fundo que ela estabelecera garantira um pé de meia a cada um deles, que lhes permitira estudar, comprar uma casa ou abrir uma empresa. Ela era um exemplo para todos eles, nascido da necessidade, da desenvoltura e da recusa em ser derrotada.

Mas os filhos de Constance foram uma decepção para ela, pois preferiam aproveitar o sucesso fortuito da mãe e ficar ociosos. Ela admitira, mais tarde, que os havia mimado. Um deles não teve sorte: o filho mais velho tinha paixão por carros velozes e mulheres mais velozes ainda, e morrera em um acidente automobilístico, sem se casar nem ter filhos. O pai de Kait, Honor, era preguiçoso e autoindulgente, bebia e jogava, e se casara com uma bela jovem que fugira com outro homem quando a filha tinha um ano de idade. A mãe de Kait desaparecera em algum lugar da Europa e nunca mais se ouvira falar dela. Honor morrera um ano depois, um tanto misteriosamente, em um bordel na Ásia, e Kait, que tinha dois anos, partira com suas babás para Nova York. A avó a acolhera e a criara, e elas se adoravam.

A filha mais velha de Constance era uma escritora talentosa e bem-sucedida que escrevia sob o pseudônimo de Nadine Norris. Morrera com quase vinte anos, de um tumor cerebral, sem filhos e solteira. E a filha mais nova de Constance se casara com um escocês, vivera uma vida tranquila em Glasgow e tivera filhos bons, que foram gentis com ela até sua morte, aos oitenta anos. Eram primos de Kait, de quem ela gostava, mas que raramente via. Kait era o orgulho e a alegria de Constance, e elas viveram aventuras maravilhosas juntas. Kait tinha trinta anos quando sua avó morrera, aos noventa e quatro, depois de uma vida notável.

Constance Whittier tivera uma vida maravilhosa até uma idade avançada, com todas as suas faculdades intactas e uma mente afiada. Nunca olhava para trás com amargura nem lamentava o que havia perdido, e não se ressentia do que fora obrigada a fazer para salvar seus filhos. Constance via cada dia como uma oportunidade, um desafio e uma dádiva, e ajudava Kait a fazer o mesmo em tempos difíceis ou quando a menina enfrentava decepções. Sua avó fora a mulher mais corajosa que ela conhecera. Era divertida e interessante quando Kait era criança e também quando estava na casa dos noventa. Manteve-se ativa até o fim, viajando, visitando pessoas, acompanhando as notícias de economia, fascinada por negócios e aprendendo coisas novas. Aprendera a falar francês fluentemente aos oitenta anos, depois fizera aulas de italiano e falava bem.

Os filhos de Kait ainda se lembravam da bisavó, mas eram lembranças vagas, pois eram pequenos quando ela morrera. Ela jantara com Kait na última noite, e elas riram e conversaram animadamente depois. Kait ainda sentia falta dela e sorria sempre que pensava na avó. Os anos que compartilharam foram o maior presente de sua vida, com exceção de seus filhos.

Enquanto colocava cuidadosamente os enfeites de Natal sobre a mesa da cozinha, ela viu alguns de sua infância e recordou que os pendurava na árvore com a avó quando morava com ela. Isso desencadeou uma avalanche de recordações; os enfeites já estavam desbotados, mas Kait sabia que as lembranças nunca se apagariam. Sua avó viveria para sempre no amor e na alegria que elas compartilharam e que foram a base da vida que ela vivera. Constance Whittier fora uma inspiração para todos que a conheceram. E os bolos e biscoitos que ela fazia por necessidade para salvar seus filhos passaram a ser conhecidos. Os biscoitos eram simplesmente chamados de 4 Kids, e os bolos sofisticados eram "Mrs. Whittier's Cakes" e haviam alimentado toda a família. A General Foods, sábia, preservara os nomes originais dos produtos, que ainda eram populares e vendiam muito. Constance Whittier se tornara uma lenda, uma mulher independente e engenhosa à frente de seu tempo, e Kait ainda seguia seu exemplo todos os dias.

CAPÍTULO 2

Sabendo que seus filhos ficariam pouco tempo, Kait queria que tudo fosse perfeito. A árvore, a casa, os enfeites, a comida... Queria que, quando fossem embora, dois dias depois, levassem benevolência e bons sentimentos um pelo outro. Tom às vezes debochava da irmã mais nova e a provocava. Ela vivia em outro planeta, em um mundo de computadores, e Tom achava o namorado dela estranho. Ele era um sujeito legal, mas de pouca conversa, e só se interessava por computadores. Ele e Stephanie viviam entre as luzes brilhantes do Google e eram típicos geeks. E Stephanie sempre comentava com a mãe, em particular, que era estranho pensar que o sogro do irmão ganhava bilhões vendendo batata frita, hambúrguer e asinha de frango com molho barbecue e temperos secretos que não revelava. Mas Hank, pai de Maribeth, era um homem de negócios brilhante e sempre fora maravilhoso para Tom, dera a ele todas as oportunidades para ser bem-sucedido como ele e fazer sua própria fortuna. Hank Starr era um homem generoso, e Kait era grata pela chance que dera a Tom. Além disso, Maribeth era uma mulher inteligente e uma boa esposa.

Stephanie também era bem-sucedida em suas atividades e encontrara o companheiro perfeito. Kait não poderia pedir mais. Somente Candace ainda a preocupava, devido aos lugares perigosos que frequentava para fazer os documentários da BBC. Os irmãos a achavam louca por isso e não conseguiam entender o que a motivava. Mas Kait tinha uma visão mais profunda de sua filha do meio. Diante do enorme sucesso financeiro do irmão como príncipe herdeiro do reino de seu sogro e da mente brilhante da irmã mais nova, Candace escolhera um caminho que a tornara uma estrela por mérito próprio e atraíra a atenção e o respeito do mundo. Sua profunda preocupação com a situação das mulheres inspirara Candace a ser a voz e a defensora delas, e ela chamava a atenção para elas com seus documentários especiais, independentemente do que lhe custasse fazê-los. Isso fazia o trabalho de Kait parecer muito simples: responder a cartas de mulheres angustiadas do país todo e dar a elas conselhos para resolver seus problemas diários comuns e lutar por uma vida melhor. Mas ela lhes transmitia esperança e coragem, no mínimo, e a sensação de que alguém se importava com elas. Não era uma conquista insignificante, e garantira o sucesso de sua coluna por duas décadas.

Kait não era guerreira como sua filha do meio, nem como sua avó, que transformara um tsunami que quase a afogara em uma onda na qual todos surfaram durante muitos anos. Constance havia sido uma pioneira para as mulheres, o que era inédito e raro em sua época. Ela havia provado que uma mulher sem experiência profissional e sem habilidades, criada para não fazer absolutamente nada além de estar bonita e ser uma companheira para seu marido, poderia ser bem-sucedida de verdade com os recursos limitados que tinha. Crianças do mundo todo ainda comiam e adoravam seus biscoitos 4 Kids. Kait sempre os amara, mesmo que os industrializados não fossem tão bons quanto os que saíam do forno da avó quando ela era criança. Mesmo assim, eram deliciosos e vendiam bem. De vez em quando ela seguia as velhas receitas da avó e fazia um bolo mais sofisticado, particularmente a torta vienense Sacher, que era sua favorita quando criança. Mas não dizia ser uma confeiteira ou cozinheira talentosa. Tinha outras habilidades, como ficava evidente por sua coluna na *Woman's Life*.

Ela ficou decorando a árvore até bem depois da meia-noite. Colocou os enfeites mais bonitos e recentes mais perto do topo, para os adultos admirarem, e os preciosos e sentimentais de sua infância e de seus filhos nos galhos mais baixos, onde suas netas poderiam apreciá-los. Terminou e ficou observando o resultado às três da manhã, então foi para a cama com uma longa lista de tarefas para o dia seguinte.

Já estava acordada e ocupada às oito horas, e no final da tarde de sábado a casa estava perfeita e ela, feliz. Foi ao supermercado comprar o que faltava. Arrumou a mesa, checou os quartos e passou a noite embrulhando os presentes, assistindo a um DVD de sua antiga série de TV favorita, *Downton Abbey*, ao fundo. Essa série havia saído do ar muitos anos antes, mas ela ainda gostava dela e as personagens eram como velhos amigos. Era bom ouvir vozes na sala; aquilo lhe dava a sensação de que havia alguém com ela. Kait assistira a essa série tantas vezes que sabia muitos diálogos de cor. Os filhos debochavam dela por isso, mas ela adorava o roteiro. Era uma saga familiar que se originara na Inglaterra, com um elenco britânico, e se tornara um grande sucesso nos Estados Unidos no segundo ano. E a avó da série às vezes a fazia se lembrar da dela.

Os presentes que ela havia escolhido para sua família eram variados. Comprara para Tom uma linda jaqueta de couro, bem espalhafatosa, que combinava com a vida dele no Texas e que ele poderia usar nos fins de semana. E encontrara uma bolsa e um grande colar de ouro, de um designer famoso, que sabia que Maribeth adorava. Comprara jaquetas jeans forradas de lã e roupas de trilha para Stephanie e Frank, já que eles viviam de jeans e usavam somente botas de caminhada e tênis de corrida – Stephanie sempre olhava horrorizada para os saltos altos que sua cunhada usava. E também comprara para todos livros e CDs, para pôr nas meias de Natal, e bonecas American Girl para as duas netas, apropriadas para a idade que tinham, com todos os acessórios.

Ela curtira muito comprar as bonecas um mês antes; ficara observando o que as crianças da mesma idade de suas netas imploravam aos pais que comprassem. E Maribeth havia dado algumas dicas, que a ajudaram. Kait e a nora sempre se deram bem, mas não poderiam ser mais diferentes. E Kait sabia que Maribeth havia feito um grande esforço para transformar Tom em um texano. Ele usava chapéus de caubói em Dallas e tinha botas feitas sob medida, de todas as peles exóticas possíveis, desde crocodilo até lagarto, que o sogro lhe dava. Tommy havia se integrado totalmente a seu mundo adotivo, ao qual seria difícil resistir, dadas as recompensas e os benefícios que lhe proporcionava. Ele adorava a esposa e as filhas, assim como sua mãe o amava e às suas irmãs, quando crianças e atualmente. Às vezes ela sentia muita falta de todos, mas nunca se permitia pensar nisso. Bastava saber que eram felizes, e ela também tinha uma vida boa. Seguia o exemplo da avó: celebrava o que tinha e nunca reclamava do que não tinha.

Na manhã da véspera de Natal, ela abriu os olhos cheia de expectativa, animada para vê-los em poucas horas. Tentou ligar para Candace, mas não conseguiu. Kait tomou banho e vestiu um jeans preto, uma blusa de lã vermelha e sapatilhas, checou o apartamento de novo e acendeu as luzes da árvore. Estava pronta. Tommy e sua família chegariam no início da tarde, no avião do sogro dele, e na noite de Natal estariam com ele em uma casa enorme que ele havia alugado nas Bahamas, para passar o resto das festas. Tommy, Maribeth e as crianças ficavam com ele todos os anos entre Natal e Ano-Novo, depois de passar dois dias em Nova York com Kait. Era a tradição deles desde que se casaram, sete anos antes.

Kait estava animada demais para almoçar e decidiu ler algumas cartas a que ainda tinha que responder. Depois disso, atualizou seu blog, que era extremamente popular. Já tinha canções de Natal infantis preparadas para Meredith e Lucie Anne. Lucie se parecia muito com o pai e a avó paterna, era totalmente uma Whittier. Era um meteoro, com enormes olhos verdes, cabelo ruivo e sardas, educada com os adultos, mas destemida, e fazia perguntas incrivelmente inteligentes para uma criança de quatro anos. Meredith – Merrie – era mais tímida, mais cautelosa, mais recatada e muito sulista, como a mãe. Adorava desenhar e escrever poesia para a escola. Ambas eram crianças inteligentes e interessantes, e Kait gostaria de ter a oportunidade de passar mais tempo com elas e conhecê-las melhor. Mas a vida das crianças era tão agitada, cheia de atividades escolares e extracurriculares que, mesmo quando Kait ia visitá-las, as meninas quase não tinham tempo livre para ela. Algumas visitas ao Texas durante o ano, espremidas na agenda cheia dos pais, e a visita anual no Natal nunca eram suficientes.

Stephanie pegara o primeiro voo comercial saindo de San Francisco e chegaria às três da tarde. Ela não tinha nenhum interesse em casamento e filhos, e Kait se perguntava se um dia teria. Sua filha achava que o casamento era uma tradição antiquada que não era mais relevante, e nunca se sentira atraída pela ideia de ter filhos. Preferia a companhia de adultos com interesses semelhantes, e Frank concordava com ela. Eram apaixonados pelo trabalho e um pelo outro, e não havia espaço para filhos na vida deles. E Candace estava a anos-luz de se estabelecer com alguém, dado seu trabalho na BBC e seus próprios objetivos de carreira.

Kait ouvia outras mulheres falando do tempo que passavam com os netos e do quanto gostavam disso, mas isso não fazia parte de sua vida da mesma maneira, talvez nem de seu destino. Ela lamentava não participar da vida das netas tanto quanto sua avó participou da sua. Mas as via muito raramente e por muito pouco tempo para se conectar profundamente com elas. Tudo que podia fazer era mimá-las um pouco e tentar conhecê-las. Sua coluna e sua própria vida a ocupavam, e as netas eram como se fossem de outra pessoa.

Quando a campainha tocou, às duas, ela estava preparada. No momento em que a porta se abriu, seu filho entrou e a abraçou. Ele estava de terno; Maribeth tirou o casaco e não parava de admirar a beleza da árvore e da decoração. E Merrie e Lucie Anne começaram a dançar, pareciam fadinhas. Lucie estava com seu tutu favorito sob o casaco vermelho e contou imediatamente a Kait tudo sobre suas aulas de balé e o recital de que participaria em junho. Kait serviu sanduíches e biscoitos, eggnog para os adultos e chocolate quente com chantili e marshmallows para as duas meninas, e todos conversaram animadamente. Kait estava radiante; adorava quando seus filhos estavam em casa.

Stephanie chegou uma hora depois, de jeans, botas de caminhada e uma pesada jaqueta de lã xadrez de Frank que pegara emprestada para a viagem. Ficou feliz ao ver o irmão; abraçaram-se, e as duas meninas ficaram encantadas ao ver a tia, que sempre era divertida e adorava fazer travessuras com elas. Assim que Stephanie deixou a mala no quartinho de sua infância, atrás da cozinha, elas foram pular na cama dela, e ela deixou.

Foi uma tarde maravilhosamente calorosa e aconchegante, e todos curtiram muito. E à noite se vestiram para o jantar. As duas meninas colocaram vestidos de festa que Kait mandara para elas, parecidos com os que suas tias usavam na idade delas. Maribeth estava com um vestido preto sexy e Stephanie com uma blusa de lã branca e jeans; e não trocou as botas de caminhada que usava, pois havia se esquecido de levar sapatos, como sempre. Tom usava traje completo, terno e gravata. Kait usava uma calça de seda preta e uma blusa de renda, e pequenos brincos de diamante que haviam sido de sua avó e que ela adorava.

A conversa à mesa foi animada; depois, Kait ajudou as meninas a prepararem um prato de biscoitos para o Papai Noel, além de um copo de leite, cenoura e sal para as renas – ritual que faziam todos os anos. Também ajudou Maribeth a colocá-las na cama e leu uma história de Natal para elas, enquanto Stephanie e o irmão conversavam sobre o novo sistema que estavam implantando nos computadores da empresa do sogro dele. Ela o advertiu sobre coisas que precisariam observar e ele achou tudo muito informativo. Sua irmã sabia mais sobre computadores que qualquer pessoa que Tom conhecia, e ele confiava nos conselhos dela.

Depois que as crianças foram dormir, os adultos ficaram acordados até bem depois da meia-noite. Costumavam ir à Missa do Galo antes de Merrie e Lucie Anne nascerem, mas agora não tinham com quem deixar as meninas e elas eram novas demais para ir com eles à igreja tarde da noite, de modo que isso não fazia mais parte da rotina, por enquanto.

Quando estavam indo se recolher, Candace ligou por Skype – já era dia de Natal para ela. Todos conversaram com ela, ficaram sabendo o que estava fazendo e onde estava. Tom ergueu o notebook para que ela pudesse ver a árvore; ela disse à mãe que estava linda e que gostaria de estar ali com eles. Vê-la fez brotarem lágrimas nos olhos de Kait, e ela prometeu ir a Londres visitá-la quando Candace voltasse de sua missão atual. Isso lhe dava algo pelo que esperar. Candace provocou a irmã mais nova, perguntou se ela estava usando botas ou sapatos; Stephanie riu e ergueu o pé para mostrar as botas, e todos riram.

— Esqueci os sapatos — ela disse, com um grande sorriso.

— Jura? Que surpresa. Acho que você nem tem sapato. Sempre pega um meu emprestado quando vou aí passar o Natal — disse Candace, e Stephanie riu ainda mais. — Como está Frank? Ele foi com você?

Stephanie sacudiu a cabeça.

— Vou encontrá-lo em Montana depois de amanhã. Ele está bem; vamos passar uma semana com meus sogros. O pai dele está doente, por isso ele queria visitá-lo.

As duas irmãs não se falavam com frequência, por isso aproveitaram a chamada e conversaram durante meia hora.

Kait ficou nostálgica depois.

— Espero que um dia todos vocês venham ao mesmo tempo — disse.

Todos haviam notado que Candace estava mais magra e que o lugar onde estava era rústico, mas ela parecia feliz e havia dito que passaria algumas semanas em Londres. Eles seguiam a própria vida a toda velocidade, e Kait também tinha a sua. Não podia nem imaginar o que teria feito se não tivesse. Ficaria perdida se não tivesse um emprego que amasse e que preenchesse seu tempo. Ela se lembrou mais uma vez de que não é possível ficar com os filhos para sempre; de que eles são só emprestados, e por pouco tempo.

Depois da chamada de vídeo, cada um foi para seu quarto dormir. Maribeth pediu desculpas à sogra por ocupar o quarto dela, mas Kait lhe garantiu que estava feliz em cedê-lo. Ela gostava de dormir no antigo quarto de Candace, ao lado das meninas. Havia dito a elas, quando foram para a cama, que a acordassem de manhã, e sabia que elas fariam isso.

Ela havia escrito cartas do Papai Noel para que elas encontrassem de manhã, junto com as meias, que sempre enchia de doces natalinos, pirulitos, brinquedinhos, livrinhos e coisas para mantê-las ocupadas. Isso também era uma tradição para seus filhos, como todas as outras que eles seguiam.

O apartamento ficou em silêncio, até que as duas meninas pularam na cama de Kait, pela manhã, gritando de alegria por causa do que o Papai Noel havia deixado em suas meias. Ela leu as cartas do Papai Noel, que as elogiava por serem tão boas meninas o ano todo e afirmava que elas estavam no topo da lista de crianças boazinhas dele.

Quando os outros adultos se levantaram, de roupão e pijama, abriram os presentes que Kait colocara embaixo da árvore, pois as meninas não aguentavam mais esperar. Todos adoraram seus presentes. Tom e Maribeth deram a Kait um lindo medalhão de ouro antigo, em formato de coração, com fotos de Merrie e Lucie Anne e uma corrente. Stephanie havia dado a ela um computador novo, que mandara entregar antes do Natal. Era de última geração e muito melhor que o que Kait tinha. A filha o configurara e lhe mostrara todos os aplicativos que havia acrescentado, e comprara também o telefone mais moderno. Tom e Maribeth entregaram os presentes de Natal que haviam levado do Texas e mais presentes para todos.

Depois, tomaram o café da manhã juntos, foram se vestir, ficaram na sala enquanto as meninas brincavam com suas bonecas e almoçaram na cozinha, sem cerimônia. O dia passou rápido; Kait sentiu uma dor no coração às seis horas, quando Maribeth pôs nas meninas as roupas de viagem, e às seis e meia partiram, depois de abraços intermináveis. Iam para o aeroporto de New Jersey, onde o avião do pai de Maribeth os esperava para levá-los às Bahamas.

Kait ficou na sala, conversando baixinho com Stephanie depois que foram embora, tentando conter as lágrimas. Em um único dia ela se sentira mais próxima de suas netas, mas elas haviam ido embora de novo.

— Tudo passa tão rápido... — disse.

Stephanie partiria às seis da manhã do dia seguinte. Para Kait, o Natal estava quase no fim e havia sido muito gostoso.

— Pelo menos nós ainda voltamos para casa, mãe — argumentou Stephanie.

Kait sabia que, para os filhos, era difícil entender o quanto isso significava para ela e como sua vida era diferente sem eles. Desapegar era uma arte que ela tivera que aprender quando eles cresceram, mas estava longe de ser fácil. Estar com eles sempre a fazia lamentar por não morarem na mesma cidade. A vida teria sido muito diferente se ela pudesse vê-los a qualquer hora e almoçar ou jantar com eles. Ela havia recebido de volta sua própria vida, pudera preenchê-la e reorganizá-la quando cresceram, mas sabia, pelas cartas a que respondia em sua coluna, que era um desafio que outras mulheres também enfrentavam. Um dia todos formavam uma família, e de repente – em alguns casos – a mãe ficava sozinha.

Mas ela nunca reclamava disso, nem com os filhos nem com os amigos. Tentava fazer as coisas parecerem fáceis, por orgulho e respeito a eles. Mas a dor que sentia no coração era quase tangível quando Tom e a família partiram. Ela não queria que eles soubessem o quanto doía estar longe deles; achava que sua felicidade não era responsabilidade deles, só dela. E também dizia isso a suas leitoras: que cuidassem da própria vida e preenchessem o tempo de maneira proativa.

— Frank queria que eu passasse o Natal com ele e a família dele este ano — disse Stephanie. — Mas eu não queria fazer isso com você. Eu sabia que você ficaria decepcionada.

Kait ficou grata por ela não ter ido.

— Teria mesmo — confirmou Kait. — Muito. Passar as festas juntos é muito importante para mim.

Ela ficava ansiosa por vê-los o ano todo, mas não queria que a filha a achasse patética.

— Eu sei, mãe — respondeu Stephanie, baixinho, e deu um tapinha no ombro da mãe.

Foram para a cozinha comer as sobras e conversar sobre as filhas de Tom, que eram uma graça. Stephanie comentou que ele era um pai muito bom e demonstrou surpresa.

— É tão desgastante, demanda muito tempo! Não sei como ele consegue.

— Vale a pena — disse Kait.

— Acho que é por isso que Frank e eu não queremos filhos — apontou Stephanie, séria. — É muita coisa. Não consigo me ver sendo mãe.

— Talvez você pense diferente lá na frente.

Stephanie tinha apenas vinte e seis anos.

— Talvez — concluiu ela, mas não parecia convencida.

Acabaram de jantar, arrumaram a cozinha e Stephanie colocou a louça na máquina para a mãe.

— É estranho — comentou —, eu nunca penso em você como velha, nem como avó. Você ainda é tão jovem! Deve ser bom ter a própria vida de volta com todos nós já crescidos, saídos do ninho enquanto você ainda pode aproveitar.

Kait a fitou e percebeu quão pouco sua filha entendia sobre a maternidade e o vazio que deixava quando as crianças cresciam e decolavam, independentemente de quão jovem fosse a mãe.

— Meus anos mais felizes foram quando vocês todos eram pequenos e ainda estavam em casa. Eu gosto da minha vida agora e do meu trabalho, mas nada se compara. Acho que algumas pessoas ficam aliviadas quando os filhos vão embora, mas vocês eram grudados em mim e era muito bom tê-los por perto — disse ela, com tristeza, e deu um abraço na filha. — Nunca tive pressa para vocês irem embora, e adoro quando voltam.

Stephanie assentiu, mas não tinha noção do quanto a mãe sentia falta dela, mesmo tendo uma boa vida sozinha.

— Você precisa arranjar um namorado, mãe. Seria legal. Você ainda é bonita; Frank acha você gostosa — revelou, com sinceridade.

Kait riu.

— Agradeça a ele pelo elogio. E onde você sugere que eu encontre um namorado? Quer que eu coloque um anúncio? Mande uma mala-direta? Pegue uns caras nos bares?

Kait estava brincando. Na idade de Stephanie, a vida parecia tão simples... ela vivia em seu próprio planeta, onde a vida dos outros não era real. Ela sempre fora assim, e agora Frank vivia com ela em seu universo limitado, onde os dois se relacionavam melhor com computadores que com pessoas.

— Você deve conhecer muitos homens legais — prosseguiu Stephanie.

— Não... e estou feliz de verdade assim. A revista, meu blog, o Twitter, o Facebook e o resto me ocupam demais. Eu gosto de voltar para casa à noite e desmaiar. E, quando leio as cartas que recebo, fico aliviada por não ter os problemas que fazem parte da maioria dos relacionamentos. Já fui casada duas vezes, não quero mais dor de cabeça, alguém bagunçando minha vida, discutindo comigo, talvez me traindo, querendo mudar meu jeito de viver, me dizendo o que fazer e como, odiando minha carreira e o quanto eu trabalho, ou odiando meus amigos. As pessoas aguentam muita coisa para fazer o relacionamento dar certo, mas eu não quero fazer isso de novo. Tenho tudo do jeito que eu quero, exceto o fato de vocês estarem espalhados por três cidades e dois continentes; mas também já estou acostumada com isso.

Ela falava e demonstrava estar satisfeita.

— Sinto saudade de todos vocês, mas estou bem sozinha.

— Você não tem idade para desistir do romance.

Carmen havia dito a mesma coisa, mas Kait não se apaixonava havia anos, e não dera certo antes. Sua vida era confortável do jeito que era.

— Não precisa se casar de novo, só ter alguém para sair quando quiser — completou Stephanie.

— Isso parece mais serviço de acompanhante que amor — retrucou a mãe, brincando. — Acho que os homens não gostam de ficar de plantão. Eles esperam mais do que isso, e estão certos. Acho que a era das mídias sociais deu às pessoas a impressão de que basta usar um aplicativo para arranjar uma companhia quando elas quiserem e depois descartar como se fosse um Uber quando estiverem cansadas dessa companhia. Eu sei que tem gente que faz isso, mas eu não sou assim. Isso não tem consistência, não faz sentido para mim. Eu gosto dos valores e relacionamentos antigos; só não sei se quero um para mim. Na verdade, quando penso seriamente nisso, percebo que não.

— Que pena, mãe. Você é legal, divertida e inteligente demais para ficar sozinha. Acho que deveria namorar.

Ela falava como se fosse um esporte que Kait deveria voltar a praticar, como tênis ou golfe. Mas sua mãe sabia que dava muito mais trabalho que isso. Depois de seu último casamento, de ter se equivocado terrivelmente no julgamento de Adrian e de ter sido traída por ele, não tinha vontade de tentar de novo. E fazia muitos anos que não conhecia um homem que chamasse sua atenção. Era um sacrifício fácil de fazer.

— Obrigada pela sugestão. — Kait a abraçou de novo enquanto Stephanie olhava para o relógio.

— É melhor eu dormir cedo. Tenho que sair às cinco da manhã para pegar meu voo. Não precisa levantar, nós podemos nos despedir hoje.

Mas Kait imediatamente sacudiu a cabeça.

— Não vou deixar você ir embora sem te dar um abraço e me despedir. O que mais eu tenho para fazer? Posso voltar para a cama depois que você sair.

Ela nunca deixava os filhos irem embora sem se despedir deles. Nunca havia permitido, e não seria agora.

— Não precisa — protestou Stephanie, generosa.

— Eu sei que não, mas eu iria me sentir mal se não te desse um último abraço antes de você ir embora — explicou, sorrindo para a filha, e Stephanie riu.

— Você ainda é uma mãe — disse Stephanie, como se esse conceito fosse um mistério para ela.

Kait suspeitava que era mesmo. O instinto materno não parecia fazer parte da constituição de sua filha, apesar de ela ser carinhosa com as filhas do irmão e de agir como criança com elas.

— Claro que sou uma mãe. — Kait sorriu. — Isso é para sempre, faz parte da minha natureza, não importa a idade de vocês.

Isso era particularmente importante para ela, considerando que a própria mãe a abandonara quando ela era bebê. Anos depois, sua avó fizera um grande esforço para descobrir o que havia acontecido com a mãe de Kait, pensando que a menina tinha o direito de saber, e descobrira que havia se afogado em um acidente de barco na Espanha quando Kait tinha cerca de dez anos. Mas sua mãe nunca tentara entrar em contato nem vê-la depois que partira, nove anos antes de morrer. A maternidade também não fazia parte das habilidades dela, e ela não havia nem tentado desenvolvê-la. A avó de Kait sempre fora a única mãe que ela tivera e, em parte, a razão para ela ser tão dedicada aos filhos. Ela nunca quisera ser nem remotamente parecida com a própria mãe.

— Eu não fico ofendida se você não levantar — afirmou Stephanie, mas sabia que Kait se levantaria.

Kait programou o despertador para as quatro e meia quando se deitou, já de volta a seu próprio quarto. Na manhã seguinte, bateu na porta de Stephanie com uma xícara de café e uma torrada e deixou tudo ao lado da cama da filha. Vinte minutos depois, Stephanie surgiu, com a jaqueta xadrez de Frank e sua bagagem de mão, animada e com o cabelo escuro ainda úmido do banho. Havia passado um Natal agradável com a mãe, mas estava animada para encontrar Frank em poucas horas. Ele era sua vida real agora. Sua mãe era um pedaço da história, um marco importante e uma âncora para ela; uma pedra angular à qual ela poderia voltar sempre que quisesse.

As duas deram um abraço demorado; Kait deu um beijo e olhou para a filha mais uma vez enquanto esperavam o elevador. Então, com um sorriso largo e um aceno, Stephanie agradeceu à mãe pelo Natal maravilhoso e foi embora. Kait ficou olhando para o elevador fechado por um longo tempo, até que voltou lentamente para seu apartamento. Sentiu-se perdida durante uns minutos, olhando em volta, como se tivesse que reconhecer de novo sua própria vida, na qual ela era uma mulher adulta e sozinha, porque os filhos haviam ido embora. E não importava o quanto ela a preenchesse, o quanto negasse ou tentasse ignorar a questão: ela vivia aquilo de que suas leitoras falavam com tanta pungência: um ninho vazio. Depois que Stephanie saiu, no silêncio do apartamento, Kait voltou para o quarto, deitou-se na cama e chorou, sentindo muita falta deles.

CAPÍTULO 3

Na semana entre o Natal e o Ano-Novo fez muito frio e nevou duas vezes. Stephanie enviou uma mensagem para Kait, de Montana, para dizer que havia chegado bem, e Tommy mandou mensagem das Bahamas para agradecer pelos bons momentos e pelos presentes. Após o choque inicial da partida dos filhos depois do tempo que passaram juntos – o que sempre a abalava –, Kait retomou o ritmo de sua vida. De certa forma, era legal ser mãe de filhos adultos. Ela podia fazer o que quisesse, trabalhar, relaxar, dormir, ler, assistir TV, sair com amigos ou não fazer nada. Podia comer a qualquer hora sem ter que entreter ninguém nem assegurar que se divertissem.

Sempre houvera um equilíbrio – e às vezes um conflito – entre querer passar um tempo com os filhos, sentir falta deles quando partiam e gostar de ficar sozinha. Era um luxo que ela nunca havia tido enquanto os criava sem a ajuda de ninguém. Estava sempre fazendo algo por eles, ou se preocupando com eles, ajudando com o dever de casa, de olho em quem eram seus amigos, consolando-os quando estavam tristes, dando uma força para fazerem as inscrições nas faculdades ou conversando com eles sobre as coisas importantes da vida. E, ao mesmo tempo, fazendo malabarismos com suas obrigações profissionais. Muitas vezes ela pensava em sua avó naquela época, que passara de opulência e grandeza, dinheiro ilimitado e sem responsabilidades, para um apartamento de um quarto em um edifício sem elevador, cuidando de quatro crianças sozinha sem a ajuda de empregadas, governantas ou babás, fazendo biscoitos e bolos para restaurantes do bairro para que os filhos pudessem comer, ter um teto sobre a cabeça e sapatos novos. E, nos dias em que os obstáculos pareciam intransponíveis, Kait se lembrava do que sua avó havia conquistado e sabia que ela também poderia, em circunstâncias muito mais fáceis do que Constance havia enfrentado em um momento muito mais difícil.

Kait escreveu sua coluna, respondeu a uma entrevista do *Los Angeles Times* por e-mail em seu computador novo e, como recompensa, assistiu a outro episódio de sua série favorita. Sempre era divertida para ela, não importava quantas vezes assistisse. Em *Downton Abbey*, as situações geralmente se resolviam satisfatoriamente depois de um ou dois episódios, os mocinhos e os bandidos eram conhecidos e ela sabia o que esperar deles. Ela até se surpreendia com a satisfação que isso lhe dava. Carmen tinha outros programas favoritos, de que gostava por diferentes motivos, e elas sempre conversavam sobre isso durante o almoço. Carmen preferia mistérios e a violência não a incomodava, e o que mais amava eram séries de ficção científica, das quais Kait não gostava nem um pouco. Todo mundo tinha uma série favorita no mundo atual, fosse nos canais a cabo ou por streaming. Estavam na era das séries de televisão.

Quatro dias após a partida de Stephanie, Kait recebeu um telefonema dos amigos que a convidavam para o réveillon todos os anos. Era sempre um encontro descontraído de pessoas que não tinham mais nada para fazer e não queriam passar a noite em casa. Ela já havia decidido não ir esse ano, pois não queria sair no frio e brigar por um táxi para chegar, e provavelmente nevaria de novo. Seria um momento perfeito para ficar em casa, e ela havia recusado o convite duas semanas antes. Não tinha namorado e não queria passar mais um réveillon vendo outras pessoas se beijando à meia-noite, fingindo não se importar. Normalmente não se importava mesmo, mas em noites especiais como essa odiava se sentir fracassada ou estranha. E o réveillon parecia ter sido criado para isso.

Kait ficou surpresa quando Jessica Hartley ligou para convencê-la a ir. Ela trabalhava no departamento de arte de uma revista concorrente e era uma artista talentosa. Seu marido administrava um fundo de investimentos em Wall Street. Não eram amigos íntimos, mas os Hartley a convidavam todos os anos para o réveillon. E ela havia ido muitas vezes.

— Venha, Kait. É uma tradição, você não pode faltar este ano.

Mas era exatamente isso que ela queria fazer. Uma noite na cama, de pijama, assistindo à televisão e pedindo comida era mais atraente que se vestir e arriscar a vida no mau tempo e nas ruas geladas. Mas Jessica foi persuasiva, e Kait ficou brava consigo mesma quando, sem ter mais desculpas para recusar, por fim aceitou. E ficou ainda mais irritada quando demorou quase uma hora para um carro ir buscá-la, enquanto ela esperava no saguão, desejando não ter aceitado.

O carro finalmente chegou e a levou para West Village, onde ficava o apartamento dos Hartley. Como ela, eles tinham filhos adultos; os dois estavam na faculdade, e Jessica lhe contou que haviam vindo para casa no Natal, mas tinham outro compromisso para essa noite. Reclamou que mal os via enquanto estavam na cidade, porque eles sempre saíam com os amigos.

Jessica e Sam ficaram encantados ao ver Kait e a receberam com satisfação. Havia um grupo de pessoas em volta da lareira, tentando se aquecer. Como todos os anos, as mulheres estavam de longo e os homens de gravata preta. Era a única noite do ano em que todos os amigos dos Hartley concordavam em se arrumar. Kait estava com uma velha saia de veludo preto e uma blusa de cetim branco. Tentou entrar no clima, aceitou uma taça de champanhe de Sam e ficou perto da lareira com os outros. Era a noite mais fria até então naquele inverno, o que fez Kait desejar sua cama de novo.

Embora os visse só uma vez por ano, ela reconheceu quase todos os presentes naquela noite. Mas havia um rosto desconhecido na multidão; seu nome era Zack Winter, e Sam disse que haviam sido colegas de quarto na faculdade. Ele era um produtor de TV em LA, foi o que Jessica sussurrou para ela, e disse, ainda, que produzira várias séries premiadas; coincidentemente, estava solteiro, acabara de se divorciar.

Então ela percebeu o motivo para terem insistido tanto para que ela comparecesse, considerando que era a única mulher solteira no ambiente. Estava sendo oferecida em uma espécie de encontro às cegas, o que fez Kait desgostar ainda mais da noite antes mesmo que começasse.

Zack estava de paletó, camiseta preta, jeans e mocassins de camurça pretos; fazia muito o estilo de LA. A única coisa que faltava, pensou Kait, era uma corrente de ouro em volta do pescoço. Aparentemente ele não se barbeava havia uma semana, o que o fazia parecer mais desleixado que moderno, na sua idade. Kait nem tentou puxar conversa com ele, pois notou, no mapa de assentos, que se sentariam um ao lado do outro no jantar. Não estava ansiosa por isso, não importava quão bem-sucedidas fossem suas séries. Ela teria ficado mais impressionada se ele usasse uma camisa branca bem passada, a calça do terno e fizesse a barba. Devia ter mais ou menos a mesma idade de Kait.

Quando se sentaram para jantar, uma hora depois, estavam todos descontraídos. A comida que serviam era sempre deliciosa, e as pessoas sempre esperavam um bom jantar e uma noite agradável, com gente agradável.

— Eu lia a sua coluna. Sou um fã ávido de "Conte para Kait" — disse Zack, simpático, depois que se sentaram. — Tentei salvar meu casamento com ela, mas acho que minha ex-mulher estava um pouco fora do seu escopo. Nós estávamos brigando pela guarda do cachorro. Ainda leio seu blog e sigo você no Twitter — contou ele, enquanto um garçom servia caranguejo para ambos.

Kait não sabia se devia ser solidária ou rir. Mas ele parecia bem-humorado, de modo que decidiu ser honesta, por mais desleixado que fosse. Ele era o estereótipo dos produtores de Los Angeles, pelos menos como ela imaginava que deviam ser.

Ele perguntou quais eram suas séries favoritas e ela admitiu ser viciada em *Downton Abbey*. Ele sorriu.

— Sempre que eu tenho um dia ruim, assisto dois dos meus episódios favoritos, das duas últimas temporadas, e o mundo parece um lugar melhor de novo — revelou ele.

A mulher do outro lado os ouviu, perguntou qual era a série e admitiu que também era viciada. A seguir começou a fazer elogios rasgados a uma das séries dele, uma saga familiar moderna ambientada na Austrália. Zack demonstrou satisfação. E o homem sentado à frente deles começou a falar sobre o drama policial ao qual o produtor se dedicara nos últimos três anos. Em cinco minutos, metade da mesa estava falando sobre a série de que mais gostava, e Kait os ouvia, divertindo-se, enquanto Zack se inclinava para ela e ria também.

— É um frenesi nacional — disse ele. — Nós só torcemos para apresentar a série certa na hora certa; sempre tem o elemento sorte envolvido em uma grande série.

Ele era modesto em relação a seu sucesso, enquanto uma avalanche de comentários e discussões acaloradas rolava na mesa sobre séries favoritas – e várias delas eram de Zack. Kait havia visto duas, mas não era uma espectadora assídua.

— Temos três séries de sucesso no ar no momento, e vamos começar uma nova em janeiro, sobre uma família chinesa em Hong Kong. Mas não sei se faz o seu estilo; é mais ousada que as outras e tem uma boa dose de violência — disse ele.

— Tem razão, não é para mim — concordou Kait. — Adoro a minha série familiar, é agradável e calorosa. Assisti outras, mas elas sempre acabam me estressando mais que relaxando. Mas eu gostei de duas suas.

Ele riu.

— Algumas pessoas gostam de violência e muito estresse. É como uma terapia de choque, que distrai da vida real.

— A vida real já é perturbadora e chocante o suficiente, não preciso de mais disso na TV.

Conversaram mais sobre a próxima série e sobre como havia sido filmar na China. Ele disse que havia sido difícil. Zack entendia muito dessa área e já havia viajado bastante. Kait o achou gentil e inteligente, bom de papo, apesar da aparência um tanto desleixada, que teria funcionado melhor em LA que na festa de réveillon dos Hartley. Não havia nada de moderno ou *avant-garde* neles, e Zack se destacava como se fosse de néon. Mas era tão simpático que ninguém se importava. E, para a maioria dos convidados, seu sucesso era um contrapeso ao visual moderno.

Depois de um tempo, Kait também esqueceu isso. Falaram sobre seus filhos, trabalho, LA em comparação com Nova York. Ele havia crescido em Nova York e começara a produzir shows da Broadway, e fora para Londres trabalhar na TV; depois Los Angeles, e se dera muito bem. Era um dos produtores mais importantes da televisão, embora bastante discreto e despretensioso.

Sam surpreendeu Kait durante a sobremesa, quando falou diretamente com ela, alto, para que Zack ouvisse.

— Você deveria escrever uma série de TV, Kait. Inspirada na sua família.

— Tem algum traficante na sua família, ou um criminoso famoso? — perguntou Zack, brincando.

Ela riu e sacudiu a cabeça.

— Nada disso. Acho que Sam está se referindo à minha avó, que foi uma mulher incrível. A família dela perdeu tudo na Crise de 1929 e meu avô se suicidou. Ela se mudou para um apartamento em um edifício sem elevador no Lower East Side, com quatro filhos, o mais velho com cinco anos, e sem dinheiro, e nunca havia trabalhado na vida. Começou a fazer biscoitos e depois bolos, e os vendia para restaurantes. Com isso ela manteve os filhos vivos e os sustentou. Avançando o filme, ela vendeu a empresa à General Foods anos depois. Mrs. Whittier's Cakes; o nome dos biscoitos acabou abreviado para 4 Kids. Você já deve ter experimentado.

— Está de brincadeira? Eles foram a base da minha dieta durante toda a minha infância, e ainda são. Era sua avó?

Ele estava muito impressionado.

— Ela deve ter sido uma mulher e tanto — disse ele, admirado.

De repente, ele ficou ainda mais interessado em Kait. Tinha gostado de conversar com ela durante todo o jantar, e também de sua aparência e elegância discreta.

— Era mesmo — concordou Kait. — Foi ela que me criou, mas essa é outra história. Minha mãe foi embora quando eu tinha um ano e meu pai morreu um ano depois, por isso eu fui criada pela minha avó. Nós nos divertíamos muito juntas e ela me ensinou tudo o que eu sei sobre a vida.

— Eu senti o cheiro de uma matriarca forte mesmo quando li a sua coluna. Mas nunca fiz a conexão entre Kait Whittier e Mrs. Whittier's Cakes. Ela deve ter feito uma fortuna quando vendeu. — De repente, ele ficou envergonhado. — Desculpe, fui grosseiro. Mas eu adoro histórias como essa, de pessoas que tomam as rédeas da vida e se recusam a ser derrotadas; principalmente mulheres, e naquela época isso foi uma grande conquista.

— Ela acreditava que nós podemos fazer tudo o que quisermos ou tivermos que fazer. Foi a mulher mais corajosa que eu já conheci.

Sempre digo a mim mesma que vou escrever um livro sobre ela, mas ainda não fiz isso.

— O que você acha de uma "bíblia" para uma série de TV? — disse ele, lançando uma ideia aleatória que surgira em sua cabeça.

Ele estava se referindo à sinopse usada para apresentar a história básica de uma série de TV. Mas ela sabia disso.

— Não necessariamente sobre os biscoitos e bolos — prosseguiu ele —, mas sobre uma mulher como ela, que perdeu tudo e não só sobreviveu como criou uma vida totalmente nova. Histórias como essa inspiram as pessoas. É por isso que você adora a série a que assiste. As pessoas precisam de modelos e de inspiração. E é ainda mais impressionante se você pensar que ela fez isso no início dos anos 1930, quando mulheres como ela não tinham emprego nem sabiam como trabalhar. Havia algumas mulheres na ciência e nas artes na época, mas nenhuma empresária, especialmente, suponho, em um mundo muito elitista. Os Whittier não eram parentes dos Vanderbilt e dos Astor?

— Primos — confirmou Kait. — Não sei se falaram com minha avó depois que ela começou a fazer biscoitos. O comércio era muito malvisto na época, e não era considerado uma opção para as mulheres; nem para a maioria dos homens daquele mundo.

— Isso é o que eu estou querendo dizer, e o que mais me cativa nessa história — acrescentou Zack, com os olhos brilhando de interesse.

Kait sorriu, pensando em sua avó. Ela havia sido uma mulher pequena, elegante, digna e classuda, uma grande dama durante a maior parte da vida; usava lindos chapéus quando ia à empresa. Depois dos primeiros anos, parou de cozinhar, mas criava as receitas ou as encontrava em velhos livros de culinária europeus.

Faltavam cinco minutos para a meia-noite. O tempo havia voado enquanto eles conversavam. Sam começou a contagem regressiva quando todos deixaram a mesa e voltaram para a sala de estar.

— Feliz Ano-Novo! — gritou Sam, e puxou a esposa em seus braços para lhe dar um beijo para começar bem o novo ano.

Os outros convidados fizeram o mesmo com seus parceiros; Zack olhou para Kait. Era uma situação esquisita para os dois: conversar com um estranho à meia-noite do Ano-Novo, enquanto todos os outros se abraçavam e se beijavam.

— Eu beijaria você, mas talvez você me desse um tapa — disse ele, brincando, sem demonstrar o quanto queria realmente beijá-la.

Ele havia gostado de conversar com ela.

— Feliz Ano-Novo, Kait. Espero que você tenha alguém mais interessante com quem passar no ano que vem — cumprimentou ele, com pesar.

Ela riu.

— Foi muito interessante. Feliz Ano-Novo, Zack.

Ele pegou a carteira, tirou dela um cartão de visitas e o entregou a ela.

— Eu sei que isso é grosseiro durante um jantar, mas, se você decidir escrever alguma coisa sobre a sua avó, ou sobre uma mulher como ela, ligue para mim. Nós sempre podemos usar histórias como essa.

Ele parecia estar falando sério, e ela guardou o cartão na bolsa.

— Acho que eu não conseguiria escrever um roteiro. Nunca escrevi. Não é minha área.

— Nem precisa. Basta você escrever a bíblia. O produtor arranjaria um roteirista para você e vocês trabalhariam juntos. Você só teria que escrever a visão geral e algumas ideias para treze episódios, se vender para uma grande rede, e de seis a vinte para TV a cabo. Eles têm as próprias regras. E aí, rezar para eles pedirem mais. Espero que você escreva alguma coisa, Kait. Você entende muito de pessoas e mulheres, a julgar pela coluna que escreve; e deve ter ótimas ideias e enredos. Adoro o que você diz porque é sensato e inteligente, verdadeiro e direto. Não tem nada de falso na sua coluna. Você escreve coisas com que qualquer pessoa pode se identificar, inclusive um homem. Aprendi algumas coisas sobre mulheres lendo você.

Ela percebeu que ele estava falando sério e ficou comovida.

— Então, já criaram uma série de sucesso? — perguntou Sam quando se aproximou.

Ele havia notado que os dois conversaram animadamente durante todo o jantar e se perguntava se por acaso Zack a convidaria para sair. Sabia que Kait não era o perfil habitual do amigo; ele gostava de mulheres mais jovens, principalmente atrizes e, às vezes, as estrelas de suas séries. Mas Kait era bonita e inteligente, e fazia mais sentido do que as estrelas com quem ele normalmente saía. Sam não sabia se havia química entre eles; Kait era educada demais para demonstrar, e Zack era discreto, como sempre fora, desde a faculdade. Era um dos poucos que Sam conhecia que não se gabavam de suas conquistas. Não era seu estilo.

— Estamos trabalhando nisso — foi tudo o que Zack disse ao ex-colega de quarto, enquanto Kait ia falar com a anfitriã e os outros convidados. — Mulher interessante. Passado fascinante — comentou, e logo se afastou.

Zack foi se despedir de Kait pouco antes de ir embora. Ele pegaria um avião de volta a LA no dia seguinte, bem cedo. Disse a Kait, de novo, que ligasse se tivesse alguma ideia.

Mas ela duvidava que ligaria. Não conseguia imaginar como poderia escrever uma bíblia para uma série de TV. E, como havia dito a Zack, queria guardar a história de sua avó para escrever uma biografia um dia. Ela seria uma inspiração até para as mulheres modernas; estivera décadas à frente de seu tempo, por pura necessidade.

Kait foi embora um pouco depois. Estava feliz por ter comparecido; havia gostado de conhecer Zack e conversar com ele. Tinha certeza de que nunca mais se encontrariam, seus mundos não se cruzavam; mas era divertido conhecer pessoas novas e diferentes e, de repente, a aura hollywoodiana dele não tinha importância. Era óbvio que ele tinha talento, ou um bom olho para o que poderia dar certo. Seus tantos sucessos na TV eram a prova disso.

— O que achou de Zack? — perguntou Jessica, com um olhar insinuante, quando Kait estava vestindo o casaco para ir embora.

Kait ignorou a insinuação e respondeu com sinceridade:

— Ele tem um ótimo papo e foi um companheiro bacana no jantar. Obrigada por me colocar do lado dele — ela respondeu, educadamente.

— Só isso? Você não o achou sexy pra caramba?

— Tenho certeza de que não sou o tipo dele — disse ela, simplesmente.

E ele também não era o dela. Ele era pura LA, parte do mundo do entretenimento, e poderia ter qualquer estrela que quisesse a seus pés, Kait tinha certeza disso. E parecia ser o tipo de homem que preferia mulheres bem jovens e sensuais, já que tinha fácil acesso a elas.

— Que bom que você gostou dele — observou Jessica quando Kait saiu, junto com outros convidados.

Ela viu que havia uma longa espera por um Uber, de modo que pediu ao porteiro que lhe parasse um táxi. Ficou em frente ao prédio por alguns minutos, esperando que chegasse. Quando chegou, cinco minutos depois, seu rosto, orelhas e mãos estavam dormentes de frio. Ela entrou no carro, grata, e deu seu endereço ao motorista. Ele ficou aliviado ao encontrá-la sóbria; estava voltando para a companhia e quase não parara para ela. Era difícil dirigir na noite de réveillon...

— Feliz Ano-Novo — disse o motorista, com um forte sotaque indiano e um turbante turquesa.

Kait sorriu. Havia sido uma noite agradável, muito mais do que ela esperava, graças a Zack. Ficara lisonjeada por ele pensar que ela deveria escrever uma bíblia para uma série. E gostou de ele ter gostado do blog dela e de a seguir no Twitter. Ela dedicava muito tempo e pensava muito no que escrevia; adorava ajudar as pessoas, mas não tinha inspiração instantânea para uma série de TV. Achava que não tinha nada além de... "Conte para Kait". Não queria fazer nada mais exótico que isso, apesar de gostar das séries a que assistia.

E, como final perfeito para a noite, ela colocou o DVD da última temporada de *Downton Abbey* e assistiu ao último especial de Natal em seu notebook quando chegou em casa. Sabia que ficaria acordada até tarde, mas poderia dormir na manhã seguinte. E voltaria para a revista no outro dia. O recesso de Natal estava acabando. Havia sido bom, e ela colocara seu trabalho em dia. Ia começar o novo ano com tudo zerado. Era uma sensação boa.

Quando a música-tema da série começou, ela afundou na montanha de travesseiros que tinha na cama e se acomodou para se divertir. Apesar de suas reservas, havia sido uma ótima véspera de Ano-Novo, afinal, e ela estava feliz por ter ido. O episódio que escolheu de *Downton Abbey* era um de seus favoritos. Mas, antes de acabar, ela adormeceu profundamente.

CAPÍTULO 4

Quando Kait acordou, na manhã do novo ano, o DVD e a bateria do notebook haviam acabado e as luzes estavam acesas. Ela se levantou para conectar o carregador do computador, olhou pela janela e viu que estava nevando muito lá fora e quase tudo estava parado. Poucos ônibus circulavam e havia um ou dois táxis trafegando devagar. A camada de neve era profunda.

Ela preparou uma xícara de café e se sentou diante do computador novo que Stephanie lhe havia dado. Ainda não estava totalmente à vontade com ele, tinha mais opções e frescuras que o antigo, mas estava adorando. Ficou imaginando o que faria pelo resto do dia. Tinha que responder às cartas para a coluna, atualizar o Twitter e o blog, e não queria sair de casa com o tempo ruim. Pensou em Tommy com a família nas Bahamas, e em Stephanie em Montana com Frank. Ficou imaginando onde estaria Candace e o que estaria fazendo, olhando para a tela em branco por um tempo. De repente, teve uma ideia. Era só um pensamento, mas ela sentiu um súbito desejo de brincar com ele e ver aonde a levaria. Não tinha mais nada para fazer naquele dia.

☆ ☆ ☆

A história começa em 1940, antes de os Estados Unidos entrarem na Segunda Guerra Mundial. Lochlan Wilder tem cerca de quarenta anos e é fascinado por aviões antigos, tanto que os coleciona. Ele pilota qualquer coisa que tenha asas e gastou cada centavo que pôde para compor sua coleção. É apaixonado por voar e por tudo que tenha a ver com aviação. Mecânico e piloto, restaurou muitos aviões, e sua esposa, Anne, o apoia, apesar de ele gastar todo o dinheiro que ganha com suas aeronaves. Ele herdou uma boa quantia e ganhou outra, e gastou tudo em sua coleção. A casa deles está hipotecada. Mas Anne entende o quanto voar significa para ele. Eles têm quatro filhos adolescentes – dois deles herdaram seu espírito voador. É um homem bonito, sexy e selvagem, e Anne é profundamente apaixonada por ele. Ele a ensinou a pilotar, e ela é boa, mas não gosta tanto quanto ele.

Anne frequentemente o defende diante de sua mãe severa, Hannabel, que o considera um idiota irresponsável e diz isso sempre que pode. Ela não o entende, nem faz questão.

Seu filho mais velho, Bill, tem dezoito anos. O pai o ensinou a pilotar e a mexer nos motores. Bill é estável, sério e já tem um brevê.

É Maggie, no entanto, a segunda filha, que compartilha da habilidade de seu pai para pilotar e do amor por aviões antigos. Aos dezessete anos, ela ainda não tem brevê, mas ele a leva nos voos e ela sabe pilotar todas as máquinas da família. Ela tem o dom do pai e quer ser piloto um dia. O pai a ensinou a fazer acrobacias, e ela abusa um pouco da sorte. Tem mais coragem na cabine que seu irmão. Bill é firme e seguro, mas Maggie é mais atrevida que os irmãos e mais parecida com o pai.

Anne e Loch também têm dois filhos mais novos. Greg não se interessa por aviões; tem quinze anos e não para de fazer travessuras. Tem grandes sonhos, mas nenhum deles inclui aviões. E a caçula é Chrystal, de uma beleza impressionante e louca por garotos; tem catorze anos e também não dá a mínima para aviões.

☆ ☆ ☆

Kait escrevia freneticamente enquanto a história se desenrolava em sua cabeça.

☆ ☆ ☆

A guerra está recrudescendo na Europa, e Loch diz a Anne que quer ir para a Inglaterra para ser voluntário na Força Aérea Real. Eles estão aceitando voluntários americanos, e ele conhece alguns pilotos que já foram para lá. Como já tomou a decisão, ele vende dois aviões para deixar dinheiro suficiente para Anne se arranjar sem ele. Sente-se compelido a ir, e Anne o conhece bem demais para tentar impedi-lo. Ela concorda em deixá-lo ir por amor e respeito por ele. Eles contam às crianças. Bill e Maggie o veem como um herói. Hannabel fica horrorizada ao saber que ele é capaz de abandonar a esposa e a família.

Loch parte para a Inglaterra. Anne fica sem ele para cuidar de tudo e dos filhos. Ela é uma mulher forte e calada que acredita no marido, mas teme por ele. Há uma cena comovente entre os dois antes de ele partir. E uma enxurrada de críticas da mãe de Anne depois que ele se vai.

Loch deixa dinheiro suficiente para que eles sobrevivam, mas é difícil. Anne pensa em arranjar um emprego para ganhar um dinheiro a mais e tem uma ideia. Vai fazer bom uso dos aviões de Loch. A ideia é transportar pessoas em trajetos de curta distância, como um serviço de táxi aéreo. Ela e Bill têm capacidade para isso. E também podem dar aulas de voo. Bill está determinado a ajudar a mãe. Ela batiza a empresa de Wilder Aircraft, e eles logo colocam uma placa oferecendo fretamento de aviões e aulas. Maggie também quer ajudar, mas ainda não tem brevê. Hannabel, a mãe de Anne, está furiosa por Loch ter ido para a Inglaterra e deixado sua família. E acha que o plano de Anne para ganhar dinheiro extra é uma ideia maluca. Segundo ela, Anne deveria vender todos os aviões de Loch enquanto ele está fora, para que tenham mais dinheiro para viver, e seria bem feito para ele, por ter partido e os abandonado.

Bill tenta ajudar a mãe a controlar seu irmão mais novo, Greg, de quinze anos, com quem sempre se estressa. Ele se mete em problemas o tempo todo, especialmente na escola. E Chrystal é igualmente difícil de controlar, sempre fugindo para se encontrar com algum garoto. Bill tenta ajudar, mas os dois mais novos são difíceis. E, aos dezessete anos, tudo que interessa a Maggie são os aviões. Ela não vê a hora de tirar seu brevê.

A empresa decola devagar, mas começa a dar certo. Algumas pessoas se inscrevem para as aulas. Empresários fretam seus aviões para ir a reuniões em outras cidades. E Anne administra bem o negócio, provavelmente melhor do que o marido o faria. Ela é muito mais prática que Loch. Estão ganhando um bom dinheiro, somado ao que Loch deixou para eles, e isso ajuda Anne a sustentar a família. No entanto, quando não há aulas ou fretamentos, eles voltam a ficar apertados. Sua mãe diz a Anne, de novo, para vender alguns ou todos os aviões de Loch, mas ela não aceita, por respeito a ele. Loch ficaria arrasado. Hannabel não se importa e acha que ele merece, por ter fugido. Alguns aviões são muito especiais e raros, e Maggie sabe pilotar todos eles. Ela acompanha o irmão, como fazia com o pai. Vive para voar, como ele.

Enquanto Loch está pilotando para os britânicos na Força Aérea Real, Anne cuida de tudo em casa com eficiência e bravura. Sua pequena empresa cresce no ano seguinte e vai bem. Então, acontece o ataque a Pearl Harbor. A primeira convocação em tempo de paz da história começou um ano antes, em setembro de 1940, mas Bill não é convocado.

Depois de Pearl Harbor, Loch retorna da Inglaterra para se alistar nas forças aéreas estadunidenses. Loch passa um tempo com os filhos antes de partir de novo e repreende o mais novo, Greg, para que se comporte melhor. A despedida de Anne é amorosa, de novo; ele tem orgulho de ver como ela administrou a empresa e salvou seus aviões. Agora com dezoito anos, Maggie finalmente tira o brevê. Bill é convocado, e Maggie ajuda a mãe a dar aulas e a fretar voos. Loch e Bill partem para a guerra. Bill vai para o treinamento de voo nas Forças Armadas. Anne e Maggie administram o negócio, enquanto Greg e Chrystal continuam aprontando, sem nenhuma figura masculina para ajudar a controlá-los. Chrystal, aos quinze anos, parece mais velha do que é, e isso é um problema. Os homens são atraídos por ela como mariposas pela luz, e ela os encoraja descaradamente. Anne tenta contê-la, sem sucesso.

☆ ☆ ☆

Enquanto escrevia, Kait se lembrou de que havia lido sobre as WASPs no passado. Procurou na internet e ficou animada com o que encontrou. Leu avidamente, fascinada pela história de um grupo de mulheres corajosas que receberam pouco reconhecimento por seus atos heroicos na Segunda Guerra Mundial. O programa Women Airforce Service Pilots foi criado em 1942, depois de Pearl Harbor, para recrutar a ajuda de mulheres civis para pilotar aviões. Após serem treinadas no Texas, elas rebocavam drones, alvos e munição para treinos de artilharia, testavam e consertavam aeronaves, atuavam como instrutoras, transportavam cargas para pontos de embarque e entregavam aviões em outros locais. Com frequência voavam à noite e não eram pilotos de combate, mas suas missões eram perigosas mesmo assim. Continuavam sendo civis, e realizavam essas tarefas para que os homens pilotos militares pudessem ficar livres para o combate.

Elas pilotavam todo tipo de aeronave, como os PT-17 e AT-6 de treino, aviões de ataque mais rápidos, como o A-24 e o A-26, e bombardeiros médios e pesados, que eram os B-25 e os B-17. Nunca fizeram parte oficialmente das Forças Armadas, não recebiam benefícios nem honras, pilotavam quando eram chamadas e ganhavam duzentos e cinquenta dólares por mês.

Uma vez estabelecido o programa WASP, vinte e cinco mil mulheres pilotos se candidataram para ajudar no esforço de guerra e mil oitocentas e trinta foram aceitas. Além da formação de piloto, elas tinham que ter vinte e um anos de idade ou mais e no mínimo um metro e sessenta e cinco de altura. Cumpriam suas missões heroicamente. Trinta e oito mulheres da WASP morreram no cumprimento de suas missões. Em dezembro de 1944, após quase três anos pilotando, as WASPs não eram mais necessárias e o programa foi extinto. Os registros de suas missões foram mantidos na confidencialidade por mais de trinta anos. Em 1977, o Congresso votou para tornar as WASPs sobreviventes elegíveis para benefícios de veteranos, mesmo sendo civis e ainda que nunca houvessem se alistado nas Forças Armadas. Finalmente, em 2010, sessenta e oito anos depois de terem servido a seu país, as WASPs sobreviventes, menos de trezentas à época, receberam uma Medalha de Ouro do Congresso em uma cerimônia oficial em Washington. Era a primeira vez que a maioria das pessoas ouvia falar das mulheres civis que serviram como pilotos, corajosamente, a seu país na Segunda Guerra Mundial.

Kait quase se levantou e comemorou ao ler sobre elas, com lágrimas nos olhos, e entrelaçou o que havia aprendido sobre as WASPs na internet com a história que estava escrevendo. Anne Wilder seria o tipo de mulher que se inscreveria no WASP. Era perfeito. Até a história dos uniformes delas era fantástica. Os uniformes que elas usavam, inicialmente, eram macacões de mecânicos de aviões, sendo o menor tamanho o quarenta e quatro masculino. Posteriormente elas foram obrigadas a comprar calças bege e blusas brancas para ocasiões especiais. Em 1943, um ano após o início, a diretora das WASPs, Jacqueline Cochran, mandou Bergdorf Goodman desenhar um uniforme de lã na cor "azul-força-aérea". O novo traje foi aprovado por dois generais da Força Aérea e se tornou o uniforme oficial do WASP. Era composto de saia, paletó acinturado, camisa branca, gravata preta, o emblema da aeronáutica e o emblema do WASP no paletó, boina e bolsa pretas.

Elas também receberam uniformes de voo novos, do mesmo azul da Força Aérea, compostos por jaqueta Eisenhower, calça comprida, camisa de algodão azul e gravata preta, com boné estilo beisebol.

Cochran mandou as roupas à famosa loja Neiman Marcus para ajustar, e as WASPs ficaram muito orgulhosas de seus novos uniformes. Haviam percorrido um longo caminho desde os enormes macacões usados!

Kait continuou escrevendo a história para a bíblia.

Anne está desesperadamente preocupada com o marido e o filho na guerra. E a mãe está mais calada que antes, preocupada com o neto. Critica menos Loch também. Mas, no geral, Hannabel é muito dura.

☆ ☆ ☆

Anne e Maggie estão administrando a empresa e indo bem. Loch e Bill estão em suas missões na guerra, como pilotos de caça.

Um representante dos militares procura Anne e pergunta se ela vai se inscrever no WASP para transportar aviões para os militares através do Atlântico, sem tropas – o que é uma missão potencialmente perigosa. O representante do WASP explica que estão recrutando mulheres para esses voos para poder deixar os homens livres para o combate. Ela não fará isso o tempo todo, só quando eles precisarem. As WASPs são voluntárias civis e recebem um pagamento modesto. Ela aceita se inscrever; é sua contribuição para a guerra. Fará isso quando for necessário e ainda poderá administrar seus negócios.

Quando Anne conta à mãe, Hannabel implora à filha que não faça isso e insiste que ela pode ser abatida por alemães sobrevoando o Atlântico. Mas ela é uma piloto competente e estável. Anne está determinada, e, finalmente, Hannabel concorda em ir morar com ela para ajudá-la e ficar com as crianças quando ela estiver em missões. Vemos um lado mais suave de Hannabel, que está apavorada por sua filha única. Maggie também quer ser voluntária, mas não tem idade suficiente e Anne precisa dela em casa.

Vemos Anne em missões de transporte com as WASPs e as outras pilotos que conhece. Anne e Maggie continuam a administrar a empresa, que rende nada mais que o suficiente para complementar a renda. Anne enfrenta alguns perigos durante as missões de transporte, mas nunca é ferida nem abatida.

Antes do fim da guerra, o avião de Loch é derrubado e ele morre. E não muito depois, pouco antes do fim da guerra, seu filho Bill é abatido e morto também. Anne recebe a última carta de Loch, dizendo o quanto a ama, depois que ele já está morto. Hannabel se mostra solidária e sente pena da filha.

☆ ☆ ☆

Enquanto Kait escrevia, lágrimas escorriam pelo seu rosto. Ela parou um instante para se recuperar, mas logo continuou escrevendo, deixando a história voar para fora dela.

☆ ☆ ☆

Quando a guerra termina, Maggie tem vinte e dois anos e é uma ótima piloto. Anne tem quarenta e quatro, Greg, vinte e Chrystal, dezenove, e ambos ainda dão trabalho. A família está arrasada pela perda de Loch e Bill. Colocaram duas bandeiras e duas estrelas douradas na janela.

Anne tenta descobrir o que fazer agora para sustentar a família. Vai vender os aviões de Loch? Arranjar um emprego em tempos de paz? Vai continuar tentando sobreviver com aulas de voo e pequenos fretamentos? Ela tem a ideia de usar os aviões maiores e mais antigos para fazer transporte aéreo de carga; ela e Maggie pilotarão os aviões. Precisam que Greg e Chrystal ajudem no escritório, e Hannabel surpreende a todos dizendo que quer trabalhar também. Ela quer fazer o que for possível para ajudar. Ela se desculpa com Anne por suas críticas a Loch e afirma que queria que ela tivesse uma vida mais fácil, mas que agora percebe que ele era um homem bom e que o casal se amava.

Anne batiza a empresa de carga de Wilder Express. Conseguem pequenos trabalhos no início, depois outros maiores, e cobram caro por eles. Cada contrato é uma vitória para elas, pois carregam cargas e estão indo bem. Hannabel é ranzinza com os clientes, mas engraçada, e trabalha muito; ela pede à neta Maggie que lhe dê aulas de voo. Hannabel é agressiva, corajosa e dura, mas também maravilhosa e fala o que pensa. Anne é incansável e corajosa, e a empresa está dando certo. Já podem comprar aviões maiores para transportar cargas mais pesadas. Elas voam em condições climáticas difíceis. Anne e Maggie passam por momentos complicados com o mau tempo, mas sempre sobrevivem. Elas contratam um jovem piloto fantástico, Johnny West, quando podem pagar. Ele é um sujeito legal, de grande ajuda, e ele e Maggie se apaixonam. (Os dois mais novos, Chrystal e Greg, continuam tendo desventuras.)

Há resistência de outros homens do ramo da aviação a aceitar duas mulheres que dirigem um negócio de transporte aéreo que está se tornando visivelmente bem-sucedido. Elas enfrentam ameaças de sabotagem a um de seus aviões, e Johnny, o jovem piloto, é espancado. A concorrência é dura e tenta tirá-los do negócio, mas Anne resiste. E Hannabel é ousada, confronta qualquer um e é destemida; talvez aponte uma arma para um deles uma noite, quando estiverem sendo ameaçados. Hannabel, Anne e Maggie administram a empresa, que se torna lucrativa, e ganham dinheiro. Vendem alguns aviões de Loch para comprar outros melhores. É um momento agridoce para Anne quando se separa de algumas das amadas aeronaves de Loch para ajudar a empresa. Hannabel diz a Anne, uma noite, que Loch sentiria orgulho dela, e Anne diz a Hannabel que ele também sentiria orgulho da sogra.

Elas trocam alguns velhos aviões de Loch por mais aeronaves excedentes de guerra, mas mantêm um ou dois dos favoritos dele. Anne é obrigada a enfrentar o mau comportamento de Greg e Chrystal enquanto dirige a empresa. E Maggie e o jovem piloto, Johnny West, têm um romance intenso.

Com o passar do tempo, a empresa passa a ser muito, muito bem-sucedida, rende realmente muito dinheiro. Cinco anos após a guerra, em 1950, é um negócio em expansão que elas lutaram muito para construir, e ainda enfrentam preconceitos constantes contra as mulheres. Mais pilotos são contratados, e talvez Hannabel pilote em uma missão uma noite, quando estiverem com falta de pessoal. Ela é uma piloto razoável, e uma velha rabugenta que passamos a amar. Já se suavizou um pouco.

Nós as vemos administrando a empresa na década de 1950, lutando pelos direitos das mulheres e tendo sucesso em um mundo masculino. Com o tempo, é uma das empresas de transporte aéreo mais bem-sucedidas do país, status conquistado com muito esforço. Elas contratam mais pilotos homens, mas têm que demitir alguns porque não são fáceis de lidar. Talvez contratem uma mulher. Contratam um herói de guerra que conhecia Loch. Ele e Anne brigam, mas se respeitam. Depois de alguns confrontos, os dois acabam se apaixonando. Ele é o primeiro homem na vida de Anne desde a morte de Loch, entre 1953 e 1955. O relacionamento é intenso e apaixonado desde o início. A empresa é administrada por três gerações de mulheres fortes: Hannabel, Anne e Maggie.

☆ ☆ ☆

Kait ficou diante do computador pensando no que havia escrito; ela se flagrou chocada com a história que de repente surgira em sua cabeça. Era meia-noite e ela estava escrevendo havia quinze horas. Batizou a história de *As mulheres selvagens*. Era sobre uma família de mulheres que construíam uma empresa bem-sucedida em um ramo e em um mundo dominados por homens.

Depois de ler, Kait pegou o cartão de Zack Winter e lhe mandou um e-mail para dizer que havia escrito uma história e perguntar se ele gostaria de vê-la. Duas horas depois, ele respondeu que sim e pediu que a mandasse por e-mail. Ela clicou em Enviar e só então se perguntou o que havia feito. E se ele odiasse? De um jeito ou de outro, ela havia adorado. *As mulheres selvagens* ganhara vida para ela. Kait se sentiu tomada de orgulho e pânico, e nem imaginava o que Zack pensaria.

No dia seguinte, quando acordou, a tempestade de neve havia se transformado em nevasca e a revista permanecia fechada. Ela leu a história de novo e se animou; ficou olhando a neve e imaginando o que aconteceria. De uma coisa ela sabia: fazia anos que não se divertia tanto como se divertira escrevendo sobre as mulheres da família Wilder no dia anterior. Dedicou a história à sua avó e sabia, em cada fibra de seu ser, que ela também teria orgulho da neta.

CAPÍTULO 5

A nevasca durou dois dias. Quando todos voltaram ao trabalho, Kait não comentou nada sobre o que havia escrito, nem com Carmen. Estava esperando a opinião de Zack. E não teve notícias dele durante três semanas. A essa altura, ela já havia passado por várias fases do constrangimento, certa de que sua história era terrível e de que ele a odiara, mas era educado demais para lhe dizer. Tanto que nem havia respondido. Ela estava tentando esquecer que lhe escrevera quando ele telefonou, três semanas depois.

— Acho que passar o réveillon com Sam e Jessie acabou sendo uma sorte para nós dois — foi a primeira coisa que ele disse, e Kait não se atreveu a perguntar o que queria dizer, ou se gostara do que ela lhe havia enviado.

Ela mal conseguia se concentrar nas palavras dele e se preparou para o pior.

— Desculpe não ter respondido antes, mas andei ocupado — disse ele, apressado. — Vou para Nova York amanhã para uma reunião. Tem tempo para um drinque?

Ela presumiu que ele quisesse lhe dizer pessoalmente o que havia de errado com sua história e por que não servia como bíblia para uma série.

— Claro — respondeu ela, ainda constrangida por tê-lo incomodado com aquilo.

Ela ficara muito animada quando escrevera, mas havia tido tempo para se acalmar e duvidar de si mesma nas três semanas desde que enviara a história. Ficara morrendo de vergonha. Ele devia ter achado aquilo uma tentativa amadora – era o que ela pensava agora, depois de ter lido seu material várias vezes.

— Onde nos encontramos?

Ele sugeriu o Plaza, disse que se hospedaria lá.

— Às seis? — continuou ele.

— Ótimo.

Ele disse em qual bar encontrá-lo. Ela ficou sentada à sua mesa na revista, olhando para o computador, preparando-se para as más notícias e as críticas pesadas do dia seguinte, apesar do bom humor dele no telefonema. Não conseguia imaginar que ele tivesse gostado da história que ela havia escrito. Estava uma pilha de nervos naquela noite, ansiosa pelo encontro. Foram necessários três episódios de *Downton Abbey* para acalmá-la, já de madrugada. Ela só conseguia pensar em sua história, tentando adivinhar o que ele diria. Com certeza, nada de bom.

Kait vestiu um terninho preto sóbrio para trabalhar no dia seguinte, com meias finas pretas e salto alto; parecia que estava indo a um funeral. Carmen a mediu, surpresa, quando passou para falar com ela naquela tarde.

— Alguém morreu? — perguntou, meio séria.

Kait estava pálida, distraída, e havia terror em seus olhos.

— Tenho uma reunião depois do trabalho.

— Não pode ser coisa boa — respondeu Carmen, avaliando a expressão tensa no rosto de Kait.

— Provavelmente não.

Kait não deu mais detalhes e Carmen saiu, sem perguntar sobre a natureza da reunião.

Ela pegou um táxi para o Plaza depois do trabalho; chegou dez minutos antes, escolheu uma mesa e entrou em pânico ao ver

Zack entrar. Surpreendeu-se ao vê-lo de terno, camisa azul-clara e gravata. Não havia vestígios daquele seu estilo moderno do réveillon. Era como qualquer homem de negócios de Nova York, o que deu o tom do encontro deles.

Apertaram as mãos.

— Está tudo bem? Você está tão séria — disse ele, sentando-se diante dela à mesa do Oak Bar.

— Você também. — Ela sorriu.

Zack percebeu que ela estava apreensiva. Pediram bebidas antes de começarem a conversar; ele pediu uísque e ela uma taça de vinho, mas estava nervosa demais para beber. Fazia anos que nada a assustava tanto quanto aquele encontro. Tinha certeza de que Zack diria que sua história era ruim, e achava que ele decidira encontrá-la pessoalmente por respeito a seu velho amigo Sam.

— Você ouviu o que eu disse quando liguei para você ontem? — perguntou ele, com um sorriso. — Eu disse que o nosso encontro foi *uma sorte*. Tenho a sensação de que você não me ouviu.

Ela parecia estar a ponto de chorar.

— Achei que você estivesse só sendo educado — respondeu ela, sendo sincera.

E ele viu que a mão dela tremia quando ela tomou um gole de vinho.

— Não sou tão educado nos negócios. — Ele sorriu; queria acabar com o sofrimento dela depressa. — Você escreveu uma história fantástica, Kait. Daria uma bíblia incrível para uma série. As personagens femininas são maravilhosas, e dá para continuar por anos com as subtramas decorrentes da história de fundo. Eu não queria falar com você antes de ter algo concreto para contar, e acho que tenho. Fiz duas reuniões na semana passada sobre o material e outra há dois dias. Não quero alimentar suas esperanças, mas acho que talvez você seja o meu novo amuleto da sorte. Procurei as redes de TV a cabo que achei adequadas, e uma das principais que eu queria tem interesse em uma série como essa. Eles só produziram uma série, que foi um fracasso, e a cancelaram. Estão com uma lacuna na programação para o próximo outono. Eles querem produzir, Kait. *As mulheres selvagens* é exatamente aquilo de que eles precisam. Ainda está meio dura e precisa de mais trabalho, mas o roteirista certo pode fazer isso com você. Eles querem que a gente a desenvolva e tenha um roteiro o mais rápido possível.

Ele sorria enquanto falava, e Kait parecia estar em estado de choque.

— Mas eu não sei escrever um roteiro, não sei fazer isso — disse ela, deixando a taça na mesa e olhando para ele, tentando entender o que acabara de ouvir.

Era a última coisa que esperava ouvir dele.

— Não espero que você escreva o roteiro. Vamos arranjar uma roteirista para isso. Já falei com a que eu quero. Ela está terminando um projeto agora, o que também é uma sorte. É jovem, mas é muito boa. Você tem que confiar em mim, já trabalhei com ela antes. Enviei sua história, e ela quer fazer. Ela já escreveu duas séries de sucesso; a emissora cancelou uma porque teve problemas com a estrela, não por causa do roteiro. Acho que ela poderia fazer um trabalho fantástico para você.

Ele era todo profissional quando falava com Kait, pensava em tudo. Era brilhante.

— Espere um minuto. Estou tentando entender. Uma emissora de TV a cabo quer a história e você já tem uma pessoa para escrever o roteiro?

— Basicamente, sim. Nós temos que ver o que a roteirista vai entregar, se vai nos agradar, e à emissora também. Se gostarmos, ficamos com ela. Se conseguirmos o roteirista certo, eles querem treze episódios iniciais e mais nove depois, se tudo correr bem.

Ele estava acostumado com o sucesso, mas Kait não; tudo isso era novo para ela.

— Ai, meu Deus. — Kait fechou os olhos e os abriu de novo. — Você está me dizendo que vão transformar minha história em uma série, simples assim?

— Nós temos alguns obstáculos para superar primeiro. Todos nós precisamos gostar do roteiro. Temos que encontrar os atores adequados, isso é crucial, de preferência mulheres protagonistas fortes que possam levar a série e um diretor que seja bom com séries femininas. As estrelas precisam se entrosar de modo verdadeiro. Se não conseguirmos fazer o roteiro funcionar ou não encontrarmos o elenco certo, só vamos colocar a série no ar em outubro, que é quando eles precisam. Mas, se tudo se encaixar, você vai poder ter uma série no ar no próximo outono. E eu tenho algumas ideias para a direção e alguém que quero convidar para interpretar Anne Wilder. É um tiro no escuro, mas vou dar tudo que eu tenho. Ela nunca fez séries, só longas-metragens, mas vai ser perfeita, se gostar da história. A roteirista que tenho em mente pode começar a trabalhar na bíblia daqui a duas semanas. Mas ela quer se encontrar com você primeiro.

Kait estava sorrindo quando ele terminou. Tudo era meio hesitante e precário, mas, na verdade, era possível que a história que ela escrevera no primeiro dia do novo ano acabasse no ar.

— Teríamos que começar a filmar em primeiro de julho, o que não nos dá muito tempo. Eu tenho muito trabalho, e você precisa de um agente para elaborar o contrato e falar de valores. Posso te recomendar vários.

Ela não queria dizer que teria feito aquilo de graça, só pela emoção, mas obviamente queria ser remunerada; o problema era que não tinha ideia do que esperar financeiramente. Mais que tudo, estava em êxtase. Os detalhes poderiam ser providenciados mais tarde. Ela queria saborear a emoção inicial do que estava acontecendo. E ele ficou feliz por vê-la emocionada, por ver o quanto isso significava para ela. Podia ver isso nos olhos e no olhar atordoado no rosto de Kait.

Passaram mais duas horas conversando; ele voltou a elogiar a roteirista. Kait confiava no julgamento dele. Ele sabia tudo sobre o ramo, e ela não sabia nada. Ele disse que não ia falar sobre os atores que tinha em mente; queria primeiro pesquisar a disponibilidade deles antes de deixá-la entusiasmada por nada; e não queria levantar nomes que talvez não fossem uma possibilidade.

Kait agradeceu profusamente quando se despediram, no saguão. Ele ia a um jantar e ela queria ir para casa curtir o momento, ou correr pela sala gritando. Era a coisa mais excitante que já acontecera com ela. E aquilo era só o começo. Era difícil imaginar o desenrolar da situação. Ele havia explicado tudo, mas ela já havia esquecido metade quando chegara em casa. Estava atordoada. E não queria contar aos filhos ainda até ter certeza de que tudo estava caminhando. Talvez depois que soubessem que a roteirista daria certo e ela houvesse assinado o contrato. Quem sabe assim se convencesse de que era real. Por ora, parecia um sonho, e ela estava com medo de acordar. Havia se esquecido de perguntar a Zack quanto tempo levaria e se ela ainda poderia escrever sua coluna. Tinha que poder; não abriria mão de seu emprego de dezenove anos por um sonho que poderia desmoronar.

Quando chegou a seu apartamento e tirou o casaco, ela se sentou no sofá e tentou imaginar o que aquilo significava. Era como se estivesse viajando por um país cujo idioma não falava e precisasse que lhe traduzissem tudo. De repente ela era uma estranha em sua própria vida. Independentemente do que acontecesse, contudo, ela sabia que seria uma das coisas mais emocionantes que já lhe haviam acontecido. Mal podia esperar que começasse. Ficou deitada na cama por horas naquela noite, bem acordada, pensando em tudo que Zack havia dito. Bem, em tudo que conseguia recordar. Tinha tanta coisa em que pensar... Nem assistiu a *Downton Abbey* para relaxar. Riu consigo mesma, pensando que logo teria sua própria série. Que incrível!

☆ ☆ ☆

Zack ligou para ela na manhã seguinte para repassar alguns detalhes. Queria que Kait fosse a Los Angeles para se encontrar com a roteirista dali a duas semanas a fim de repassar tudo com ela. E queria apresentá-la a dois agentes enquanto estivesse em LA, pois ela precisaria de um com urgência para elaborar o contrato. Zack achava que, até lá, já saberia quais atores estavam disponíveis, e eles poderiam trabalhar juntos na escolha do elenco. Essa era uma parte importante para a emissora, assim como o diretor. Ele disse que pretendia escolher grandes astros, o que ela achava ótimo.

Era tudo muito emocionante. Kait agradeceu de novo, muito séria, antes de desligar e ir para o trabalho. Haviam definido que, se possível, ela tiraria duas semanas de férias para ir a Los Angeles, mas que teria que combinar a data com a revista. Não deveria ser um problema, mas ela precisava avisar. Eles sempre haviam sido flexíveis nesse sentido, e ela poderia fazer home office e escrever sua coluna e os posts do blog no avião ou em LA.

Sua mente ainda estava a mil quando começou a trabalhar e preencheu os formulários para tirar duas semanas de férias. Não contaria a ninguém aonde ia nem o que pretendia fazer. Não queria atrair mau agouro, e nada estava definido ainda, nada formalizado nem assinado; era só um acordo verbal que a emissora havia feito com Zack. Mas ele tinha uma reputação por apresentar séries de primeira linha. Ela sabia que era um ramo inseguro, que as coisas desmoronavam o tempo todo e as séries eram canceladas em um piscar de olhos. E não queria fazer papel de boba contando às pessoas, se isso acontecesse; pelo menos até o contrato estar assinado. E ela nem tinha um agente ainda. Tinha certeza de que tudo pareceria real depois que o contrato estivesse em vigor, mas isso ainda estava no futuro.

— Como foi sua reunião ontem? — perguntou Carmen quando apareceu na sala de Kait, a caminho de uma reunião editorial.

Havia ficado curiosa depois de ver Kait vestida daquele jeito no dia anterior e queria saber o que havia acontecido.

— Foi boa — respondeu Kait vagamente, sentindo-se uma mentirosa.

Mas elas não eram tão próximas a ponto de Kait revelar algo tão confidencial e importante. Ela achava que seus filhos tinham que saber primeiro, e era cedo demais para contar a eles. Ainda não era um negócio fechado.

— Você está muito mais feliz hoje — comentou Carmen.

Kait sorriu.

— Estou mesmo.

Não comentou nada sobre a ida a LA, pois não poderia deixar de explicar a razão, e ainda não havia inventado uma boa desculpa.

— Quer que eu pegue uma salada para nós na volta? — ofereceu Carmen.

— Seria ótimo. Mediterrânea, obrigada.

Elas eram boas amigas no trabalho, mas não íntimas.

— Volto à uma — prometeu Carmen.

Kait acabou de preencher o formulário para as férias e pediu a sua assistente que o entregasse no RH. Era uma sensação estranha imaginar se estaria trabalhando lá no final do ano ou ocupada demais com a série. Tentou não pensar nisso enquanto abria uma pasta grossa cheia de cartas, as mais recentes a que tinha que responder pela coluna. Isso rapidamente a trouxe de volta à Terra. Tinha trabalho a fazer, o mesmo que fazia havia dezenove anos: escrever uma coluna para a *Woman's Life*. Hollywood podia esperar. Teria que esperar, por enquanto. Esse era o ganha-pão dela, e ela não se esqueceria disso. Mas estava animada para ver sua história ganhar vida, com atores de verdade interpretando as personagens que havia criado. Kait ficou imaginando quem escalariam, mas logo forçou a mente a voltar para a realidade mundana das tarefas daquele dia.

Ela e Carmen se divertiram fofocando e rindo enquanto comiam salada na mesa de Kait.

— Você está com o olhar distante — disse Carmen no meio do almoço. — Por quê? — perguntou, imaginando se Kait não teria conhecido alguém.

— Só estou cansada. Não dormi muito esta noite.

— Você precisa de férias — apontou Carmen, com naturalidade.

— Vou para Londres ver Candace quando ela voltar.

E então percebeu que tinha a desculpa perfeita para ir a Los Angeles.

— E pensei em ir ver Stephanie em San Francisco daqui a umas semanas, e talvez Tom no caminho de volta.

— Estou falando de férias de verdade, em um lugar quente. Para mim faria muito bem — disse Carmen, melancólica

— É, para mim também — Kait respondeu vagamente.

E voltou a divagar, perdida em suas visões de LA e no que a estaria esperando por lá.

— É um bom conselho — ela resumiu logo depois, sobre as férias. — Talvez eu consiga convencer Steph a passar um fim de semana em LA quando for para lá.

Carmen assentiu com a cabeça e se levantou para jogar fora as embalagens do almoço. Um fim de semana em LA lhe parecia razoável, se Kait fosse à Califórnia ver a filha.

— Durma um pouco hoje — advertiu Carmen. — Você já está meio dormindo.

Kait riu quando a porta se fechou. Mas ela estava bem acordada, e a fantasia que estava vivendo era real. Quase se beliscou para ter certeza.

CAPÍTULO 6

As duas semanas antes da partida de Kait para a Califórnia passaram devagar demais. Tudo em sua vida cotidiana lhe parecia entediante, ela mal conseguia se concentrar nas cartas a que respondia, em assuntos que já havia tratado mil vezes. Só queria chegar a LA e descobrir como estava indo o projeto.

Sentia-se culpada por ir a LA e não passar por San Francisco para ver Stephanie, mas não teria tempo. Zack tinha uma dúzia de reuniões agendadas na emissora para apresentá-la e discutir aspectos do programa e os rumos que eles estavam dando ao enredo. Ele a levaria para conhecer os agentes e o diretor que queria, e ela ainda precisava conversar com a roteirista. Isso era essencial; precisavam fazê-la começar o mais rápido possível, depois que Kait a aprovasse, para cumprir o cronograma. E Zack queria Kait na formação do elenco. Achava importante para ela ver os atores, já que as três mulheres que contratariam seriam a essência da série, e era fundamental que se sentissem à vontade com Kait, para que não se desviassem do conceito dela. Se bem que a emissora inevitavelmente exigiria mudanças à medida que avançassem.

Havia muito a fazer no tempo que Kait pretendia passar lá, e ela não sabia como conseguiria. Zack ligou para ela três dias antes da viagem. Quando ela ouviu a voz dele, sentiu-se, de repente, dominada pelo pânico de novo, imaginando que o projeto havia sido cancelado. Ainda não conseguia acreditar que era de verdade; ainda parecia irreal para ela. Mas todas as peças da máquina estavam funcionando no complicado mecanismo de montar um espetáculo. E Kait sabia muito bem o quanto tinha a aprender sobre o tema. Achava o contrato, as condições e os benefícios para ela ao longo do tempo tão complexos que mal conseguia entendê-los; por essa razão, Zack havia dito que ela precisava de um agente, e talvez até de um advogado do ramo do entretenimento, e lhe recomendaria alguns. Tinham que cuidar disso imediatamente, enquanto ele tratava dos aspectos financeiros com a emissora de TV a cabo e dos acordos de front e back-end – tudo isso era grego para ela.

— Quero que você conheça uma pessoa — disse ele um minuto depois.

Ele estava apressado, ocupado como sempre, fazendo malabarismos com tantas séries e tentando desenvolver novas. Sempre tinha mil pratinhos girando nas varetas, e esse projeto seria grande e exigiria muito trabalho e reuniões para começar. Eles poderiam ter produzido um piloto e vendido à emissora mais tarde, coisa que ele havia feito muitas vezes. Mas procurar a emissora logo no início era um caminho muito melhor e lhes daria muito mais dinheiro para a produção. Assim, já sabiam que a emissora havia gostado e poderia produzir uma série sofisticada de verdade.

Ainda estavam discutindo se filmariam na Califórnia ou em Nova York. Precisavam de um lugar com bastante espaço para os aviões de Loch Wilder, as empresas de transporte e táxi aéreo, e uma pequena pista de pouso. Usariam pilotos acrobáticos no elenco e uma frota de aviões antigos. Zack já tinha gente procurando aviões e locações nas duas costas. Custaria quase o mesmo filmar em qualquer lugar, de modo que a emissora não se importava com a escolha.

— Ela pode se encontrar com você amanhã — disse Zack, enigmático, enquanto Kait esperava para ouvir o resto.

— Quem?

Ele fez uma breve pausa antes de responder, não para fazer drama, mas porque estava assinando cheques com sua assistente para outra série enquanto conversava com ela.

— Liguei para essa atriz semana passada e ela disse que ia pensar. Ela nunca fez TV e precisava se ajustar ao que a televisão é agora. Não é como nos velhos tempos, quando havia um estigma. Agora, alguns dos maiores nomes do ramo estão fazendo séries. Ela entendeu e acabou de me ligar de volta. Quer conhecer você para entender melhor a personagem e ter certeza de que é certa para ela.

Tudo que ele dizia fazia sentido para Kait, mas ela não conseguia suportar o suspense. Zack já havia insinuado isso antes sobre a atriz.

— Nós a queremos para o papel de Anne Wilder, obviamente. Ela não tem idade para fazer a avó. Acho que é perfeita para nós, se conseguirmos convencê-la. Ela teria que trabalhar em filmes durante o hiato, não vai abrir mão disso por nós. Já ganhou dois Oscars e um Globo de Ouro. Prometi a ela outro Globo de Ouro por essa — disse ele, rindo.

Kait queria saber quem era, mas já estava muito impressionada.

— Trabalhei com ela em um filme há muito tempo. Eu era só um assistente na época, e ela não se lembra de mim. É uma mulher incrível. Você vai amá-la, Kait. Maeve O'Hara — revelou ele, como se mencionasse uma pessoa comum que conhecera na rua.

— *Maeve O'Hara?* — perguntou Kait, com reverência e admiração. — Para a nossa série? Está falando sério?

— Tomara. Vamos ver se ela topa. Não prometeu nada. Disse que quer conhecer você antes de prosseguir. Acho que vocês vão se amar.

Na cabeça de Zack, Kait tinha as mesmas qualidades de Maeve, um misto de talento e humildade; as duas tinham o pé no chão.

— Ela disse que pode se encontrar com você amanhã às quatro. Sugeriu uma delicatéssen no bairro dela. Vocês podem dividir um sanduíche de pastrami — disse ele, provocando Kait. — Ela é uma pessoa muito centrada, tem duas filhas que estão tentando atuar também. Não sei se elas têm o talento da mãe; poucas pessoas têm, e elas são muito jovens. Se conseguirmos contratar Maeve, vamos ter uma grande série de sucesso, sem dúvida. A história e o papel de Anne foram feitos para ela. Vocês vão se conhecer, e, se tivermos Maeve ligada ao projeto, vamos conseguir quem quisermos. Outros atores vão fazer de tudo para trabalhar com ela. Arrase, Kait. Eu acredito no seu potencial.

Por um instante, Kait não sabia o que dizer. Estava impressionada.

— Vou tentar. — Ela torceu para não se mostrar chocada ou ridícula.

Mas ela ia conhecer Maeve O'Hara, uma das maiores estrelas do ramo, em uma delicatéssen no dia seguinte.

— Não estou acostumada com isso, Zack. Não quero fazer feio.

— Você vai se acostumar depois que começarmos. E algo me diz que vocês duas vão acabar sendo amigas. Seja você mesma e conte a ela sobre Anne Wilder. Acho que Maeve vai ver que o papel é certo para ela. Enviei a bíblia semana passada, por isso ela me ligou. Ela dificilmente vai resistir se tudo se encaixar nos planos dela. Está sempre trabalhando em alguma coisa, mas disse que está dando um tempo no momento, por motivos pessoais, e não quer iniciar novos projetos. Mas isso nunca dura muito com talentos como o dela. Ela é viciada em trabalho, como todos nós. Vai estar fazendo alguma coisa nova daqui a pouco, e eu quero que seja a nossa série. Vou mandar um e-mail para ela e dizer que você pode ir.

Ele deu a Kait o nome e o endereço da delicatéssen, e ela anotou. Ficava na rua 72 Oeste. Maeve morava em Dakota, no Central Park West, onde moravam muitos atores, produtores, escritores, gente do ramo artístico e intelectuais famosos. Era um edifício conhecido, de apartamentos antigos enormes com vista para o parque. Kait ficou imaginando como seria o apartamento de Maeve e se um dia o veria.

— Ligue para mim depois da reunião — disse ele, e desligaram.

Ela teria todo o dia e toda a noite para pensar nisso e se preocupar. Estava fora de sua zona de conforto e vida normal, ia conhecer estrelas de cinema do porte de Maeve O'Hara, mas tudo que estava fazendo era emocionante. Independentemente do que acontecesse, encontrar-se com Maeve para tomar um café em uma delicatéssen seria um ponto alto na vida de Kait.

Kait saiu mais cedo do trabalho no dia seguinte e pegou o metrô até a estação mais próxima do lugar. Ficava ao norte do Lincoln Center. Era um dia frio, mas claro. Seu nariz estava vermelho, os olhos lacrimejantes e as mãos congeladas quando ela chegou à delicatéssen Fine and Schapiro e entrou. Viu Maeve O'Hara imediatamente, sentada discretamente a uma mesa ao fundo, vestindo uma parca e um gorro de lã. As pessoas já a haviam reconhecido, mas ninguém a incomodava. Kait se aproximou com o coração batendo forte; Maeve sorriu para ela, aparentemente sabia quem era. A atriz estava tomando uma xícara de chá fumegante e parecia sentir tanto frio quanto Kait.

— Eu deveria ter convidado você para ir ao meu apartamento — disse Maeve, desculpando-se —, mas o meu marido não está bem e estou tentando evitar muita agitação. Nossas filhas moram conosco, e isso já é agitação suficiente.

— Tudo bem. Eu invejo você, meus filhos já saíram de casa — respondeu Kait enquanto se sentava em frente a ela, como se estivesse se encontrando com uma velha amiga.

— Onde eles moram? — perguntou Maeve, com interesse, enquanto estudava Kait com atenção.

Ela gostou do que viu. Maeve era alguns anos mais nova, mas não muito. Não estava maquiada; raramente usava maquiagem quando não estava trabalhando. Estava com uma calça jeans e um velho par de botas de montaria, e uma blusa grossa de lã por baixo da parca.

— San Francisco, Dallas, e em qualquer lugar ao qual a BBC mande minha filha do meio se houver uma guerra. Mas ela mora em Londres.

— Deve ser difícil para você — comentou Maeve, solidária. — Minha filha mais velha está na Tisch, da NYU, quer ser atriz. A mais nova ainda está tentando se encontrar. Abandonou a faculdade ano passado e está fazendo Off Broadway. Até agora só conseguiu uns papéis horrorosos.

As duas trocaram um sorriso enquanto Kait tomava um gole de café e se via instantaneamente à vontade com ela. As duas tinham filhos, e Kait sentiu que, apesar de ser uma estrela, Maeve era uma mãe presente.

— Estou tentando me preparar para o ninho vazio, mas por enquanto ninguém vai a lugar nenhum, graças a Deus. Elas me deixam louca, mas me mantêm com os pés no chão — disse Maeve, e as duas riram. — Vou ficar perdida sem elas quando acabarem saindo de casa. Eu mimo bastante as duas para que elas não queiram ir embora. Casa, comida, roupa lavada, os amigos aparecem tarde da noite... Até Ian ficar doente, nossa casa era aberta. Agora está mais complicado.

Kait não queria se intrometer e perguntar o que o marido dela tinha. Parecia ser algo sério, pelo olhar de Maeve. Ela sabia que ela era casada com Ian Miller, um ator famoso que passara a ser diretor havia muitos anos.

— A propósito, eu lia a sua coluna. Adorava. Lia sempre que Ian e eu brigávamos, para decidir se deveria contratar um advogado ou perdoá-lo. Acho que você manteve o nosso casamento — revelou Maeve, rindo, e Kait sorriu, satisfeita por ela conhecer sua coluna. — Você me ajudou muito com as meninas também.

Ao contrário da crença comum, dezenove e vinte e um anos não são idades fáceis. Em uma hora elas são mulheres feitas nos atacando, e na outra se comportam como crianças, e você quer mandá-las para o quarto, mas não pode. Quantos anos têm os seus?

— De vinte e seis a trinta e dois, um menino e duas meninas. Tom mora em Dallas e já virou texano, é casado com uma moça de lá. Candace está em Londres, e Stephanie, minha caçula, trabalha no Google em San Francisco; é nerd, fez MIT. São todos diferentes entre si. Fui mãe muito cedo. O pai deles foi embora quando eles eram muito pequenos, e nós somos muito unidos.

— Sou muito próxima de Tamra e Thalia também, minhas duas meninas. Como você consegue viver sem eles agora?

Maeve demonstrava preocupação sincera. Esse era o medo universal das mulheres.

— Eu me mantenho ocupada. Como minha avó costumava dizer sempre que as coisas mudavam: "Isso foi antes, agora é de outro jeito". Não é fácil, mas é melhor aceitar e não olhar para trás.

Maeve e o marido estavam tentando fazer isso; uma nuvem passou por seus olhos por um instante quando Kait falou. As duas pareciam se entender instintivamente.

— Fale sobre Anne Wilder. Quem é ela? — perguntou Maeve, pegando a bíblia que havia lido e que a encantara.

— Não sei bem como ela apareceu. Eu me sentei para escrever uma história e ela ganhou vida. Em uma versão modificada, em um momento diferente, acho que eu estava projetando minha avó, que foi uma mulher corajosa e fascinante, uma guerreira de verdade. Ela tinha um otimismo e uma filosofia de vida incríveis. Passou por momentos muito difíceis e nunca reclamou; fazia o que tinha de fazer e pronto. Para ser honesta, graças a ela eu sempre senti que tinha uma rede de segurança embaixo de mim. Foi difícil criar três filhos sozinha, claro, e nós enfrentamos os mesmos problemas que todo mundo enfrenta. Mas minha avó não tinha essa rede, precisou tecê-la ela mesma. Ela era inteligente e esperta, e me convenceu de que eu poderia enfrentar o que fosse necessário.

Então, ela contou a história da avó. Maeve a ouvia com fascínio e respeito por Constance Whittier e sua neta, que era muito parecida com a avó, mas não sabia disso – ou não assumia o crédito por isso. Maeve achava que Kait também era corajosa, como ela mesma estava tentando ser, pois o chão estava meio instável sob seus pés e ela ainda não tinha um mapa para traçar seu curso. Seguia sua intuição, como faziam as mulheres corajosas. Os homens eram mais metódicos; as mulheres, mais intuitivas.

— Anne Wilder é assim na história que escrevi. Adoro histórias com mulheres bem-sucedidas, que enfrentam todas as adversidades do mundo dos homens. É dez vezes mais difícil para nós que para eles e, certamente, foi assim na época, na aviação durante e depois da guerra, e para minha avó em 1930, quando ela abriu uma empresa vendendo bolos e biscoitos para restaurantes e mercearias com quatro filhos para sustentar. Nem imagino como ela conseguiu.

Maeve podia ver a ligação entre a personagem fictícia e a avó descrita por Kait.

— Adoro mulheres assim — disse Maeve, observando os olhos de Kait e decidindo confiar nela. — Ainda é segredo, para evitar a imprensa, mas Ian foi diagnosticado com ELA, esclerose lateral amiotrófica, no ano passado. Tem sido difícil. Ele estava bem até pouco tempo atrás, mas é uma doença degenerativa e está piorando. Nós temos enfermeiras em casa agora. Ele ainda se locomove, mas está ficando mais fraco, e a respiração é um problema. Isso pode durar muito tempo, mas o fim é um só. Ele é muito forte e quer que eu continue trabalhando. Eu desacelerei e tenho recusado projetos, mas, quando li a sua história, descobri que, quando crescer, quero ser Anne Wilder. Eu adoraria participar do projeto, mas não sei o que faria se Ian piorasse rapidamente. Acho que ainda temos alguns bons anos pela frente, mas não dá para prever.

Uma coisa eu sei: se eu aceitar, vamos ter que filmar em Nova York. Não vou deslocá-lo para a Califórnia. Nós temos um bom esquema aqui e médicos ótimos, e não quero ficar longe dele. Se eu estiver trabalhando aqui, pelo menos vou voltar para casa toda noite, e poderão me achar facilmente se ele tiver uma crise.

Kait ficou maravilhada com o que ouviu e profundamente tocada pela confiança de Maeve. Sabia que a ELA era progressiva, que acabaria enfraquecendo todos os músculos e o paralisando; e que era fatal, às vezes cedo. A única pessoa que ela conhecia que havia sobrevivido era Stephen Hawking, ninguém mais. Talvez Ian sobrevivesse também. Estava torcendo por eles; era um terrível golpe do destino ser acometido por uma doença tão devastadora. Havia lágrimas nos olhos de Maeve quando ela lhe contara.

— Acho que você já é tão corajosa quanto minha avó, até mais — disse Kait.

Ela sempre se surpreendia com os desafios que as pessoas enfrentavam na vida diária. Muitos não eram justos, algumas pessoas tinham uma coragem enorme. Maeve era uma delas, sem dúvida, pois tinha que ver o homem que amava definhar e morrer diante de seus olhos e ainda se dispunha a ouvir os detalhes do projeto de Kait.

— Só você pode decidir o que é certo, considerando o que está enfrentando — disse Kait, como faria com alguém que mandasse uma carta para sua coluna. — Ninguém pode tomar essa decisão por você, nem tem esse direito. Obviamente eu adoraria que você interpretasse Anne Wilder, seria um sonho se tornando realidade para mim, mas é só uma série de TV. Sua vida é mais importante. Ninguém tem o direito de interferir nela nem de tentar influenciar você.

Maeve sorriu, agradecida.

— Obrigada, Kait. Ian quer que eu aceite. Ele leu e adorou também, e disse que o papel é a minha cara. De certa forma, é mesmo. Só não sei se devo trabalhar tanto agora em um projeto de longo prazo, que pode durar anos.

Kait sorriu.

— Obrigada por acreditar em mim! Esse projeto pode te dar força, mas também pode ser muita pressão sobre você.

— Não quero pisar na bola com você.

— Pense em si mesma e faça o que for melhor para você e Ian — pediu Kait generosamente, de coração.

Era apenas uma série de TV; Maeve e o marido estavam enfrentando questões muito maiores.

— Vou pensar um pouco mais. Eu adoraria aceitar. Parte de mim quer continuar com a vida normal, que é o que Ian quer. Ele não quer que eu fique sentada olhando para ele. E estou intrigada com todas essas séries, que estão dando certo de verdade. As pessoas gostam mais delas do que de filmes agora.

Kait timidamente admitiu que era viciada em *Downton Abbey*, e Maeve começou a rir.

— Eu também! Assisto a um episódio todas as noites no iPad depois de colocar Ian na cama. Nos dias ruins, eu assisto a dois.

Era exatamente o que Kait fazia. Elas conversaram mais alguns minutos sobre o quanto amavam a série e como estavam tristes por ter acabado. Até que Maeve ficou séria de novo.

— *As mulheres selvagens* poderia ser ainda melhor, sabia? É uma mensagem muito forte para as mulheres, para que elas sejam criativas e não deixem a vida as dominar. Em quem você está pensando para o papel de Hannabel, mãe de Anne?

— Não sei. Zack tem muito mais conhecimento que eu, e eu sei que ele tem algumas ideias. Mas ainda não sei quais.

— Que tal Agnes White? Ela é fantástica. Trabalhei com ela algumas vezes, é uma atriz incrível. Ela seria perfeita para o papel.

— Ela ainda está viva? — disse Kait, surpresa. — Não a vejo há anos. E ela já deve ter certa idade.

— Não tanto quanto as pessoas pensam. Acho que ela tem setenta e poucos, o que é o adequado para o papel. Passou por algumas tragédias na vida, ficou reclusa e parou de trabalhar. Se você quiser o número dela, Ian a conhece. Ele era um grande admirador do homem com quem ela vivia, Roberto Leone, que foi mentor dele. Os dois viveram juntos uns cinquenta anos, mas nunca se casaram. Tenho a impressão de que ele foi casado com outra pessoa e nunca se divorciou. Nós os convidamos para jantar uma vez, um casal incrível. Ele foi um dos grandes diretores do nosso tempo e convenceu Ian a parar de atuar e começar a dirigir. E Agnes é a melhor atriz que eu conheço, é uma diva.

Ela falava tão calorosamente que Kait ficou comovida e percebeu que Agnes seria perfeita para o papel, se ainda estivesse trabalhando ou disposta a abandonar a aposentadoria e fazer a série.

— Vou falar com Zack sobre isso. Não tinha pensado nela.

— Eu adoraria trabalhar com ela de novo, se você conseguir convencê-la. Ela sempre foi muito quixotesca e imprevisível nos papéis que interpretava. Era linda quando jovem, sempre adorou papéis difíceis, não tinha medo deles. É uma atriz de verdade. Tentei seguir o exemplo dela, mas tenho que admitir, prefiro ficar bem na tela a ser envelhecida quarenta anos para interpretar a rainha Vitória no leito de morte. Sempre achei que uma mulher poderia ser uma boa atriz e ainda ter boa aparência. Acho que sou mais vaidosa que Agnes.

As duas riram. Kait não a culpava. Ficou impressionada ao ver que Maeve não parecia ter feito nenhuma "obra" cosmética em seu rosto, nem mesmo botox. Tinha uma beleza real, ao contrário da maioria das atrizes de sua idade, que ficavam irreconhecíveis depois de muitos liftings faciais.

Maeve olhou para o relógio com pesar. Estavam ali havia duas horas e o tempo voara. As bases de uma amizade estavam lançadas, mesmo se ela não aceitasse o papel. E, diante do que estava enfrentando, Kait entenderia se não aceitasse. O marido dela era infinitamente mais importante.

Kait percebia que Maeve estava dividida entre viver uma vida normal e se tornar enfermeira, o que deprimiria os dois ainda mais. Ela contara a Kait que Ian queria vê-la trabalhando, levando uma vida plena e saudável; que assim ele viveria indiretamente por meio dela, visto que ele próprio não podia mais trabalhar e sentia muita falta disso. E Maeve dissera que ele se apaixonara pela história de Kait e que gostaria de poder dirigi-la.

— Preciso voltar. Eu procuro não ficar muito tempo fora se não for necessário, e o turno da enfermagem vai trocar daqui a meia hora. Preciso supervisionar — disse ela, suspirando e dando um sorriso. — Você não tem ideia de como foi maravilhoso conhecer você. Aconteça o que acontecer, eu adoraria te ver de novo. Afinal, preciso de conselhos sobre as minhas meninas.

As duas riram. Kait pegou a conta quando chegou. Elas discutiram brevemente sobre quem pagaria, e Maeve disse que isso seria mais um motivo para se encontrarem de novo.

— E não se esqueça de falar com Zack sobre Agnes White para o papel de Hannabel. Se ele está de olho em grandes nomes, ela tem que estar na lista. E vocês precisam convencê-la a qualquer custo. Vou mandar um e-mail para você com o telefone residencial dela. Talvez ela não tenha mais agente, se não está trabalhando.

Trocaram informações e contatos e prometeram se falar e se encontrar de novo.

— Ela sempre preferiu trabalhar em projetos que seu grande amor, Roberto Leone, dirigisse, mas, se gostar do seu diretor, talvez aceite. Zack já contratou alguém para dirigir?

Esse era um fator importante para Maeve também.

— Acho que não. Ele está conversando com algumas pessoas. Zack quer uma mulher.

— Concordo, mas Ian não concordaria. Ele sempre gosta mais de diretores homens.

As duas se abraçaram quando saíram da delicatéssen. Tinham sido duas horas maravilhosas.

Estava mais frio. Eram seis horas; Maeve colocou o capuz e se dirigiu ao Central Park, acenando, enquanto Kait fazia sinal para um táxi para ir para casa, pensando nela. Era uma mulher admirável; tudo que Kait imaginara e muito mais.

Tirou o casaco quando voltou a seu apartamento; seu celular tocou. Era Zack, atordoado.

— O que você fez com ela? — perguntou, com a voz tensa.

— Nada — respondeu Kait, perplexa. — Achei que havíamos nos divertido muito. Fiz algo que a ofendeu?

— Acho que não, sra. Whittier — disse ele, sem conseguir conter o entusiasmo. — Acabei de receber um e-mail dela, há uns dez minutos. Quatro palavras: "Estou dentro. Maeve O'Hara". Kait, você conseguiu!

Kait estava tão chocada quanto ele, e muito emocionada. Ficara profundamente impressionada com a mulher com quem acabara de passar duas horas e sabia que ela faria da série um grande sucesso ao dar vida a Anne Wilder.

— Temos que filmar em Nova York ou nas proximidades — disse Kait. — Essa foi a única condição que ela exigiu.

Não explicou a razão a ele por respeito a Maeve e Ian, uma vez que eles queriam manter a grave doença dele em segredo.

— Eu sei, o agente dela me disse. Sem problemas. Eu filmaria em Botswana se ela quisesse. A emissora vai pirar. Não tem como dar errado com Maeve O'Hara interpretando Anne Wilder.

Ele estava nas nuvens, e Kait também. A série seria um sucesso certo com Maeve e se tivessem um bom roteiro.

— Ela sugeriu Agnes White para o papel de Hannabel, aliás. Disse que seria fantástica — comentou Kait, com naturalidade.

— Não dá, ela já morreu — disse ele.

E ele tinha outra pessoa em mente, boa com comédia, que daria luz ao papel, especialmente se alguns diálogos fossem engraçados.

— Eu também achava, mas Maeve diz que ela está viva. Está aposentada ou reclusa, algo assim.

— Vou verificar.

Mas ele gostava mais de sua escolha. Se bem que a atriz estava dando trabalho, impondo uma série de condições e benefícios que ele não queria dar, e tinha um advogado muito duro negociando por ela.

Quando desligaram, Kait viu que também havia recebido um e-mail de Maeve. Dizia: "Obrigada por tudo! Será uma grande série! Com amor, Maeve". Kait ficou olhando para o celular, sorrindo de orelha a orelha. A sorte estava sorrindo para ela de novo. Ela ficou imaginando se fora assim que sua avó se sentira quando vendera sua primeira fornada de biscoitos para os restaurantes do bairro. Maeve seria uma parte importante do pacote e atrairia os outros talentos que desejassem. Estavam no caminho certo.

CAPÍTULO 7

As duas semanas que Kait passou em Los Angeles foram muito agitadas. Ela se encontrou com dois agentes no primeiro dia e escolheu uma das indicações de Zack. Eles não eram como ela esperava. Pensara que seriam muito hollywoodianos, de jeans, camiseta e correntes de ouro. Ambos a receberam em enormes escritórios, nas duas agências mais importantes de Los Angeles. As paredes estavam cobertas com obras de arte caras de Damien Hirst, Kooning e Jackson Pollock. Os dois agentes pareciam publicitários de Nova York, ou banqueiros, cada um usando um terno impecável feito sob medida, camisa branca engomada, gravata cara e sapatos austeros John Lobb. Eram o epítome do conservadorismo, com cabelo curto, barba bem-feita e roupas alinhadas. E a conversa com Kait foi tão séria quanto eles.

Ela ficaria satisfeita sendo representada por qualquer um dos dois, mas o segundo, Robert Talbot, foi um pouco mais caloroso, mais fácil de conversar e respondeu a mais perguntas dela, de modo que ela decidiu contratá-lo. Ligou para ele para contar sua decisão uma hora após o encontro. Ele ficou encantado e lhe assegurou que começaria a revisar os contratos imediatamente e lhe daria um retorno. Quando Kait viu Zack, agradeceu a ele de novo.

Kait assistiu a todos os vídeos dos atores que Zack estava considerando para os outros papéis. A atriz que ele queria para Hannabel estava dando trabalho, não havia assinado ainda. A atriz de que os dois mais gostaram para o papel de Maggie era desconhecida, mas perfeita para a personagem; no entanto, Zack ainda queria colocar outro grande nome na série para equilibrar com Maeve. O fato de Maeve ter se comprometido com a série incentivou outros talentos importantes a participarem.

Haviam conseguido uma atriz popular jovem e sexy chamada Charlotte Manning para interpretar Chrystal, a filha mais nova. Ela tinha a reputação de ser difícil e pouco confiável, mas era extraordinariamente bonita. Tinha vinte e dois anos, mas no começo poderia interpretar a personagem de catorze. Já havia participado de vários filmes e séries, com papéis curtos, por isso era um rosto conhecido. O público mais jovem iria amá-la, especialmente os homens. Tinha a aparência certa para o papel. Havia namorado todos os jovens atores bad boys de Hollywood e estrelas do rock que já tinham sido presas. Era tão certa para o papel, e tão sexy, que a emissora a aprovou sem pensar duas vezes e ficou satisfeita. Tinham um possível grande astro para interpretar Loch, uma vez que ele só aparecia nos primeiros episódios e depois morria, e não seria um compromisso de longo prazo para um ator sempre ocupado com longas-metragens.

Em seu terceiro dia em Los Angeles, Kait tinha um encontro com Becca Roberts, a roteirista que Zack adorava. Haviam marcado a reunião no escritório dele, às nove da manhã, e ela apareceu com duas horas de atraso. Kait chegou na hora, e Zack ficou dizendo que Becca era jovem e meio esquisita, mas muito boa. Quando finalmente chegou, ela estava de óculos escuros e parecia ter colocado qualquer roupa que encontrara no chão. Seu corte de cabelo a fazia parecer um gnomo e nunca devia ter visto uma escova. Ela se emocionou quando entrou na sala de reuniões e viu Zack conversando calmamente com Kait.

— Meu Deus, você está aqui — ela disse, largando-se em uma das cadeiras em volta da mesa enorme, como uma criança sentando na última fileira da classe, e pediu café puro à assistente de Zack.

Ficou encolhida na cadeira e parecia ter quinze anos. Tinha vinte e quatro, e Zack jurava que era a melhor e um dos jovens talentos de LA.

— Mil desculpas. Ontem foi meu aniversário e eu tomei todas. Cheguei em casa às cinco da manhã, meu telefone ficou sem bateria e eu não achei o carregador, por isso fiquei sem alarme para acordar. Graças a Deus o meu cachorro me acordou há meia hora. Cheguei aqui o mais rápido que pude. O trânsito estava péssimo. Eu moro em Valley — contou a Kait, como se isso explicasse tudo.

Era um mau começo. Kait estava tentando ser paciente, mas achou ridículas as desculpas dela. Não conseguia imaginar aquela menina de ressaca e desleixada escrevendo uma série de sucesso; nem mesmo uma ruim. Estava esperando que ela dissesse "o cachorro comeu minha lição de casa".

— Adorei a bíblia — disse Becca. — Aliás, andei trabalhando no primeiro episódio semana passada, experimentando algumas direções diferentes nele. Não tenho certeza sobre a avó. Acho que não precisamos dela, é uma bruxa. Tenho uma tia assim, não a suporto. Acho que vamos alienar os telespectadores. Melhor eliminar.

Kait sentiu um calafrio ao ouvir isso.

— A questão principal é que ela é dura com Anne no começo, mas, quando as coisas ficam complicadas, ela muda e até aprende a pilotar para ajudar na empresa. Ela é um bom equilíbrio para os outros — explicou Kait.

Becca sacudiu a cabeça.

— Não me convence. E Bill, o filho mais velho que morre, parece gay. É um covarde.

Zack parecia que ia chorar; Kait olhou para ele com cara de quem achava que estavam perdendo tempo. Ela não concordava com nada que a jovem roteirista sugeria. A única coisa que tinha a seu favor até então, segundo Zack, era que ela era rápida e poderia ter um roteiro pronto para filmar em primeiro de julho. Qualquer outra pessoa poderia atrasá-los um ano. E a emissora queria que eles filmassem em julho e fossem ao ar em outubro. Talvez Becca pudesse fazer o roteiro, mas o que ela escreveria? Nada que Kait queria associado à sua série, pelo que estava ouvindo. A única coisa que mantinha Kait em sua cadeira era Zack, porque ela não queria ser rude com ele.

— Façamos assim: mostre o que você fez — disse Zack, calmamente — e podemos trabalhar a partir disso e ver onde vai dar.

— Você pode imprimir para mim? Minha impressora quebrou. — Ela tirou o notebook da mochila.

Mandou o arquivo para a assistente de Zack, que voltou com três cópias cinco minutos depois e as entregou a cada um deles. Era o trabalho preliminar de Becca, o roteiro das primeiras cenas.

Kait só conseguiu ler três páginas. Deixou as folhas de lado e olhou diretamente para Becca, dizendo:

— Isso não tem absolutamente nada a ver com a história que eu escrevi. Se você não gostou da bíblia, não precisa aceitar, mas não pode reescrever tudo sozinha. Toda a premissa está errada. E o diálogo está moderno demais para a época. Não é um musical punk rock, é um drama familiar e começa em 1940.

— A gente poderia acelerar e começar mais tarde — sugeriu Becca. — Fica muito antiquado desse jeito.

— É para ser — retrucou Kait, secamente. — Essa é a ideia. Anne Wilder constrói seu império em uma época em que isso era quase impossível, em uma área quase exclusivamente aberta a homens e fechada para mulheres.

— Eu entendo, e gostei da Maggie de verdade. Ela é meio moleca. Faria mais sentido se a gente a fizesse ser lésbica. Poderíamos abordar a luta pelos direitos dos homossexuais na década de 1940.

— Estamos falando da luta pelos direitos *de todas as mulheres*, sejam homo ou heterossexuais — disse Kait, sem rodeios, querendo encerrar a reunião o mais rápido possível.

— Eu posso tentar de novo — argumentou Becca, olhando para Zack em busca de socorro.

Mas Kait olhava para ele querendo ir embora. Becca os estava fazendo perder tempo e claramente não seria capaz de lhes dar o roteiro de que precisavam. Para sua consternação, porém, Zack se recusou a desistir. Becca estava disponível, escrevia rápido e ele estava convencido de que ela era capaz.

— Becca, foco! — disse ele, calmamente. — Lembra quando você escreveu *A filha do demônio* e estava completamente errada no começo, mas corrigiu a rota? Você entregou o melhor roteiro que eu já vi, escreveu uma série de sucesso. Então, é isso que você precisa fazer agora. Sua visão está errada, mas você pode mudar. Essa série pode durar cinco ou dez temporadas, o que seria ótimo para você, mas não da maneira que você a interpretou. Você tem que deletar tudo, clarear a cabeça e começar de novo.

— Você quer um roteiro como *A filha do demônio?* — perguntou ela, surpresa, agora mais sóbria, desapontada e confusa.

— Não, não quero. Mas quero que você faça o que você fez naquela série. Você transformou o pior roteiro que eu já vi no melhor. Preciso que faça isso de novo.

Ele se mostrava inflexível e forte. Queria que *As mulheres selvagens* desse certo, e precisavam de um roteiro imediatamente. E bom, senão a emissora o odiaria, desistiria ou o engavetaria para sempre.

— Não gostaram deste, então?

Kait e Zack sacudiram a cabeça.

— Vou te contar uma coisa — disse Zack, sem rodeios. — Maeve O'Hara vai interpretar Anne Wilder. Ela não vai fazer um roteiro como esse. Charlotte Manning vai interpretar Chrystal, e com essa personagem você pode viajar. Mas não vamos fazer um manifesto LGBT. A coisa se passa nas décadas de 1940 e 1950. O foco são as mulheres na aviação, não os direitos dos homossexuais — explicou Zack.

— Tenho medo de avião — disse ela, tristemente, e Kait quase riu.

— Becca, você quer fazer esse roteiro ou não? — perguntou Zack diretamente, como faria com uma criança.

Ela assentiu.

— Quero — respondeu em voz baixa.

— Então, vá para casa, trabalhe, respeite a bíblia que lhe demos e volte quando tiver alguma coisa para nos mostrar.

— Quanto tempo eu tenho? — perguntou ela, nervosa.

— O mínimo possível, porque se não ficar bom nós vamos ter que pôr outra pessoa no projeto; o roteirista é fundamental.

— Entendi. Eu volto logo. — Ela se levantou, enfiou o notebook na mochila, cumprimentou os dois e saiu da sala com os cadarços de seu coturno Dr. Martens arrastando atrás.

Kait olhou para Zack consternada.

— Você *não pode* deixá-la escrever esse roteiro — ela alegou, ansiosa.

A reunião havia sido um desastre. Becca parecia completamente incapaz de se identificar com a história e escrever o roteiro da série.

— Confie em mim, ela vai conseguir. Ela é muito atrapalhada no começo, mas, quando estamos quase desistindo, ela tira um coelho da cartola. Já a vi fazer isso várias vezes.

— Estamos perdendo tempo. E ela parece uma adolescente mimada. Como vai escrever o tipo de conteúdo emocional de que nós precisamos? Não vou tirar Hannabel porque faz Becca se lembrar da tia que odeia.

— Claro que não. Mas dê uma chance a ela. Eu sei que ela vai voltar daqui a dois dias com alguma coisa que vai nos agradar mais.

Talvez ainda não seja o roteiro final, mas, se ela encontrar o rumo, vai conseguir.

Zack parecia ter certeza, mas Kait achava que ele estava louco e se perguntava se não estaria apaixonado pela moça ou dormindo com ela. Não conseguia pensar em nenhum outro motivo para aturar Becca. Na opinião de Kait, ela era pouco profissional e desorganizada.

— Parece que ela precisa de um mês de reabilitação e um banho.

Kait não tinha paciência para garotas como ela, que viviam na farra e não conseguiam fazer seu trabalho. E tinha certeza de que Zack a estava superestimando, fossem quais fossem seus motivos.

— Espere e verá — disse Zack.

Foram almoçar juntos para repassar o elenco. Estavam com dificuldade para escalar os dois meninos. Tinham uma grande possibilidade para Bill, o filho mais velho; era um grande nome, mas tinha uma péssima reputação no set e era conhecido por transar com qualquer coisa com pernas e provocar dramas e cenas de ciúme entre seus colegas de elenco – uma dor de cabeça que eles não queriam ter. Com ele e Charlotte Manning no mesmo set, Zack temia que o mau comportamento dos dois os atrasasse. E a melhor opção que tinham para Maggie ainda era praticamente uma desconhecida, e ele queria um nome forte para esse papel. A menina, contudo, era muito, muito boa. Assistiram ao teste várias vezes e ela os impressionara em todas elas.

Fiel à previsão de Zack, Becca voltou dois dias depois com uma visão totalmente diferente do roteiro. Esse também não estava bom, mas ela estava mais próxima do conceito e parara de tentar se livrar da avó e de transformar a série em uma bandeira dos direitos dos homossexuais. Dessa vez, no entanto, o roteiro ficara sem graça, e Kait se entediou na página cinco.

— Estamos chegando lá — disse Zack, incentivando Becca.

— Você precisa tentar se identificar mais com as personagens. Precisamos de um pouco mais de fogo. Está muito monótono.

Ele deu exemplos das cenas que não estavam boas e das que estavam melhores, e ela foi embora de novo, prometendo uma terceira versão após o fim de semana.

Kait já estava ali havia quase uma semana; recebeu um e-mail simpático de Maeve querendo saber como estava indo a escalação do elenco e se estavam considerando Agnes White.

Fizeram testes ao vivo no fim de semana, e nenhum dos dois pôde negar que Dan Delaney, o mais novo garanhão de Hollywood, era ideal para o papel de Bill. Concordaram em lhe dar o papel, com severas advertências a seu agente de que ele não poderia se comportar mal no set. Seria uma grande oportunidade para ele, e o agente jurou que o mandaria se comportar e o obrigaria a isso. Ele morreria na primeira temporada, de modo que não teriam que se preocupar com ele no longo prazo. E escolheram Brad Evers, um jovem ator que havia feito umas séries boas, para interpretar Greg.

Não tinham um ator para interpretar o herói de guerra por quem Anne Wilder se apaixonava, mas só precisariam dele no final da primeira temporada – possivelmente somente para o especial de Natal. Por isso, não tinham pressa de escolher um ator para interpretá-lo. O papel de Maggie ainda estava em discussão, e o do namorado, Johnny West, também; mas pelo menos os papéis de Bill e Chrystal estavam preenchidos com jovens talentos conhecidos. E o ator que interpretaria Greg também era conhecido. Não chegaram a nenhuma conclusão quanto à atriz para interpretar Hannabel. As negociações com a que Zack queria continuavam ruins.

No sábado à noite, Zack e Kait jantaram com a diretora que ele queria, Nancy Haskell, que havia feito duas séries de sucesso, muitos longas-metragens importantes e tinha um Oscar no currículo. Maeve sabia que estavam conversando com Nancy e disse que ficaria feliz em trabalhar com ela. Não tinha nenhuma objeção, até agora, ao jovem talento que haviam contratado. Também contrataram Phillip Green, um grande astro do cinema, para interpretar

Loch, e ficaram satisfeitos ao descobrir que ele estaria livre entre os filmes que estava fazendo nos quatro episódios em que precisariam dele. Nancy já havia trabalhado com ele antes e gostava dele. Era profissional e confiável, e outro grande nome associado à série.

Encontraram-se com Nancy Haskell no Giorgio Baldi, em Santa Monica, perto de Malibu, onde ela morava. A comida estava incrível, e a conversa, animada. Ela era uma diretora talentosa, experiente e séria, na casa dos sessenta, e estava entusiasmada com a série. Ela e Kait tiveram uma longa conversa durante o jantar sobre as personagens, e depois Nancy falou sobre suas viagens recentes pela Ásia, sua paixão pela arte e seu último filme. Era uma mulher fascinante, nunca se casara e não tinha filhos, e tinha uma curiosidade insaciável sobre o mundo e as pessoas. Estava estudando mandarim antes de sua próxima viagem e pretendia passar um mês na Índia antes de a série começar. Gostou de todas as escolhas para o elenco até então, especialmente Maeve, que tinha quase certeza de que faria da série um sucesso. Mas não tinha tanta certeza quanto a Becca como roteirista, e Kait lançou um olhar sério para Zack. Então Kait mencionou a sugestão de Maeve para o papel de Hannabel, Agnes White.

— Se vocês a conseguirem — disse Nancy, com ceticismo. — Acho que ela não faz nada há pelo menos dez anos, desde que Roberto morreu. Foi um baque muito grande para ela. E Agnes sempre odiou envelhecer, tenho a sensação de que ela não quer mais trabalhar para não ter que interpretar uma velha. Mas ela tem a essência desse papel. É uma atriz brilhante, pode interpretar qualquer coisa. Se bem que nunca fez TV.

Zack lhe contou com quem mais estavam conversando para o papel. Ele observou que estava difícil fechar e que as negociações haviam empacado. Nancy prometeu pensar a respeito e, no final do jantar, mencionou Agnes White de novo.

— Sabe, acho que a ideia de Maeve não é tão maluca assim. Mas duvido que Agnes aceite. Seria preciso muito para tirá-la da toca. Ela passou por coisas muito duras.

Nancy não entrou em detalhes, mas, fosse qual fosse o motivo, Agnes White havia se aposentado, e a maioria de seus fãs antigos, que formavam uma legião, achava que já estava morta. Ela fora um dos grandes nomes do cinema de Hollywood.

— Ela nunca ganhou um Oscar, mas deveria. Deve ter sido indicada muitas vezes. Seus melhores filmes foram os dirigidos por Roberto. Não sei se ela estaria disposta a trabalhar sem ele. Roberto era um italiano católico convicto, por isso nunca se divorciou para se casar com ela. Tiveram um filho, sobre o qual nunca falaram. Ela é uma pessoa muito reservada, sempre foi, e agora está mais reclusa.

— Como ela está? — perguntou Zack, com leve interesse.

— Não faço ideia — disse Nancy, com honestidade. — Não a vejo há uns doze, catorze anos. É muito tempo. Mas ela atua como ninguém, até melhor que Maeve. Eu adoraria trabalhar com ela, se você puder convencê-la. Tenho certeza de que ela não perdeu o jeito. Um talento assim não desaparece, só melhora com o tempo.

Suas palavras não passaram despercebidas por Zack, e ele falou sobre isso com Kait no caminho de volta para Beverly Hills, depois que concordaram que Nancy era incrível. Kait queria que ela dirigisse a série, e Zack também, mais do que nunca.

— Você acha que ela vai aceitar? — perguntou Kait.

Ela estava adorando seu novo universo e as pessoas que estava conhecendo – Nancy Haskell no topo da lista, depois de Maeve.

— Acho que sim — respondeu Zack, confiante. — E ela me deixou intrigado com Agnes White. Acho que você deveria tentar falar com ela quando voltar a Nova York. Eu pesquisei, ela não tem agente. Você disse que Maeve tem uma conexão com ela por meio de Ian; pode valer a pena tentar. Você fez mágica com Maeve, melhor que eu. Talvez possa convencer Agnes White a aceitar o papel.

Cansado de duelar com a atriz com quem estavam conversando, ele estava disposto a desistir dela.

— Vou tentar — disse Kait, entusiasmada.

Quando voltaram para o hotel, Zack sugeriu uma bebida para definirem tudo. Kait estava cansada, mas curtia cada minuto do que estavam fazendo para montar a série. Ele a consultava sobre tudo, e os dois passavam quase o dia todo trabalhando lado a lado, embora ele também tivesse reuniões de outros projetos. E o respeito dele por Kait era óbvio. Ele mantinha o relacionamento em um nível profissional, mas também gostava da companhia dela. Kait tinha a sensação de que, em outras circunstâncias, se não tivessem um projeto em comum, ele a teria convidado para sair. Mas a série era tão importante para os dois que nenhum deles queria turvar as águas com um romance casual, e um envolvimento sério teria sido ainda mais difícil. Sem sequer discutir o assunto, ambos optaram por ser amigos e parceiros de trabalho e evitar qualquer vínculo emocional. Ele era um homem atraente, mas ainda assim Kait ficara aliviada. Não queria estragar o que tinham, nem ele. Tomaram um drinque no bar e, meia hora depois, ele estava voltando para casa e ela em seu quarto de hotel.

No dia seguinte, ela e Zack concordaram que a melhor mulher para o papel de Maggie, a filha mais velha de Anne Wilder, era a desconhecida, Abaya Jones. Maeve havia visto o teste de vídeo de Abaya Jones e a achara maravilhosa, e previra que se tornaria uma grande estrela. E Zack tinha certeza disso. A emissora endossou a escolha na manhã de segunda-feira, e, uma hora depois, o agente de Nancy Haskell ligou para Zack e disse que ela havia aceitado a oferta para dirigir a série e estava entusiasmada.

— Estamos indo bem. — Ele sorriu.

Estavam indo à sala de reuniões para se encontrar com Becca pela terceira vez. Eles se davam perfeitamente bem, exceto no que dizia respeito a Becca. Kait não tinha esperanças, mas Zack insistia em dizer que ela não os decepcionaria. Ela era tudo que Kait não queria: não confiável, dispersa, desorganizada, imatura e imprecisa.

Becca estava mais séria dessa vez ao entregar a cada um o roteiro da maior parte do primeiro episódio.

— Consertei minha impressora — ela disse, com orgulho. — Trabalhei a noite inteira de sábado e ontem. Acho que estou no lugar certo agora. Li a bíblia mais umas dez vezes.

Kait pegou as primeiras páginas já preparada para odiar de novo, mas ficou surpresa ao descobrir que o que Becca havia escrito dessa vez refletia o que tentara transmitir e mostrava uma profunda compreensão das personagens. A roteirista estava apavorada.

— Ficou bom, Becca — afirmou Kait, surpresa, e relaxou, sorrindo.

— Obrigada. Eu precisava limpar a cabeça e mergulhar. Fiz um suco detox este fim de semana, isso sempre me ajuda a pensar. Não consigo escrever quando como muita porcaria — ela admitiu, séria.

Kait se absteve de comentar. Mas o roteiro estava infinitamente melhor que o que Becca havia feito antes.

— Estou trabalhando no segundo episódio — prosseguiu Becca. — Estou gostando mais desse. Posso mandar por e-mail para vocês amanhã. Acho que agora entendi. E a avó é uma bruxa de quem acabamos gostando e que amamos odiar. Levei um tempo para entender essa coisa dos anos 1940 e os direitos das mulheres. O que elas fazem com os aviões antigos é muito legal, e três mulheres administrando a empresa... gostei muito.

Zack lançou um olhar de "não te falei?" a Kait enquanto eles liam; não havia como negar que o roteiro era bom. Ainda estava em estado bruto, mas Becca havia entendido claramente a história e estava fazendo um bom trabalho.

— Me entregue dois ou três roteiros prontos até o final da semana, e, se Kait aprovar, vou enviá-los à emissora para ver o que eles acham.

Becca era a única roteirista que ele conhecia capaz de escrever tão rápido. Ninguém mais teria conseguido, mas ele sabia que ela poderia, se continuasse trabalhando duro.

— Fiz o que você disse, me concentrei. E acho que introjetei um pouco disso tudo. Eu quero essa série de verdade, Zack.

A possibilidade de cinco ou dez temporadas havia chamado a atenção dela e a fizera acordar.

— Então escreva os melhores roteiros que você já escreveu — aconselhou ele, sério.

— Farei isso — prometeu Becca, e saiu poucos minutos depois.

Zack sorriu para Kait, vitorioso.

— Acho que ela vai conseguir — disse.

Mas Becca o deixara preocupado por um tempo; era difícil justificar sua confiança para Kait.

— Estou começando a achar que você tem razão. — Kait sorriu.

Zack tinha um talento incrível para reunir talentos e pessoas que se complementavam. Era um mestre no que fazia, e Kait tinha profundo respeito por ele.

— Vamos ver quando os roteiros chegarem. Não vou contratá-la se não forem bons, prometo — garantiu ele.

Kait assentiu, de novo impressionada com o que estavam realizando e quão longe já haviam chegado em pouco tempo. Estava adorando trabalhar com Zack, com seu estilo direto e sensato, mas ele também era gentil, como havia sido com Becca, e extraía o melhor de todos. Todo mundo queria fazer um ótimo trabalho para ele.

Ainda havia mais pessoas a contratar: figurinista, assistentes de produção, todos os consultores técnicos e um consultor histórico, mas já haviam conseguido vários talentos. As únicas grandes peças do quebra-cabeça que ainda faltavam eram o jovem piloto que seria namorado de Maggie, Johnny West; o namorado de Anne Wilder; e Hannabel, a avó. Três papéis importantes.

Quando Kait estava prestes a deixar LA, Becca já havia entregado três roteiros, e estavam ótimos. Kait havia prometido tentar entrar em contato com Agnes White quando voltasse para Nova York. Foram duas semanas incrivelmente produtivas. Ela e Zack tiveram uma última conversa antes de ela partir, no sábado; estavam satisfeitos com o andamento de tudo. Agora ele estava cuidando dos aspectos financeiros, do acordo com a emissora de TV a cabo, do seguro do programa e de todas as partes do projeto que não envolviam talento, mas exigiam muita organização e tempo. Zack agradeceu a Kait por sua contribuição enquanto estivera lá. Ela havia adorado tudo, e tudo estava saindo como esperavam.

No avião de volta para Nova York, Kait ficou pensando em todas as reuniões e nas pessoas que havia conhecido. Ainda era difícil acreditar que aquilo estava acontecendo e que ela fazia parte daquilo. Mas estava começando a parecer real. Seu novo agente estava negociando o contrato com a emissora de TV, como criadora da série e coprodutora-executiva, e até o momento tudo estava indo bem. Passo a passo, tudo ia se encaixando. Ela havia planejado assistir a um filme no voo, mas resolveu ler os roteiros preliminares de Becca, dos três primeiros episódios, de novo. Com um sorriso satisfeito, fechou os olhos por um minuto e caiu em um sono profundo e tranquilo, e só acordou quando aterrissaram em Nova York.

Ela se sentia como a Cinderela depois do baile enquanto empurrava o carrinho e se dirigia à esteira de bagagens para pegar sua mala e tentar encontrar um táxi. Precisava estar na revista na manhã seguinte para uma reunião; estava feliz por ter mantido sua coluna enquanto estivera fora.

A realidade de sua vida tranquila e solitária em Nova York a atingiu quando ela entrou em seu apartamento escuro e vazio. Isso a fez desejar LA e todas as discussões e aventuras que havia tido lá. Havia entrado em um mundo totalmente novo.

CAPÍTULO 8

A revista estava agitada no dia seguinte, depois de Kait ficar ausente duas semanas. Sua coluna, o blog, o Facebook e o Twitter estavam atualizados, mas ela tinha uma pilha de correspondência e inúmeros e-mails a esperando, sobre reuniões editoriais às quais tinha que comparecer. Carmen passou para lhe dar as boas-vindas. Disse que estava com saudade dela. Mas estar na revista lhe parecia estranho depois das reuniões em LA. A revista não parecia mais a vida de Kait; parecia a de outra pessoa. Ainda não havia contado a ninguém sobre a série, mas pretendia contar a seus filhos em breve. E, na hora certa, teria que contar à revista. Não queria dizer nada prematuramente, pois poderia não dar certo. Agora, porém, isso não parecia provável.

Quando começassem a filmar, em julho, ela não teria mais tempo de ir à revista. Pretendia continuar escrevendo sua coluna e atualizando seus blogs e mídias sociais, se a direção permitisse, mas teria que fazer isso em seu tempo livre, em casa. Ainda não havia decidido se tiraria uma licença de três ou quatro meses, enquanto filmassem a primeira temporada de *As mulheres selvagens*, ou se queria deixar o prazo em aberto. Se a audiência fosse boa, começariam a filmar de novo no final de janeiro, após um hiato de quatro meses, e talvez nem fizesse sentido, nesse caso, continuar escrevendo a coluna. Mas ela não queria assumir nada ainda; a série poderia ser uma catástrofe e ser cancelada, ainda que, com Maeve O'Hara nela, isso fosse improvável. Kait precisava de um tempo para definir o que fazer. E até então não queria contar nada.

Fiel à sua palavra, Maeve havia lhe passado o número de telefone e o endereço de Agnes White. Kait havia prometido a Zack que ligaria para a atriz, mas só na quarta-feira à noite teve oportunidade. Tinha muito trabalho em sua mesa, uma pilha de cartas para ler e responder, e a coluna para escrever à noite, e não queria falar com Agnes com pressa ou cansada. Tinha a sensação de que ligar para aquela atriz idosa e reclusa era uma missão delicada, e não queria errar a mão.

Kait ligou quando chegou do escritório; já ia desligar, pois ninguém atendia depois de um longo tempo, quando a famosa atriz pegou o telefone, ficou em silêncio por um instante e então disse:

— Pois não?

Foi pouco mais que um sussurro rouco, como se ela não falasse com ninguém havia meses, e nem quisesse. Kait sentiu o coração bater mais rápido enquanto se preparava para falar sobre a série e pedir um encontro com ela.

— Olá, srta. White — disse Kait, com uma voz animada e educada, sem saber qual seria a melhor abordagem. — Meu nome é Kait Whittier. Maeve O'Hara teve a gentileza de me dar seu número. Ela e eu vamos trabalhar juntas em uma série de televisão sobre mulheres na aviação na década de 1940. E há um papel que nós duas achamos que é perfeito para você. Nancy Haskell vai dirigir a série, e ela tem a mesma opinião.

Ela usou todos os nomes que pôde, torcendo para que um deles fosse o "mágico" que lhe permitiria entrar no mundo particular de Agnes White e ganhar sua confiança, ou despertar sua curiosidade sobre o projeto.

— Não sou mais atriz, estou aposentada — respondeu ela, agora com mais firmeza e clareza.

— Posso lhe enviar uma cópia da bíblia da série, ou ir falar com a senhora pessoalmente sobre ela? — perguntou Kait, com tato, sem querer ofendê-la, mas torcendo para despertar interesse.

— Se Maeve vai participar, tenho certeza de que é uma boa série — disse ela. — É que não estou mais interessada em trabalhar... Faz muitos anos que não atuo. Não quero abandonar minha aposentadoria. Todo mundo tem uma data de validade, eu cheguei à minha faz dez anos. Não se pode forçar essas coisas; nunca fiz televisão, e nem quero.

— Seria uma grande honra conhecê-la — prosseguiu Kait, tentando outra abordagem.

E era verdade, assim como havia sido uma honra conhecer Maeve. Kait mal podia esperar para começar a trabalhar com ela. E conseguir Agnes White para interpretar Hannabel seria outra grande vitória.

Houve um longo silêncio, e por um momento Kait pensou que a linha havia caído ou que Agnes havia desligado.

— Por que você quer me conhecer? — perguntou ela, por fim, espantada. — Sou apenas uma velha.

— Sou sua fã, e de Maeve também. Vocês são as duas maiores atrizes para mim — garantiu Kait, com reverência e sinceridade.

— Tudo isso ficou no passado — respondeu Agnes, com voz trêmula e arrastando as últimas palavras.

Kait se perguntou se Agnes teria bebido.

— Você não vai me convencer. Está escrevendo o roteiro?

— Não, só a bíblia.

— Parece um tema interessante.

E então, depois de outra pausa, ela assustou Kait ao dizer:

— Acho que você poderia vir aqui. Mas não precisamos falar sobre a sua série, não vou fazê-la de jeito nenhum. Você pode me contar o que Maeve tem feito, como estão as filhas dela...

Agnes parecia solitária e meio aérea. Kait ficou preocupada

com a possibilidade de ela estar nos estágios iniciais de demência, e ficou imaginando se havia sido por isso que se aposentara.

— Não conheço as filhas dela, mas acho que estão bem. O marido é que não está muito bem.

— Ah, que pena. Ian é um homem maravilhoso — disse.

Kait assentiu, sem dizer a ela quão doente ele estava, o que poderia chateá-la inutilmente e trair uma confidência.

— Venha amanhã, então, às cinco horas. Sabe onde eu moro?

— Maeve me deu seu endereço — disse Kait.

— Mas você não vai poder ficar muito tempo. Eu me canso fácil — explicou Agnes, dando a impressão de ser mais velha do que realmente era e de não estar acostumada com visitas.

Kait ficou pensando quanto tempo fazia que Agnes não saía de casa. Tinha a impressão de que a visita seria deprimente e que não alcançaria o resultado desejado. Agnes parecia envelhecida, frágil e confusa demais para retomar a carreira. Mas pelo menos poderia dizer a Zack e Maeve que havia tentado.

Desligaram um pouco depois, e no dia seguinte Kait saiu mais cedo da revista para chegar ao compromisso com Agnes na hora. Ela morava em uma casa antiga de arenito vermelho na East Seventies, perto de East River, que parecia ter sido bonita. A tinta das persianas pretas estava descascando, uma delas estava caída devido a uma dobradiça quebrada e duas estavam faltando. A tinta preta da porta da frente estava lascada em vários pontos, e a aldrava de latão estava manchada. E faltava um grande pedaço de um dos degraus de pedra, o que parecia perigoso para uma pessoa idosa.

Kait subiu os degraus, evitando o quebrado, e tocou a campainha. Assim como ao telefone, demorou para alguém atender. Por fim, a porta se abriu e uma mulher pequena, magra e enrugada que parecia ter cem anos apareceu, semicerrando os olhos devido à luz do dia. O corredor atrás dela estava escuro. Kait percebeu que não teria reconhecido Agnes se a visse na rua. Estava muito magra, e o cabelo branco caía longo e reto até os ombros. Seus famosos traços requintados ainda eram bonitos, mas os olhos eram vagos. Ela estava com uma saia preta, sapatos baixos e uma blusa de lã cinza folgada. Observando-a, era difícil acreditar que havia sido uma beldade.

Ela se afastou e fez um gesto para Kait entrar. Seus ombros caídos exalavam desespero e derrota.

— Sra. Whittier? — perguntou, formal.

Kait assentiu com a cabeça e lhe entregou um pequeno buquê de flores.

A velha senhora sorriu.

— Muito gentil de sua parte. Mesmo assim, não vou fazer sua série.

Ela falou isso com mau humor e fez sinal para que Kait a acompanhasse. Passaram por um corredor escuro até a cozinha. Havia panelas e pratos sujos na pia, e pilhas de jornais e revistas velhos por toda parte. Havia uma única toalha de um jogo americano puído sobre a mesa, com um guardanapo de linho em um anel de prata. O aposento tinha uma bela vista para um jardim, que estava coberto de mato. Kait notou uma garrafa de bourbon meio vazia ao lado da pia, mas fingiu não ver. Vislumbrou também uma sacada nos fundos, com uma mesa enferrujada, que dava para o jardim. Kait podia facilmente imaginar que a casa já fora adorável, mas havia muito tempo. Pela porta que dava para a sala de jantar, pôde ver lindas antiguidades, e viu que a mesa estava cheia de jornais também.

— Quer beber alguma coisa? — perguntou Agnes, olhando ansiosamente para o bourbon.

— Não, obrigada — disse Kait.

— Vamos para a biblioteca — convidou ela, mostrando o caminho.

Quando chegaram, Agnes se sentou em um sofá de veludo vermelho que tinha uma manta de caxemira cinza em cima. As paredes eram forradas de livros; havia uma linda escrivaninha inglesa cheia de papéis e correspondência, aparentemente fechada; e uma televisão sobre uma mesinha baixa, com pilhas de DVDs e velhos envelopes da Netflix. Com um único olhar, Kait percebeu que eram os filmes de Agnes; deixou-a instantaneamente triste ter uma ideia da vida daquela grande atriz. Ela passava o tempo que lhe restava sozinha em uma sala escura, assistindo a seus filmes e bebendo uísque. Kait não poderia imaginar um destino mais triste que esse. Agnes parecia ter desistido da vida e excluído todo mundo; mas pelo menos deixara Kait a visitar.

— São alguns dos meus filmes — disse Agnes, apontando com a mão ainda graciosa para a pilha de filmes. — Estão todos em DVD agora.

— Acho que já vi a maioria. Imagino que você não saiba quantos fãs tem em cada geração, nem como eles gostariam de vê-la de novo, na TV, na sala de estar deles, todas as semanas. Você poderia ter uma carreira totalmente nova — disse Kait, não por causa de sua série, mas sim por aquela pobre solitária que se isolara do mundo.

— Não quero uma nova carreira. Eu gostava da antiga, mas estou velha demais para tudo isso agora. E a televisão não é um veículo que eu entendo, nem quero entender.

— É muito interessante hoje em dia, e muitos atores importantes estão fazendo séries, como Maeve.

— Ela é jovem para isso, eu não. Já tive todos os grandes papéis que poderia desejar. Não há mais nada que eu queira representar. Trabalhei com todos os grandes atores e diretores, não estou interessada em participar de uma nova onda ou de um novo movimento, como se fosse um experimento.

— Nem em trabalhar com Maeve? — perguntou Kait, e Agnes sorriu.

Olhando para ela com mais atenção, Kait reconheceu o rosto que havia visto na tela. Mas estava muito mais velha, e havia algo desesperadamente infeliz e atormentado em seus olhos. Kait ficou imaginando se alguém cozinhava para ela. A casa parecia não ser limpa nem arrumada havia séculos.

Agnes viu Kait observando e explicou sem demora:

— Minha empregada morreu no ano passado. Ainda não a substituí e, de qualquer maneira, moro sozinha. Posso cuidar de tudo eu mesma.

Mas não parecia. Ela estava limpa e bem-vestida, mas a casa estava um caos e fez Kait querer tirar o casaco e colocar tudo em ordem para Agnes.

— Não posso mais trabalhar — declarou Agnes, sem explicar o motivo.

Não parecia estar sofrendo de nenhuma doença, era apenas velha e frágil. Estava alerta e era inteligente, mas de vez em quando perdia o fio da conversa ou o interesse e parava de prestar atenção, como se nada daquilo importasse. Kait achou que talvez estivesse cansada, ou que houvesse tomado uma dose de uísque antes que ela chegasse. Desconfiava de que era esse o caso e estava curiosa para saber se Agnes havia se tornado alcoólatra, além de reclusa.

— Você está escondendo seu talento do mundo — afirmou Kait, com a voz tranquila.

Agnes não respondeu por um longo tempo. Kait notou que as mãos da atriz tremiam enquanto ela mexia na ponta da manta de caxemira.

— Ninguém quer ver uma velha na tela. Não há nada menos atraente que pessoas que não sabem quando fazer a reverência final, fechar a cortina e ir embora — disse ela, com firmeza.

— Você não era velha quando parou — insistiu Kait, com medo de que Agnes a mandasse embora, mas ousando mesmo assim.

— Não, não era, mas tive os meus motivos. E ainda tenho.

E então, sem explicação, ela se levantou e saiu da sala por alguns minutos. Kait a ouviu fazendo algo na cozinha, mas não quis segui-la. Em um instante, Agnes voltou com um copo de bourbon com gelo. Voltou-se para Kait antes de se sentar no sofá de novo, sem justificar sua bebida.

— Quer assistir a um dos meus filmes? — ofereceu de repente.

Kait ficou surpresa, sem saber o que dizer, mas assentiu.

— Gosto muito deste aqui — disse Agnes.

Ela deixou a bebida sobre a mesa, tirou um DVD da caixa e o colocou no aparelho. Era o filme *Rainha Vitória*, pelo qual ela havia sido indicada ao Oscar.

— Acho que é o meu melhor.

Ela interpretava a rainha desde a juventude até o leito de morte. Kait já o havia visto, era uma performance impressionante. Seria uma experiência extraordinária assisti-lo ao lado da grande atriz. Ninguém teria acreditado.

Ficaram sentadas em silêncio durante duas horas e meia na sala mal iluminada. Kait ficou hipnotizada pela performance extraordinária, uma das melhores da história do cinema. Agnes voltara para a cozinha e se servira outro bourbon no meio do filme; também cochilara de vez em quando, e quando acordava continuava assistindo ao filme. Já estava meio bêbada quando acabou; cambaleante, tirou o disco do aparelho e o colocou de novo na caixa. Devia ser trágico para ela se ver jovem, apegando-se ao passado, trancada em casa e esquecida pelo mundo. Era muito triste.

— Duvido que a sua série de TV se compare a isso — acusou ela, sem rodeios.

Kait também respondeu sem rodeios.

— Não se compara, mas, no que depender de mim, vai ser uma série muito boa. Tenho certeza de que Maeve estará maravilhosa, e você também estaria, se aceitasse.

Quanto mais Kait olhava para ela, mais bonita lhe parecia; e ficaria bonita, se ganhasse um pouco de peso e parasse de beber. Ela tinha as pernas finas, a barriga inchada e a tez pálida de um alcoolista, o que era um desperdício terrível, considerando o que havia sido.

Kait se atreveu a fazer uma pergunta que Agnes não esperava.

— Você pararia de beber se voltasse a trabalhar?

Agnes olhou para Kait chocada, mas ainda havia fogo nos olhos da mulher.

— Pode ser — disse ela, com sarcasmo —, mas eu não disse que faria a série, não é?

— Não, não disse. Mas talvez devesse fazer. Você tem talento demais para ficar sentada aqui bebendo e assistindo a seus filmes antigos. Talvez seja hora de fazer novos — lançou Kait, ousada.

— Televisão não é cinema — retrucou Agnes, em tom seco. — Nem com muita imaginação. Não é como o filme que você acabou de ver.

O amado de Agnes o dirigira e ganhara o Oscar de melhor diretor. E ela havia sido indicada por sua atuação.

— Não, mas a TV está muito boa hoje em dia — garantiu Kait. — Você não pode desperdiçar seu talento escondida aqui nesta casa.

De repente, pensar nisso provocou raiva em Kait.

— Não estou me escondendo. E posso parar de beber quando quiser. É que eu não tenho mais nada para fazer — alegou ela, obstinada.

Agnes ficou surpresa quando Kait se levantou e tirou um envelope grosso da bolsa e o colocou na mesa de centro, diante de sua anfitriã.

— Vou deixar uma cópia da bíblia, srta. White. Não precisa aceitar, nem sequer precisa ler, mas espero que leia e aceite. Eu acredito no projeto, Maeve e Ian também. Ele a convenceu a aceitar, e seria muito importante para todos nós se você aceitasse o papel de Hannabel; ou pelo menos se pensasse no assunto. Não vou ficar com raiva se não aceitar, mas vou ficar decepcionada e triste. E Maeve também. Ela sugeriu você para o papel, e foi uma ideia inspirada. Você seria brilhante.

Kait vestiu o casaco e sorriu para Agnes White.

— Obrigada por me permitir vir. Foi uma grande honra, e adorei assistir a *Rainha Vitória* com você. Vou me lembrar disso para sempre.

Agnes não sabia o que dizer, então se levantou também; quase tropeçou ao contornar a mesa de centro. Não disse uma palavra até chegarem à porta da frente, então olhou para Kait, mais sóbria de novo.

— Obrigada — disse, com dignidade. — Gostei de assistir ao filme com você também. E vou ler a bíblia quando tiver tempo.

Kait desconfiava de que isso nunca aconteceria. Achava que Agnes a manteria dentro daquele envelope pardo e a ignoraria. E o pior de tudo era que ela precisava deles muito mais do que eles dela. Alguém precisava salvá-la de si mesma e resgatá-la do caminho destrutivo em que estava, provavelmente havia muito tempo.

— Cuide-se — recomendou Kait gentilmente, e desceu com cuidado os degraus da frente para evitar o quebrado.

Ouviu a porta se fechar com firmeza e desconfiou de que a velha atriz iria direto para a garrafa de uísque; como Kait se fora, poderia beber à vontade.

Kait pensou em sua visita e ficou profundamente deprimida durante todo o caminho para casa. Era como ver uma pessoa se afogar e não poder salvá-la.

Havia acabado de entrar em seu apartamento quando Maeve ligou.

— Como foi? — perguntou, obviamente ansiosa.

Kait havia lhe mandado um e-mail dizendo que visitaria Agnes White naquela tarde.

— Acabei de chegar em casa — Kate suspirou. — Fiquei três horas com ela, assistimos a *Rainha Vitória* juntas. Ela deve ter todos os filmes que já fez em DVD, e tenho a impressão de que passa os dias sozinha, assistindo. É muito triste, e ela não quer fazer a série.

— Achei que não fosse querer, mas valia a pena tentar — respondeu Maeve, também decepcionada. — Tirando isso, como ela estava? Parecia bem? Está bem de saúde?

— À primeira vista ela parece ter mais de cem anos, mas, quando você conversa um pouco com ela, vê surgir o mesmo rosto, só que bem mais velho. Está muito magra. E... — Kait hesitou, sem saber quanto dizer a ela — eu insisti para ela voltar a trabalhar, mas ela teria que resolver algumas coisas antes disso.

— Ela está bebendo? — perguntou Maeve, preocupada.

— Você sabia?

Ela não havia contado nada a Kait.

— Mais ou menos. Eu imaginava. A vida dela desmoronou de um jeito brutal quando Roberto morreu, e aconteceram outras coisas também. Ela começou a beber demais, mas eu esperava que fosse temporário.

— As mãos dela tremem muito, desconfio que ela beba o dia inteiro. Ela tomou uns bourbons fortes enquanto eu estava lá. Disse que pode parar quando quiser; pode até ser, mas não seria fácil, especialmente se ela estiver bebendo há muito tempo. Deixei a bíblia com ela, mas duvido que a leia. Na verdade, tenho certeza de que não vai ler.

— Ela é teimosa, mas é uma velha muito forte e está longe de ser burra. Tudo depende de ela querer ou não voltar ao mundo.

— Meu palpite seria "não". Além de querer que ela interprete Hannabel, é um desperdício terrível vê-la trancada naquela casa, bebendo e assistindo a seus filmes antigos. Foi bem deprimente.

— Imagino — disse Maeve, em tom de lamento. — Desculpe se a fiz perder tempo.

— Não, tudo bem. Foi uma honra conhecê-la. Foi surreal estar lá com ela e assistir ao filme.

Kait riu ao pensar nisso.

— Como está Ian? — acrescentou.

— Ele está bem, na mesma. Está de bom humor. Bem, vamos esperar para ver se ela entra em contato.

— Duvido — disse Kait.

Desligaram. Kait fez uma salada e depois trabalhou até tarde na coluna. Queria fazer uma especial para o Dia das Mães, e isso exigia muita reflexão, dada a complexidade da relação mãe-filha. Ligou para Stephanie, mas ela não estava. E não queria incomodar Tom, sempre ocupado.

De vez em quando, enquanto trabalhava, pensava na tarde que passara com Agnes White; mas logo voltava ao trabalho. Sentiu vontade de escrever sobre o abuso de substâncias por adultos. Muitas leitoras lhe escreviam sobre seus cônjuges alcoólatras ou viciados em drogas, e também jovens contando sobre seus pais.

Kait foi dormir tarde naquela noite e acordou cedo na manhã seguinte para começar a trabalhar no escritório. Era sexta-feira e ela estava ansiosa pelo fim de semana. Estava em um ritmo acelerado havia semanas.

Eram sete horas quando chegou em casa naquela noite, cansada demais para comer, totalmente esgotada e com saudade de sua cama. E viu em seu e-mail que Becca havia lhe enviado um segundo rascunho do último roteiro, mas estava cansada demais para ler. Decidiu deixá-lo para o fim de semana para examiná-lo com um novo olhar.

Kait estava enchendo a banheira quando ouviu o telefone tocar. Correu para atender, esperando que fosse um de seus filhos. Ainda estava esperando notícias de Candace sobre as datas em que Kait poderia ir para Londres. Atendeu enquanto fechava a torneira da banheira.

— Sra. Whittier? — perguntou uma voz trêmula.

Kait soube instantaneamente que era Agnes White.

— Sim — disse, imaginando se Agnes estava sóbria ou bêbada. Estava cansada demais para lidar com ela, mas não queria afastá-la.

— Eu li sua bíblia.

Kait ficou surpresa. Obviamente, Agnes ficara curiosa.

— É um belo trabalho e uma boa história — prosseguiu Agnes. — Entendo o motivo de Maeve querer participar.

Ela parecia sóbria, e Kait esperava que estivesse, pelo menos para o bem de Agnes. Depois da visita no dia anterior, Kait a imaginava bêbada, dormindo no sofá todas as noites, com um de seus filmes na TV.

— Não sei por que você me quer na série, e nem sei se é o papel certo para mim, mas pensei nisso o dia todo hoje. Eu gostaria de fazer. Gosto da ideia de trabalhar com Maeve. E quero lhe garantir — disse, cautelosa — que farei o que for preciso antes de começarmos a filmar.

Kait sabia exatamente o que ela queria dizer, e não podia acreditar no que estava ouvindo. Agnes estava lhe dizendo que ia parar de beber.

— Quando começam as filmagens?

— Em primeiro de julho — disse Kait, totalmente atônita.

— Estarei bem até lá — afirmou Agnes. — Na verdade, muito antes disso. Começo amanhã.

Kait não queria perguntar onde nem como, mas imaginou que ela poderia cuidar disso sozinha, e que talvez já o houvesse feito antes. E, se não quisesse entrar em um programa de reabilitação, poderia ir ao AA, o que também funcionava. Tinha quatro meses para parar de beber e estar pronta para trabalhar.

— Tem certeza de que está disposta? — perguntou Kait, incrédula.

— Você ainda me quer? — devolveu Agnes, preocupada, com medo de que Kait houvesse mudado de ideia.

— Sim, quero — disse Kait, claramente. — Todos nós queremos. Sua participação na série vai fazer dela um sucesso garantido.

— Não tenha tanta certeza — disse Agnes, modesta. — Maeve fará isso.

— Com vocês duas, o sucesso é certo. Devo entrar em contato com seu agente? — perguntou, mesmo sabendo que Zack não encontrara ninguém.

— Acho que ele já morreu. Vou pedir ao meu advogado para cuidar disso. Não preciso mais de um agente.

Ela não trabalhava havia mais de dez anos.

— A emissora não vai acreditar quando contarmos — disse Kait, sorrindo.

Mas ela estava preocupada com a compulsão de Agnes e esperava que ela conseguisse se curar. A atriz parecia estar confiante.

— Vamos nos falando. Vou pedir ao produtor executivo, Zack Winter, que entre em contato com você. Eu conto a Maeve, ou você quer contar?

— Pode contar. Diga que aceitei por causa dela. E por sua causa — enfatizou Agnes, assustando Kait.

— O que foi que eu fiz?

— Você assistiu a meu filme comigo. Você é uma boa pessoa, foi muito gentil. E escreveu um bom papel para mim. Se não fosse isso, eu não aceitaria. Gosto de interpretar pessoas rabugentas; vou me divertir um pouco. Preciso aprender a pilotar?

Ela parecia preocupada com isso, e Kait riu. Ela estava atordoada pela notícia de que Agnes White havia aceitado fazer o papel de Hannabel. Que vitória para eles!

— Nós temos dublês para isso. Você só precisa decorar suas falas e aparecer nos dias de filmagem.

— Isso nunca foi um problema.

— Vamos filmar em Nova York. Essa foi uma das condições de Maeve.

— Obrigada — disse Agnes simplesmente, e ambas sabiam por quê.

Kait entrara na casa de Agnes no dia anterior e salvara sua vida. Se ninguém a houvesse detido, ela teria bebido até morrer, e Agnes também sabia disso.

— Não vou decepcioná-la — garantiu.

— Eu sei que não — disse Kait, solene.

E rezou para estar certa. Mal podia esperar para contar a Zack e Maeve assim que desligasse.

CAPÍTULO 9

Depois que Agnes White concordou em interpretar Hannabel, eles já tinham o elenco quase completo, e com nomes muito importantes. Agnes White e Maeve O'Hara impressionariam o público em uma série de TV. Dan Delaney era o galã jovem e lindo de que precisavam como atrativo para as mulheres mais jovens; independentemente de sua reputação, elas o adoravam. E Charlotte Manning era mais do mesmo. Abaya Jones era a mais nova mocinha, um rosto novo, e Brad Evers, no papel do irmão mais novo encrenqueiro, era um jovem ator promissor de quem as pessoas gostavam. Tinha apenas vinte e um anos e os adolescentes iriam amá-lo. E haviam encontrado o ator perfeito para interpretar Johnny West, o grande amor de Maggie. Ele participara de duas novelas de muito sucesso e tinha muitos fãs fiéis. Seu nome era Malcolm Bennett. Havia interpretado principalmente vilões e estava animado para dar vida a um cara legal, para variar. Já haviam feito algumas reuniões com o elenco e todos estavam satisfeitos com seus papéis. Mas ninguém estava muito entusiasmado para trabalhar com Charlotte Manning, que se comportava como uma diva e nunca se dava bem com as outras mulheres do set. Não havia dúvida, porém, de que seu nome era um grande atrativo, que era o que importava para todos eles. Era um elenco fantástico.

O único que faltava era a paixão de Anne Wilder no fim da série. Estavam conversando com Nick Brooke, um grande astro do cinema, mas ainda não o haviam convencido. Ele tinha medo de ficar amarrado em uma série por muito tempo, se fosse um sucesso. Toda a sua carreira era feita de longas-metragens, e seria uma grande mudança para ele se aceitasse o papel. Phillip Green, o grande astro escalado para interpretar o marido de Anne, Loch, ficou feliz ao assinar o contrato por quatro episódios. Já tinham o elenco montado.

Quando Kait assinou seu contrato, na semana seguinte, sabia que tinha que contar à revista, principalmente antes que vazasse. Não sabia se a editora-chefe da *Woman's Life* iria querer que ela largasse a coluna ou que fizesse malabarismos enquanto estivesse no set. Ainda era possível que a série tivesse avaliações ruins e fosse cancelada, mas, com o elenco que tinham, isso era improvável. Kait estava disposta a fazer o que a revista quisesse, pelo menos até saberem como seria a aceitação da série depois dos primeiros episódios. Se recebessem sinal verde para uma segunda temporada, Kait imaginava que esse seria o momento certo para encerrar sua coluna ou passá-la para outra pessoa, se preferissem assim. Seria uma grande mudança para ela depois de vinte anos, e para suas leitoras, que ficariam tristes por perdê-la.

Paula Stein, editora-chefe, chorou quando Kait conversou com ela, no fim da semana, mas ficou muito impressionada com o novo projeto de sua colunista, que era essencialmente começar uma carreira nova, e uma que não era fácil.

— Foi tudo muito rápido. Escrevi a história há três meses e depois veio uma série de golpes de sorte. Nunca pensei que poderia acontecer. Vamos estar no ar daqui a seis meses e começamos a filmar a série em três. Acabei de assinar meu contrato, por isso tinha que falar com você. Eu faço o que você quiser: saio da coluna ou trabalho nela à noite. Vamos filmar por uns três meses e meio, acho que consigo aguentar durante esse tempo. E precisamos ter uma noção da aceitação da série depois dos primeiros episódios. Vamos rodar treze episódios e, se a emissora ficar satisfeita, mais nove.

— Eu adoraria que você continuasse escrevendo a coluna o máximo de tempo que puder — disse Paula, esperançosa. — Não vejo como continuar se você sair. As leitoras te amam e ninguém consegue fazer o que você faz.

Era lisonjeiro ouvir isso, mas não necessariamente verdade.

— Eu aprendi fazendo; outra pessoa também pode aprender.

— Mas você tem um toque mágico.

— Só espero que a magia funcione na TV — disse Kait, com cautela.

— Tenho certeza de que vai.

Paula abraçou Kait quando a reunião acabou, e Kait concordou em escrever a coluna até o final do ano. Isso lhes daria tempo para preparar outra pessoa ou contratar uma nova escritora para isso. Teriam tempo para descobrir o que fazer.

Naquela tarde, os rumores corriam soltos. Carmen entrou na sala de Kait com cara de preocupada e fechou a porta.

— Há um boato por aí dizendo que você vai sair. Me diga que não é verdade.

Ela parecia desolada com a ideia.

— Não vou sair — disse Kait.

Ela estava arrependida de não ter contado antes, mas se sentira obrigada a revelar à editora-chefe e deixá-la fazer o anúncio antes de dar a notícia para qualquer outra pessoa. Paula Stein era bacana e merecia essa cortesia. Sempre fora justa com Kait, apesar de esta estar na revista por dez anos a mais que ela.

— Vou ficar com dois empregos por enquanto. Vamos ver se funciona. Talvez eu volte rastejando em pouco tempo. Fico aqui até junho, e depois vou escrever a coluna remotamente.

— Por quê?

Carmen estava chocada. Só ouvira que Kait estava indo embora, ou que talvez estivesse, mas não sabia de mais nada. Kait pedira a Paula que não divulgasse nada até que a série fosse anunciada, e a editora-chefe a atendera.

— Parece loucura, mas vou fazer uma série de TV. Eu escrevi a bíblia e sou coprodutora-executiva. É um trabalho imenso. Vou fazer a coluna enquanto puder.

— Uma série de TV? Está brincando! Como isso aconteceu?

— Simplesmente aconteceu. Na véspera de Ano-Novo eu me sentei num jantar ao lado de um produtor de TV e, quando percebi, tinha escrito uma história. E tudo se encaixou muito rápido depois disso. Eu ainda estou em choque.

— Que loucura! — disse Carmen, sentando-se em uma cadeira de frente para a amiga. — Quem vai participar?

— Você não pode contar a ninguém — disse Kait.

Mas confiava nela, e deu alguns nomes. Carmen a encarava, incrédula.

— Fala sério. Dan Delaney? Ah, meu Deus, se eu tiver uma noite com ele, vou morrer uma mulher feliz.

— Talvez não — disse Kait, rindo. — Pelo que eu sei, ele transa com todo mundo e trai todo mundo, e todas as ex o odeiam. Estamos morrendo de medo do que ele vai aprontar no set, mas todo mundo tem a mesma reação que você. Por isso ele é bom para a série, se não nos enlouquecer.

— Como é Maeve O'Hara?

— Maravilhosa. A pessoa mais legal do mundo e uma profissional muito competente. Não vejo a hora de ela começar a trabalhar.

— Não acredito nisso. Simplesmente caiu do céu?

— Basicamente.

— Como é o produtor? É bonitão? Está saindo com ele?

Ela estava morrendo de vontade de saber de tudo.

— Sim, ele é um charme, mas não, não estamos saindo. Nós trabalhamos muito bem juntos, e acho que os dois queremos manter as coisas assim, sem correr o risco de estragar tudo. São negócios. E pessoas sérias não brincam em serviço. Estou aprendendo muito com ele.

— Posso ver as filmagens no set?

Kait assentiu; percebeu que sentiria falta de ver Carmen todos os dias.

— Estou feliz por você, Kait. Você merece. Eu nunca diria isso, mas você estava presa em uma rotina aqui. Você é muito talentosa e uma escritora boa demais para isso. Espero que tudo dê muito certo.

Ela falava com total sinceridade.

— Também espero — disse Kait, e se levantou para abraçar Carmen.

— E não me interessa se Dan Delaney é um galinha. Quero conhecer esse cara.

— Vai conhecer, prometo.

— Não vejo a hora de assistir à série.

Ela deixou a sala de Kait minutos depois. A revista estava em polvorosa com a notícia de que Kait ia se demitir.

Naquela noite, Kait ligou para Stephanie em San Francisco. Ela estava com amigos assistindo a um jogo de basquete.

— Você vai fazer *o quê?* — perguntou Stephanie, achando que havia ouvido mal. — Que tipo de série? Você está vendendo Bíblias? Você pirou, mãe?

Ela sabia que sua mãe ia à igreja ocasionalmente, mas isso era demais para ela.

— Você virou mórmon ou algo assim?

— Não! Eu disse que escrevi uma bíblia para uma série de TV. É o nome que se dá ao projeto de uma série. E uma rede de TV a cabo comprou. Vamos começar a filmar em julho e vai estrear em outubro.

— Jura? Quando foi que isso aconteceu? Quem está no elenco? Stephanie estava incrédula; sua mãe lhe deu os nomes principais.
— Puta merda, está falando sério? Parece uma coisa importante.
— Pode ser, se as pessoas gostarem da série.
— É sobre o quê?
— Mulheres na aviação nas décadas de 1940 e 1950.
— Que estranho... por que você escreveu sobre isso?
— Usei minha avó como inspiração. Você vai ter que assistir pelo menos uma vez — disse Kait, provocando-a.

Ela sabia que Stephanie e Frank nunca assistiam à TV, exceto esportes. Eram fanáticos por beisebol e também adoravam futebol e basquete.

— Estou orgulhosa de você, mãe. Nunca imaginei que você faria uma coisa assim.
— Nem eu — disse Kait, e riu.
— Posso contar para as pessoas?
— Ainda não. A emissora vai fazer um anúncio assim que tivermos todos os contratos assinados, todos os acordos definidos. Isso demora um pouco.
— Posso contar ao Frank?
— Claro!

Elas conversaram um pouco mais, e depois Stephanie voltou para o jogo e seus amigos. Antes disso, porém, ela disse à mãe de novo que estava orgulhosa dela.

Kait ligou para Tommy depois. Eles haviam acabado de jantar, e Maribeth estava colocando as meninas para dormir. Tommy ficou ainda mais surpreso que a irmã e fez várias perguntas a Kait sobre o acordo que ela havia feito. Ele ficou impressionado com o contrato que ela conseguira e por saber que seria coprodutora-executiva e que tomaria muitas decisões com Zack.

— O que você vai fazer com a coluna? — ele quis saber.
— Aceitei continuar com ela até o fim do ano, mas vou ter que

fazer malabarismos quando começarmos a filmar. Fico na revista até junho; depois disso tenho que estar no set.

De qualquer maneira, ela já não ia à revista todos os dias, trabalhava de casa a maior parte do tempo.

— Já contou às meninas?

— Acabei de ligar para Stephanie, e vou ligar para Candace daqui a algumas horas, quando for manhã lá. Nem sei direito onde ela está, não nos falamos há semanas. Você tem falado com ela?

— Só pelo Skype no Natal, na sua casa. Nunca sei como encontrá-la.

— Nem eu — admitiu Kait. — Quero ir vê-la quando ela tiver uma folga; acho que não tem uma há meses. Ela vai direto de uma matéria para outra.

Ele sabia disso sobre sua irmã também.

— Mande lembranças quando falar com ela. E, mãe, estou muito orgulhoso de você.

Ele disse isso com muita emoção, e Kait também se emocionou.

— Obrigada, querido. Diga a Maribeth que estou mandando lembranças.

— Ela vai pirar; é apaixonada por Dan Delaney.

Aparentemente, todas as mulheres dos Estados Unidos eram, o que serviu de confirmação a Kait de que haviam tomado a decisão certa ao escolhê-lo para o papel.

— E ela ama Maeve O'Hara. É uma grande atriz.

— Sim, ela é ótima — confirmou Kait. — Mas não diga nada enquanto não for anunciado.

— Obrigado por ligar para me contar a novidade.

Um minuto depois, desligaram. Kait só precisava contar a Candace, se conseguisse encontrá-la. Ficou acordada até as duas da manhã para ligar; seriam sete da manhã em Londres. Mas a ligação foi direto para a caixa postal.

Kait achava que ela ainda não havia voltado de onde quer que estivesse. Poderia mandar uma mensagem ou um e-mail, mas não sabia se Candace o receberia, e queria lhe contar por telefone. Fazia muito tempo que não conversavam; várias semanas, desde antes de Kait ir a Los Angeles. Mas estava contente por ter contado a Stephanie e Tom, e a reação deles havia sido calorosa e amorosa. Definitivamente, era um novo capítulo em sua vida, e ela queria compartilhá-lo com seus filhos.

Ela se divertia com as reações das mulheres a Dan Delaney; queria se lembrar de contar a Zack. Como ele havia previsto, os roteiros de Becca estavam melhorando a cada dia, conforme ela avançava e se sentia mais à vontade com as personagens. Ela enviava os roteiros por e-mail e Kait os lia à noite, depois do expediente. Becca havia feito um ótimo trabalho para os primeiros episódios; apesar de ser jovem, tinha talento e escrevia com profundidade quando se dedicava. Kait fazia sugestões sempre que achava necessário, e Becca aceitava os comentários e acrescentava conteúdo aos roteiros, sem resistência. E a distância geográfica entre elas não representava um problema.

Tudo estava indo bem. Agnes ligou para avisar que estava frequentando o AA e procurando um padrinho. Admitiu que já havia participado de reuniões antes e sabia como funcionava.

— Tem receio de que alguém fale com a imprensa? — perguntou Kait, preocupada.

Agnes respondeu, furiosa:

— Espero que não, as atividades no AA são sigilosas. O que se ouve e se vê lá morre ali. Já vi pessoas em reuniões que correm muito mais riscos que eu. Ninguém nunca quebra esse código. Participo de duas reuniões por dia.

— Tem sido difícil? — perguntou Kait gentilmente, feliz por Agnes ter ligado para tranquilizá-la.

— Claro que é difícil. É uma merda. Mas prefiro trabalhar a ficar me vendo em DVDs o dia todo. Eu estava em uma situação ruim, você me tirou dela. Não sei se a série vai ser boa, nem se eu vou colaborar para isso, mas precisava fazer isso de qualquer maneira. Contratei uma empregada ontem. Ou fazia isso ou punha fogo na casa. Eu tinha dez anos de revistas empilhadas em cada cômodo. Mandei a mulher jogar tudo fora.

O que estava acontecendo com Agnes era um milagre. Ela estava encontrando seu caminho de volta ao convívio humano.

— Me avise se eu puder fazer alguma coisa para ajudar — ofereceu Kait.

— Vou ficar bem — prometeu Agnes de novo. — Não quero que você se preocupe. — E acrescentou, séria: — Liguei para Maeve. Ela me contou sobre Ian. Que tragédia! Ele é incrivelmente talentoso e um homem maravilhoso. Não sei o que ela vai fazer depois que... quando...

Ela não conseguiu pronunciar as palavras, mas Kait entendeu; também estava preocupada com isso. Eles estavam casados havia vinte e cinco anos.

— Pelo menos a série vai mantê-la ocupada; e as filhas dela também. Vamos precisar ajudá-la quando as coisas ficarem difíceis.

Enquanto ouvia, Kait foi se dando conta de que a série seria mais que um trabalho e um golpe de sorte para todos eles, e uma oportunidade para os atores menos conhecidos do grupo. Seria uma espécie de família e uma rede de apoio também. E, se durasse muito tempo, eles enfrentariam juntos os desafios da vida, suas alegrias e tragédias e os momentos importantes de cada um durante vários anos. Era reconfortante, de certa forma, e ela estava ansiosa para começar. O pessoal da série preencheria sua vida.

Zack lhe mandou um e-mail para dizer que haviam contratado uma jovem e talentosa figurinista britânica, Lally Bristol. Ela era fantástica com o trabalho histórico, já estava começando a pesquisar o período da série e estava muito animada. Mandou uma fotografia dela no e-mail. Era uma bela jovem, com cerca de um metro e oitenta, de corpo bem torneado e cabelo loiro e comprido. Kait só esperava que Dan Delaney não desse em cima dela; mas ela devia estar acostumada com homens como ele, lidava com eles o tempo todo. Seria a primeira série dela também. A maior parte de seu trabalho havia sido feita para longas-metragens, assim como a de muitos dos atores escalados.

Agnes havia prometido ligar para ela de novo. Kait tentou falar com Candace várias vezes nos dias seguintes, mas as ligações caíam na caixa postal imediatamente, sem nem tocar – o que geralmente significava que ela estava fora do país. Kait não sabia onde, e isso sempre a deixava inquieta.

Ela estava revisando o roteiro mais recente de Becca, fazendo anotações, uma noite, quando o telefone tocou. Uma voz desconhecida, com sotaque britânico, perguntou se ela era Kait Whittier. Ela não sabia quem era, e seu identificador de chamada mostrava apenas que a ligação era da BBC, um número de Londres. Mas estavam no meio da madrugada lá, nove da noite em Nova York.

— Sim, sou eu — disse ela, pondo o roteiro de lado com súbita ansiedade. — Algum problema?

— Estou ligando por causa de sua filha, Candace. Ela está bem — informou ele imediatamente, para tranquilizá-la. — Houve um incidente.

— Que tipo de incidente? Onde ela está? — perguntou Kait, enquanto o pânico a dominava.

— Ela está em Mombaça. Estava fazendo uma reportagem sobre um campo de refugiados, a cento e sessenta quilômetros da cidade, e houve um incidente na estrada. Uma mina explodiu e ela se feriu, mas está bem; foram só umas queimaduras nos braços e no peito.

Ele não disse a Kait que o motorista e o fotógrafo que estavam com ela haviam morrido. Só o que Kait precisava ouvir era que sua filha estava viva.

— Vamos trazê-la para Londres esta noite. Ela está estável e queremos que ela receba cuidados médicos aqui.

Kait se levantou imediatamente e começou a andar pela sala, pensando em Candace ferida. Seu coração parecia querer pular do peito.

— São muito graves as queimaduras?

— Segundo e terceiro grau, pelo que me disseram. Principalmente segundo, e uma queimadura de terceiro grau em uma das mãos. Achamos mais prudente tirá-la de lá. Vamos mantê-la informada, sra. Whittier, eu garanto. O avião dela deve pousar daqui a poucas horas. Ela vai chegar no avião da evacuação médica e segue direto para o hospital. Eu ligo depois com mais informações quando ela chegar.

— Para qual hospital ela vai?

— Para a unidade de queimados adultos do Chelsea and Westminster Hospital. Eles têm um dos melhores centros de queimados da Inglaterra.

— Vou tentar pegar um voo hoje à noite — disse Kait, subitamente distraída, tentando pensar em tudo que tinha que fazer. — Por favor, me fale o seu nome e como eu faço para entrar em contato com você.

— Não tenha pressa. Fui informado de que o estado dela é estável e que ela não corre risco de morte.

— Sou a mãe dela. Não vou ficar em Nova York enquanto ela está em um hospital em Londres com queimaduras de terceiro grau.

— Eu entendo — disse ele, friamente.

— Por favor, me ligue ou deixe uma mensagem quando ela chegar. Entro em contato com você assim que pousar, ou vou direto para o hospital. Obrigada por me ligar.

Kait era o contato de emergência que constava no cadastro de Candace e vivia com medo de que uma coisa como essa acontecesse. Ligou para Tommy, no Texas, assim que desligou, e contou a ele a situação; disse que tentaria pegar um voo naquela noite mesmo e que queria que ele soubesse onde ela estava. Ele disse que ligaria para o hospital mais tarde e que tentaria descobrir algo mais sobre o estado da irmã; e que tentaria falar com ela quando fosse internada. Ele também ficou preocupado.

Então Kait desligou e ligou para a British Airways. Eles tinham um voo saindo à uma da manhã para Londres. Ela teria que fazer o check-in às onze e sair do apartamento às dez para chegar ao aeroporto, o que lhe dava quarenta minutos para fazer as malas, trocar de roupa e sair.

Ela começou a correr pelo apartamento assim que comprou a passagem. Saiu de casa às cinco para as dez e entrou no Uber que havia chamado.

Ela havia jogado todas as roupas que achava que necessitaria em uma mala de mão, e em uma sacola o roteiro de Becca, uma pasta de cartas para sua coluna e tudo o mais em que conseguira pensar. Chegou ao aeroporto a tempo de fazer o check-in. Seu celular tocou quando ela estava embarcando. Era o mesmo homem de Londres, que disse que o voo de evacuação médica havia chegado e Candace estava a caminho do hospital naquele momento, em boas condições.

Kait ligou para o celular de Candace assim que desligaram. Pela primeira vez em semanas, sua filha atendeu, parecendo grogue.

— Você está bem, meu amor? — perguntou Kait, sentindo as lágrimas encherem seus olhos.

— Estou bem, mãe. Nós passamos por cima de uma mina terrestre.

— Graças a Deus você está viva.

— Eu estou, mas outras pessoas morreram. Foi um caos.

— As queimaduras são muito ruins?

— Não sinto dor — Candace disse vagamente, e Kait sabia que isso não era um bom sinal. — Não consigo ver, estão cobertas.

— Estou embarcando agora. Chego aí à uma da tarde no horário de Londres, e vou direto para o hospital.

Kait estava falando com ela enquanto se acomodava no avião.

— Não precisa vir, mãe. Estou bem.

— Mas eu não estou. Você me deu um susto. Vou ficar com você e ver com meus próprios olhos.

Candace sorriu.

— Não tem nada melhor para fazer? — perguntou.

Ela conhecia a mãe, suspeitara de que ela viajaria assim que soubesse do acidente. Sua prioridade sempre foram os filhos, e nada mudara depois que eles cresceram.

— Não. Até daqui a pouco — disse Kait, obrigada a desligar o celular.

Ela mandou uma mensagem para sua editora-chefe e outra para Zack para dizer aonde estava indo, e prometeu entrar em contato. E mandou os detalhes do voo para Stephanie e Tom.

Ficou acordada a maior parte do voo, preocupada com a filha; só cochilou um pouco perto da hora de pousar. Acordou assim que as rodas bateram na pista. Só queria chegar ao hospital e ver Candace. Como não tinha bagagem para pegar na esteira, passou correndo pela alfândega, depois de explicar que era uma emergência, e correu até a calçada para pegar um táxi. Estava no hospital quarenta minutos depois, e uma enfermeira a levou até o quarto de Candace. Kait encontrou a filha sedada, meio adormecida, com os braços e o peito enfaixados. Candace despertou e sorriu ao ver a mãe, e Kait lhe deu um beijo na testa, aliviada por estar com ela.

— Você não podia ter feito faculdade de moda, como uma pessoa normal? — disse Kait.

Era uma velha brincadeira entre elas, devido aos tipos de trabalhos perigosos pelos quais Candace sempre sentira atração. Mas era a primeira vez que ela ficava gravemente ferida. Um médico lhes assegurou, pouco depois, que as queimaduras não eram tão graves quanto elas temiam. Poderiam deixar cicatrizes, mas Candace não precisaria de enxertos de pele, e calculavam que ela poderia ir para casa em uma semana, mais ou menos, depois de fazer exames mais detalhados e de ficar em observação.

— Eu ia começar outra matéria amanhã — reclamou Candace.

Ela era muito parecida com a mãe, tinha os mesmos olhos verdes e o cabelo ruivo.

— Não quero ouvir uma palavra sobre outra matéria, ou te levo para Nova York comigo — disse ela, severa, e sua filha sorriu de novo.

— Diga isso para os meus chefes — retrucou Candace, ainda zonza da medicação.

— Será um prazer. Eu queria muito que você arranjasse outro emprego — lançou Kait.

Ela se acomodou em uma cadeira e as duas cochilaram. Os médicos disseram que Candace teria que ficar com os curativos por cerca de um mês, mas ela não pareceu se importar. Estava muito mais chateada pelos colegas que ficaram feridos e que estavam mal demais para serem evacuados, e pelos dois que morreram.

Kait deixou a mala em um hotel no dia seguinte e checou suas mensagens. Zack havia mandado vários e-mails, e ela ligou para ele assim que chegou ao quarto.

— Você está bem? Como está sua filha?

Ele estava seriamente preocupado com as duas.

— Ela está bem. Teve queimaduras graves nos braços e no peito, nada no rosto, e não vai precisar de enxertos; deve ficar com cicatrizes. Mas graças a Deus está viva.

Kait ainda estava muito abalada com o que havia acontecido.

— Ela foi a única evacuada. Estavam fazendo um documentário em um campo de refugiados e passaram por cima de uma mina terrestre na estrada para Mombaça. Odeio esse maldito trabalho dela — reclamou, enfática, e ele riu do jeito dela.

— Eu também odiaria, se fosse você. Vamos arranjar outra coisa para ela fazer — sugeriu ele.

— Já tentei. Ela ama o que faz e acha que vai mudar o mundo. Talvez mude, mas vai me provocar um ataque cardíaco antes.

— Me avise se houver alguma coisa que eu possa fazer. E descanse um pouco, Kait. Parece que ela vai ficar bem, e é difícil para você também.

Ela ficou comovida com a preocupação de Zack. Ligou para Tommy e Stephanie depois; ambos haviam falado com a irmã depois que Kait saíra do hospital e estavam preocupados com ela.

— Eu perguntei se o rosto dela havia virado sopa e ela disse que não — contou Stephanie à mãe.

Ela era brilhante com computadores, mas não tinha tato nenhum com humanos. Kait podia imaginá-la dizendo isso a Candace.

— Ela vai ficar bem — disse Kait a ambos.

O acidente era um sério lembrete dos perigos que Candace enfrentava constantemente. E ela teve uma conversa séria com a filha sobre isso no dia seguinte. Candace não estava tão grogue, e insistiu que estava inteira, que amava seu trabalho e que não queria voltar para Nova York.

— Você não pode fazer documentários na Inglaterra ou na Europa? Por que tem que estar em todas as zonas de guerra do mundo?

— Porque é lá que estão as matérias interessantes, mãe — insistiu Candace.

Kait percebeu que não ia chegar a lugar nenhum. Então, contou a ela sobre a série, e, assim como seus irmãos, Candace ficou extremamente impressionada.

— Que maravilhoso, mãe!

Kait contou quem estava no elenco, qual era a história e tudo que andara fazendo nos últimos três meses. E, enquanto Candace dormia um pouco, voltou para o hotel. Mandou imprimir o último roteiro que Becca lhe enviara, fez anotações e depois retornou ao hospital. Candace havia acabado de acordar e estava conversando com seu chefe da BBC. Estava chateada porque eles haviam dado sua próxima matéria a outra pessoa, e ele insistira para ela tirar umas semanas de folga. Kait sabia que era uma batalha perdida e que a jovem estaria de volta a campo assim que pudesse.

Ela permaneceu em Londres até Candace receber alta, uma semana depois, e a instalou em casa. Candace estava determinada a pelo menos ir ao escritório, enfaixada mesmo, e, quando o fez, Kait entendeu que era hora de voltar para casa. Candace estava bem, e Kait não tinha nada a fazer agora que ela retornara ao trabalho. Estava em Londres havia dez dias, feliz por estar com ela, apesar das circunstâncias. Não queria ir embora, mas percebia que estava deixando Candace estressada. Sua filha não queria que ninguém se preocupasse com ela, só queria trabalhar. Kait estava tensa, certa de que ela iria convencê-los a mandá-la para algum lugar cedo demais. Não queria que ela fosse para outra região perigosa, mas Candace tinha vontade própria.

Kait estava triste por partir. Jantaram fora na noite anterior, e, na manhã seguinte, antes de Candace sair para o trabalho, Kait lhe deu um longo abraço e foi para o aeroporto.

Maeve ligou assim que Kait voltou. Soubera do acidente de Candace por Zack e mandara várias mensagens para Kait enquanto ela estava fora.

— Como ela está? — perguntou Maeve.

— Está bem, louca para voltar a trabalhar.

— Você não pode convencê-la a fazer alguma coisa menos perigosa?

Maeve sentiu pena de Kait. Notava o cansaço e a preocupação na voz dela.

— É uma discussão que eu nunca consigo ganhar. Ela acha que, quando não está se arriscando para tornar o mundo um lugar melhor, está desperdiçando a vida. A irmã fica feliz indo aos jogos de basquete, e o irmão vendendo fast food no Texas. Mas Candace sempre teve uma missão ou outra, desde os doze anos. Não sei como três filhos dos mesmos pais podem ser tão diferentes. Ela está me causando insuficiência cardíaca faz vinte anos. Podia ter morrido!

— Graças a Deus isso não aconteceu — disse Maeve, com profunda compaixão por Kait.

— O que eu perdi desde que viajei? — perguntou Kait.

Ela estava extremamente cansada depois de uma semana no hospital com Candace e do voo de volta para casa. Já estava com saudade da filha, mas era bom retomar suas atividades mais mundanas. Nada a preocupava mais que seus filhos quando um deles tinha um problema ou se machucava.

— Acho que Nick Brooke concordou em fazer o papel do meu namorado no episódio final da primeira temporada, o que significa que ele volta na segunda temporada como personagem principal, se a série for renovada — informou Maeve. — Estou louca para trabalhar com Nick. Ele é um ótimo ator e uma pessoa séria. Mora em Wyoming quando não está trabalhando. É um homem de verdade, uma espécie de caubói. É perfeito para o papel de ex-piloto de caça e herói de guerra. Ian o conhece melhor que eu.

Era um nome famoso, o que seria um grande atrativo para a segunda temporada, se chegassem tão longe – o que todos esperavam.

— A relação das personagens vai ser apaixonada. Depois de uma grande briga, vamos encerrar com uma grande cena de amor no final do primeiro episódio que eu vou fazer com ele. Acho que vai ser legal. Ele é um bom ator. Vamos almoçar juntas quando você tiver tempo, Kait — sugeriu Maeve.

As duas não viam a hora de começar a série. Maeve disse que Ian estava bem; nada havia mudado nem piorado, o que era uma vitória, por enquanto.

Kait falou com Zack também, e ele a colocou a par de tudo. Ele mandara entregar flores a ela em Londres, para animá-la, e Kait ficara muito emocionada. Ele contou sobre Nick Brooke também, e ela o parabenizou por convencê-lo a entrar no time.

— Acho que não mereço o crédito por isso; ele queria trabalhar com Maeve. A perspectiva de uma série semanal com ela era atraente demais para resistir; mas ele ficou desapontado por não termos cavalos na história. Ele também tem um avião e o pilota. Definitivamente, é o homem certo para o papel. Ele queria fazer as acrobacias aéreas, mas a seguradora não permitiu. Nick entende muito de aviões e é um estudioso da história da aviação.

— Ele parece um homem interessante — disse Kait.

— E é. Agora, descanse um pouco. A gente se fala daqui a uns dias.

Kait foi para a cama depois de ligar para Candace, em Londres, para saber como ela estava. E Agnes ligou quando ela estava adormecendo. Demorou uns instantes para descobrir quem era. A voz de Agnes estava áspera.

— Algum problema?

Kait mal conseguia manter os olhos abertos, mas se obrigou a acordar.

— Não posso. Não posso fazer a série.

— Por que não? — perguntou Kait, de repente bem acordada.

— Simplesmente não posso. É difícil demais. Fui a três reuniões hoje.

— Você pode, sim — respondeu Kait, a voz severa. — Você sabe que pode. E você quer fazer a série. Já fez isso antes e pode fazer de novo.

— Sou impotente diante do álcool — disse Agnes, repetindo o primeiro passo do AA.

— Não, você não é. Você é mais forte que ele.

— Eu quero beber.

— Vá a uma reunião, ligue para seu padrinho, saia para caminhar, tome um banho.

— Não vale a pena.

— Vale, sim — insistiu Kait. — Viva um dia de cada vez. Vá dormir e compareça a uma reunião amanhã de manhã.

Houve um longo silêncio do outro lado da linha, até que Agnes suspirou.

— Tudo bem. Desculpe por ter ligado. Você parece exausta. Foi só um momento ruim. Eu estava aqui, olhando para uma garrafa de bourbon, e queria tanto beber que podia até sentir o gosto.

— Achei que você tivesse jogado todas as bebidas fora.

Ela havia dito isso a Kait da última vez que ligara.

— Encontrei uma garrafa embaixo da cama — disse Agnes.

— Despeje na pia e jogue a garrafa fora.

— Que desperdício! — resmungou Agnes, desanimada. — Certo, farei isso. Durma um pouco — disse, já um pouco melhor.

Kait se jogou nos travesseiros depois que desligou. Percebeu o que havia acontecido. Ela acabara de adotar um elenco inteiro de filhos, com quem se preocupar junto com os seus. Teria que se preocupar com quem Dan dormiria, se Charlotte estava brigando com alguém, se Agnes estava sóbria, se o marido de Maeve ainda estava vivo, se Abaya conseguiria se lembrar de suas falas e se Becca seria capaz de escrever o roteiro. Havia colocado todos embaixo de suas asas, com todos os problemas, medos, peculiaridades, tragédias, necessidades e desejos. Esse pensamento foi avassalador, mas, quando fechou os olhos, em segundos já estava dormindo.

CAPÍTULO 10

A vida pareceu se acalmar para Kait em maio. Zack ligava todos os dias para relatar o andamento dos preparativos para a série. Todos os contratos estavam assinados e os atores alinhados. Lally Bristol estava trabalhando nos figurinos, e já haviam encontrado dois lugares perfeitos para gravar. Um deles era uma pequena pista de pouso em Long Island, onde o proprietário mantinha uma grande coleção de aviões antigos; ele ficou feliz em alugar o local para eles e participar da série dessa maneira. E encontraram a casa perfeita para os Wilder no norte do estado de Nova York. Filmariam de modo que parecesse que a pista de pouso e a casa estavam no mesmo terreno, o que não era difícil de fazer na pós-produção, no computador. Becca estava escrevendo roteiros incríveis. Agnes ligava para Kait de vez em quando e ainda frequentava as reuniões do AA. Candace contou que suas queimaduras estavam cicatrizando e que estava louca para voltar a campo.

Maeve e Kait foram almoçar, um dia, na lanchonete onde se conheceram. A atriz contou que Ian estava respondendo bem a alguns medicamentos que estava tomando para retardar um pouco a progressão da doença, e não havia ocorrido nenhuma mudança recente.

E Kait continuava cuidando de sua coluna. Mas percebia que essa calmaria era um presságio de uma tempestade e que, a partir de julho, começaria a correr feito louca para cumprir o cronograma de filmagens, revisar os roteiros de Becca, ajudar a resolver problemas no set e escrever sua coluna e seu blog quando e onde pudesse. E pensou que a sugestão original de Carmen havia sido boa. Ela queria tirar férias com os filhos enquanto ainda tinha tempo para isso, antes que sua agenda fugisse do controle.

Ligou para cada um e pediu que reservassem uma semana em junho. Teriam que esperar até que acabassem as aulas de Merrie e Lucie Anne, e ela pesquisou lugares que fossem divertidos para todos e de fácil acesso. A BBC decidira não mandar Candace para missões pesadas por um tempo, para seu desgosto, de modo que ela disse que também iria. O local que Kait escolheu era um hotel-fazenda em Wyoming, nos arredores de Jackson Hole, que lhe pareceu ideal. Ela consultou todos, definiram a data e reservaram os quartos para a segunda semana de junho. Isso também lhe convinha, pois havia definido com Paula que começaria a trabalhar de casa para a revista em primeiro de junho. Não precisava mais ir ao escritório e havia concordado em continuar respondendo às cartas e escrevendo sua coluna até o fim do ano. Retomariam essa conversa depois, dependendo dos planos para a série.

Ela mal podia esperar para ir ao hotel-fazenda com os filhos, e eles também estavam animados. E as crianças também. Ela mandou botas de caubói cor-de-rosa para as netas, nos tamanhos que Maribeth lhe passara, e Tommy lhe enviou fotos delas as usando com saias jeans e chapéus de caubói. Estavam prontos para a grande aventura, e a data chegou mais rápido que o esperado.

Houve um almoço para Kait na revista em seu último dia oficial de trabalho presencial. Ela entregou sua sala a uma das editoras; e Carmen ficou triste por não ver mais Kait no trabalho. Contou a Kait, durante o almoço, que estava tentando conseguir uma coluna também.

Todos ficaram emocionados com a partida de Kait e animados com a série. A emissora fez um grande anúncio em primeiro de maio, com pôsteres em todos os lugares, teasers e fotos de Dan, Charlotte e Abaya, para atrair os espectadores mais jovens, e outros com Maeve, Agnes e Phillip Green, o ator que interpretaria Loch. E alguns que mostravam todo o elenco. Os comerciais de TV começariam em setembro, com cenas que eles já teriam filmado. Estavam gastando uma fortuna em publicidade, e as pessoas falavam sobre *As mulheres selvagens* com expectativa. Kait ficava emocionada toda vez que via um dos pôsteres; e Zack lhe disse que havia outdoors na Sunset Boulevard, em Los Angeles.

Seus colegas da revista ficaram tristes com sua partida, mas todos lhe desejaram boa sorte.

E Kait partiu para Wyoming, ansiosa para passar uma semana com seus filhos e suas netas.

Na noite anterior à partida, Zack comentara ao telefone que a fazenda de Nick Brooke ficava a uma hora de Jackson Hole. Disse que era enorme e tinha muitos cavalos.

— Você poderia ligar para ele — sugerira Zack.

Eles manteriam a participação dele em segredo até o último episódio da série, um teaser da segunda temporada. Um romance ardente entre Maeve O'Hara e Nick Brooke seria um grande atrativo e traria todos os espectadores de volta, sem dúvida. Portanto, a notícia de sua entrada na série seria muito discreta, mas ele assinara o contrato para o episódio final e um provisório para a segunda temporada, caso a série durasse. Estavam pagando uma fortuna a ele, mas Zack e Kait concordavam que valia a pena, pelos espectadores que atrairia. Mulheres de todas as idades eram loucas por Nick.

Filmariam com ele no fim de agosto ou no início de setembro, a última parte em um set fechado, e todos tiveram que assinar acordos de confidencialidade para não revelar que ele estava no elenco.

Tinham Dan para atrair as mulheres mais jovens, e o poderoso Nick. Ele tinha cinquenta e dois anos, mas não aparentava; tinha aquela imagem masculina rude que fazia as mulheres se derreterem.

E os homens poderiam se encantar por Charlotte, Abaya e Maeve. O público mais velho ficaria em êxtase ao ver Agnes de novo. Havia algo para todos na série. Com as ótimas cenas de voo durante a guerra com os aviões antigos que usariam, ela tinha tudo para ser um grande sucesso.

Nick seria uma parte importante disso. Um filme dele estrearia naquele verão, o que seria um ótimo prelúdio para sua aparição surpresa na série.

— Ele não vai achar esquisito eu ligar para dar um oi, do nada? — perguntara Kait a Zack.

— Claro que não — respondera Zack. — Você é a coprodutora-executiva. Ele pode ter dúvidas sobre o personagem, e seria bom você o conhecer melhor.

Zack e Kait o tinham conhecido em uma reunião com o advogado do ator. Kait apertara sua mão e ficara impressionada com sua beleza. Ele era uma pessoa reservada; Kait sabia que ele nunca ia a Los Angeles se não fosse a trabalho. Era de uma cidade pequena no Texas e comprara uma enorme fazenda em Wyoming quando começara a fazer sucesso. Parecia ser muito profissional, não tinha problemas para trabalhar e era reservado. E mantinha sua vida pessoal longe da imprensa. Ele havia dito que não gostaria de dar entrevistas sobre a série, mesmo depois de fazer parte do elenco de modo oficial.

— Não precisa passar a semana com ele, basta fazer contato. Quero que ele sinta que faz parte do time, mesmo só aparecendo uma vez na primeira temporada. Encontrá-lo lá pode ser uma maneira fácil de quebrar o gelo.

Zack descobrira que Nick havia começado sua carreira como cantor country em Nashville, mas ele não ia cantar na série. Nick havia dito que isso tinha ficado no passado, mas Zack encontrara um CD antigo dele e dissera que tinha uma ótima voz.

A vida pessoal de Nick era um mistério para todos, exceto para alguns amigos íntimos, e seu agente informara que ele pretendia mantê-la assim. Ninguém sabia se ele namorava ou o que fazia quando não estava trabalhando, além de administrar sua fazenda, onde criava cavalos. Ocasionalmente era visto em leilões de luxo, comprando campeões reprodutores. Os cavalos eram sua paixão, e os que vendia estavam entre os melhores do estado.

Por fim, Zack mandara uma mensagem para Kait com o número de Nick, mas ela não sabia se ligaria para ele. Queria ficar com os filhos, não roubar tempo deles com reuniões de negócios.

Estavam todos indo separadamente para Wyoming. Candace ia de Londres a Chicago e de lá para Jackson Hole; Stephanie e Frank tinham um voo direto de San Francisco, e Tommy e sua família usariam o avião do sogro dele. Kait iria de Nova York a Denver, e de lá para Jackson Hole, e todos se encontrariam no hotel-fazenda; chegariam com poucas horas de diferença. O único cuidado necessário era que Candace não expusesse os braços queimados ao sol. Mas todos pretendiam cavalgar, e Kait já havia organizado piqueniques no topo da montanha, uma expedição de pesca para Tommy e Frank, com um guia, e queria levá-los a um rodeio. Aparentemente havia um grande nas noites de quarta-feira, que todos os moradores e turistas adoravam. Ela havia pedido ao hotel que organizasse isso para eles.

Kait terminou sua coluna no voo de Nova York. Sabia que teria que ser habilidosa para encontrar tempo para isso depois que começasse a passar seus dias e noites no set. Assistiu a um filme durante o almoço e, quando pousaram em Jackson Hole, notou quantos jatos particulares havia ali. Era um lugar bonito, um ponto de encontro de ricos e famosos que não queriam ir a lugares mais óbvios, como Sun Valley ou Aspen.

Quando desceu do avião, viu o Grand Teton e o achou majestoso. Pegou sua bagagem e encontrou o motorista que o hotel havia enviado. No caminho, ele contou que Tommy e a família já haviam chegado, uma hora antes, e estavam se acomodando.

Ela sabia que havia uma piscina para as crianças e que eles ficariam em chalés; e seriam designados cavalos específicos para eles durante a estadia, de acordo com a habilidade equestre de cada um. As filhas de Tommy tinham pôneis, que o avô lhes dera, e Maribeth era uma amazona experiente. Os filhos de Kait sabiam cavalgar, mas nunca o tinham feito muito, por terem sido criados em Nova York. Mas eram habilidosos o suficiente para se divertir no hotel. Ela havia reservado um passeio ao pôr do sol para todos naquela tarde.

Tommy, Maribeth e as crianças estavam no saguão esperando Kait. Merrie lhe deu um grande abraço, enquanto Lucie Anne explicava que ia montar um cavalo maior que seu pônei, que era uma égua chamada Rosie e era muito legal.

— Vai cavalgar conosco também? — perguntou à avó.

Ela estava com as botas de caubói rosa que Kait lhe havia dado, short rosa e uma camiseta rosa com o mapa do Texas estampado. Tommy agradeceu à mãe e disse que o chalé deles era ótimo. Kait ficou igualmente satisfeita com o seu quando o viu. Eram confortáveis, luxuosos, mas decorados com simplicidade.

Uma hora depois, chegaram Stephanie e Frank, com suas roupas de trilha habituais, que eram o uniforme para todas as ocasiões, inclusive para o trabalho. Estavam de mãos dadas quando Kait os viu. Stephanie contou a ela, um pouco mais tarde, que Frank tinha medo de cavalos, mas não queria estragar a festa dos outros.

— Tenho certeza de que vão lhe dar um cavalo manso e bonito; eles devem receber muita gente que não sabe cavalgar. Mas avise no estábulo, e ele não precisa cavalgar conosco se não quiser.

Kait queria que todos se divertissem; não queria que ninguém se sentisse obrigado a fazer coisas que não quisesse. Ela contou a Frank e Tommy sobre a pescaria que havia organizado para eles no dia seguinte. Tommy adorava pescar, e, sempre que podia, ia para alto-mar com o sogro, no Golfo do México. Ele sabia que ali seria menos emocionante, mas divertido também, e gostava de Frank. Seria legal passar um tempo com ele.

Eram quatro da tarde quando Candace chegou, pálida e cansada, mas feliz por ver todos. Estava com uma blusa de manga comprida para esconder os curativos que ainda tinha que usar nas queimaduras recentes. Sua mãe notou que ela havia perdido peso, mas não comentou. As férias lhe fariam bem, depois de tudo que ela havia enfrentado. Todos estavam felizes por estarem ali, e adoraram a ideia da cavalgada ao pôr do sol. Apareceram no celeiro principal pontualmente às seis horas, de jeans e botas. Receberam capacetes e seus cavalos lhes foram apresentados. As duas menininhas estavam lindas montadas em seus cavalos muito tranquilos. Frank recebeu um animal igualmente calmo. Tinham uma guia, que estava no último ano da Universidade de Wyoming; ela contou que trabalhava no hotel todo verão. Ela os conduziu por uma trilha nas colinas, entre campos de flores silvestres, e lhes mostrou marcos interessantes. Ela era de Cheyenne e contou sobre os índios que viviam na área havia muito tempo. E insistiu que deviam ir ao rodeio na quarta à noite.

— E temos o nosso próprio rodeio aqui nas noites de sexta. Podem se inscrever, se quiserem participar semana que vem. E vocês ainda podem ganhar uma fita — disse às meninas, e elas imploraram à mãe que as deixasse participar.

Voltaram do passeio a tempo do jantar na casa principal do hotel-fazenda. Tinham uma mesa só para eles. As meninas estavam felizes brincando com as duas tias.

— Meu pai disse que você explodiu e machucou os braços — disse Merrie, séria, para Candace.

— É, mais ou menos, mas estou bem agora. — Candace riu.

Merrie lhe mostrou alguns jogos que tinha no iPad. A seguir, foram se servir no bufê.

Havia churrasco toda noite e uma fogueira depois, onde dois rapazes tocavam violão e cantavam canções familiares. Foram para lá, e todos conversaram e cantaram juntos.

Era exatamente o que Kait esperava. Ela se recostou, observando-os com um sorriso pacífico no rosto.

— Você parece feliz, mãe — disse Tommy.

Ela assentiu.

— Sempre fico feliz quando estou com todos vocês.

Era um prazer raro para ela. Ia passar mais tempo com eles do que havia passado em anos. Estava grata por eles terem se esforçado para ficar uma semana em família com ela.

Stephanie e Frank foram os primeiros a deixar a fogueira e ir dormir; Maribeth e Tommy levaram as meninas para o chalé quando Merrie começou a bocejar. Lucie Anne já estava dormindo no colo do pai, e ele a carregou com facilidade.

Candace e a mãe ficaram curtindo as músicas por mais tempo e depois tomaram uma taça de vinho no bar. Candace comentou que vários caubóis estavam de olho em Kait. Ela também havia notado, mas não dera atenção. Imaginou que só estivessem curiosos, não atraídos por ela.

— Você é uma mulher linda, mãe. Deveria sair mais. Esse novo projeto na TV vai te fazer bem.

— Vou estar ocupada no set com o elenco e os roteiros, sem tempo para ir atrás de homens — ela respondeu, ignorando os comentários de Candace.

— Eles vão vir atrás de você — disse Candace, e sorriu.

Candace não admitia, mas estava sentindo falta da mãe depois que esta voltara para Nova York. Por mais que às vezes se incomodasse por Kait se preocupar com ela, era bom saber que alguém se importava com seu bem-estar.

— Está se sentindo bem? — perguntou Kait. — Você me pareceu cansada quando chegou.

— Foi uma viagem longa para mim. E está chato ficar presa em Londres. Sinto falta de estar em campo, trabalhando nos documentários. Ficar mofando no escritório não é meu estilo. Acho que vão me mandar para algum lugar no mês que vem. E fazer os curativos nos braços é uma chatice; mas arranjei uma enfermeira para fazer isso. Estou quase curada; demorou mais do que eu imaginei.

— Eu tinha esperança de que você ficasse um pouco em Londres e repensasse esse seu trabalho. Passar por cima de uma mina terrestre não pode ser uma ocorrência normal na sua profissão; não é o que eu quero para você — disse Kait, pois estava preocupada com isso desde que acontecera. — Poderia ter sido você uma das pessoas que morreram.

Ela já havia pensado nisso mil vezes.

— Isso não acontece sempre, mãe. — Candace tomou um gole de vinho.

— A morte só precisa acontecer uma vez — enfatizou Kait, olhando séria para a filha.

Candace riu.

— Eu entendo você. Eu sempre tomo cuidado, não sei o que aconteceu desta vez. O nosso guia era péssimo.

— Isso é uma coisa fácil de acontecer. Por favor, pense bem antes de sair correndo de novo para algum lugar esquecido por Deus.

Candace assentiu, mas não prometeu nada.

— Acho que ainda não sei o que eu quero ser quando crescer. Stephanie sempre foi exatamente o que é agora: nerd total, e ela é boa no que faz. E Tommy está plenamente seguro da sua vida no Texas e de que ele vai ser o rei do fast food um dia, quando o pai da Maribeth se aposentar. Mas eu não consigo me ver voltando para Nova York para ficar sentada atrás de uma mesa. Sempre quis fazer do mundo um lugar melhor e corrigir as injustiças, mas não tenho mais certeza de como fazer isso. A gente vê tanta coisa terrível quando está na estrada, e é tão pouco o que cada um pode fazer para mudar isso... Nossos documentários às vezes parecem uma gota no oceano. E muitas vezes as mulheres que cooperam com a gente e me permitem entrevistá-las são severamente punidas depois, o que piora ainda mais as coisas.

Ela sempre fora a idealista, que queria acabar com a crueldade humana para com o próximo, e estava descobrindo que isso não era fácil. Era uma pílula amarga para engolir.

— Eu me sinto muito culpada quando estou sentada em Londres ou Nova York, levando uma vida fácil no meu apartamento confortável, ou mesmo aqui. Você preparou essas coisas tão bacanas para nós, mas, enquanto estamos aqui, comendo churrasco, andando a cavalo e cantando, crianças estão morrendo de fome na África e nas ruas da Índia, pessoas estão se matando por várias razões, por coisas que não podemos mudar e talvez nunca possamos.

Essa tinha sido uma descoberta deprimente para ela, que às vezes se sentia impotente.

— Talvez uma parte do seu crescimento tenha a ver com aceitar isso, Candy.

A mãe não a chamava assim desde que ela era uma garotinha, e Candace sorriu.

— O que você faz é nobre, mas, se morrer, não vai ajudar ninguém. Você vai ser só mais uma vítima dessas guerras, e isso acabaria comigo — acrescentou, baixinho, quando Candace estendeu a mão e pegou a dela.

Elas tinham um vínculo especial.

— Por favor, tome cuidado, eu amo você.

— Eu também amo você, mãe. Mas tenho que fazer o que acho certo. Eu sei que não vou poder fazer isso para sempre, um dia vou ter que sossegar.

Kait se perguntava se ela sossegaria mesmo. Sua filha do meio tinha uma alma inquieta. Vivia em busca de alguma coisa e ainda não havia encontrado o que procurava; e achava que ainda não havia encontrado sua missão na Terra. E Kait sabia que, enquanto não ficasse em paz com isso, Candace continuaria vagando pelo mundo, tentando fazer o que pudesse para ajudar; ela ainda não estava pronta para abrir mão de seu trabalho perigoso.

— Eu queria que você fosse mais egoísta e não achasse que deve curar os males do mundo inteiro.

— Talvez tenha sido para isso que eu nasci, mãe. Cada um tem seu caminho.

— E o meu é fazer uma série de TV? — sorriu Kait, com tristeza.

— Você já ajudou muita gente com a sua coluna e sempre foi maravilhosa para nós; tem direito a um pouco de diversão.

Kait assentiu, pensando a respeito, mas também sabia que Candace ainda não estava pronta para deixar aquele trabalho perigoso. Terminaram o vinho e cada uma foi para seu chalé luxuoso e lindamente decorado, no meio daquele cenário natural exuberante. As montanhas pairavam sobre elas, misteriosas, sob o céu noturno cheio de estrelas.

— Estou feliz por termos vindo — disse Candace ao dar um beijo de boa-noite na mãe.

— Eu também — disse Kait, sorrindo ao luar. — Amo você.

E então foi cada uma para sua cama, cada uma com seus próprios pensamentos.

Com exceção de Tom e Frank, que foram pescar, as outras se encontraram no café da manhã. Elas ficaram chocadas com o enorme bufê com panquecas, waffles e ovos de todos os estilos. O hotel oferecia um farto café da manhã antes das atividades do dia. Já haviam terminado quando Tom e Frank voltaram da expedição de pesca. A cozinha da fazenda limparia o peixe para eles, para que pudessem comê-lo no jantar, se quisessem.

As meninas fizeram uma aula de equitação no cercado e depois as mulheres foram a Jackson Hole dar uma olhada nas lojas. Tom e Frank ficaram com as meninas na piscina e todos se encontraram de novo para um almoço demorado.

— Vou engordar cinco quilos aqui — comentou Maribeth enquanto se servia de uma fatia de torta de maçã.

Candace havia comido só uma salada; não tinha muito apetite desde o acidente. Mas estava tentando se esforçar para agradar a mãe e comeu uma cheesecake de sobremesa. A comida era maravilhosa.

Os adultos foram fazer uma caminhada à tarde para compensar os efeitos do almoço, enquanto as meninas faziam aula de artesanato com outras crianças de sua idade; saíram de lá com cestas e pulseiras que elas mesmas fizeram e um chaveiro para a avó, que Kait prometeu usar para sempre. Estava adorando passar mais tempo com elas e conhecê-las melhor, e as convidou para dormir com ela naquela noite, o que também daria uma folga aos pais.

Os dias passaram rápido demais para todos. Na quarta-feira, prepararam-se para o rodeio com grande expectativa e foram para Jackson Hole no fim da tarde. Era um grande evento, embora acontecesse uma vez por semana. Havia prova do laço, rodeio com cavalo, palhaços para distrair os animais para que não atacassem os peões quando caíam e premiação. Música country e gente de todas as idades acompanhavam o evento. Sentaram-se logo antes de "The Star-Spangled Banner" ser cantada.

Kait se assustou quando ouviu o nome de Nick Brooke ser anunciado; ele cantaria o hino nacional. Tinha uma voz poderosa e comovente, e ela se lembrou de que não havia ligado para ele, como prometera a Zack. Estava se divertindo muito com seus filhos.

Depois que ele cantou, ela se levantou e disse à família que voltaria em um minuto. Seria uma maneira fácil de falar com ele, se pudesse alcançá-lo. Mas não precisou ir muito longe. Ele estava perto de um dos cercados, com o cavalo amarrado a uma grade, conversando com outros homens que conhecia. Parecia um cauboi de verdade; estava com uma camisa azul, um chapéu de caubói surrado e calça justa. Ela ficou de lado, esperando para falar com ele quando estivesse livre. Ele a notou depois de alguns minutos e a encarou com curiosidade quando ela se aproximou.

— Não quero incomodá-lo. Tenho certeza de que você não se lembra de mim; sou Kait Whittier, coprodutora-executiva de *As mulheres selvagens*. Nós dois estivemos com Zack Winter em LA.

Ele abriu um grande sorriso e estendeu a mão.

— Claro que me lembro de você. Nunca esqueço uma mulher bonita. Ainda não estou morto. Como está indo a série?

Ele tinha um sorriso largo, olhos azuis brilhantes e um estilo casual e caloroso. Estava muito mais simpático que em LA, mais à vontade em seu próprio território. Ela o achara tenso no primeiro encontro, mas agora não.

— Vamos começar a filmar daqui a duas semanas. Todo mundo está muito animado, e a receptividade da imprensa tem sido ótima. Nós temos grandes talentos no elenco, e estamos muito felizes por você ser um deles. A segunda temporada vai ser um arraso graças a você.

— Duvido. Vai ser uma experiência nova para mim, que nunca fiz TV, mas parece que é o que agrada agora. Meu agente disse que eu não deveria perder essa chance.

Kait só esperava que tivessem uma segunda temporada para que ele pudesse participar. Nada na vida era certo, nem na TV, se a audiência não fosse grande. Séries tão boas quanto a deles haviam tido morte prematura sem nenhum motivo aparente. Ela queria muito que esse projeto tivesse sorte e durasse muito.

— Prefiro estar aqui — confessou ele. — Passei dez anos em Los Angeles, mas sou caubói de coração.

Alguém fez um sinal para ele, chamando-o.

— Agora você vai ter a chance de me ver fazendo papel de bobo.

Seu sorriso ficou ainda maior quando ele colocou o chapéu com a maior segurança e escalou a grade do cercado.

— O que você vai fazer? — perguntou ela, surpresa.
Ele riu.

— Eu gosto de participar do rodeio toda semana. Isso me mantém humilde — disse ele, e sorriu para ela.

Ela se lembrou da cláusula do contrato de seus atores principais que os proibia de pular de paraquedas e bungee jump ou praticar esportes perigosos; mas rodeio não estava na lista, e ela sorriu também.

— Não comente com ninguém — pediu ele, meio envergonhado.

— Não vou contar. Tenho uma filha que só fica feliz quando está arriscando a vida.

— Só vou filmar lá por agosto ou setembro — acrescentou ele.
— Vou ter tempo para que as costelas quebradas cicatrizem.

— Você é maluco — acusou ela, e ele riu de novo.

Mas ela sabia que ele não era maluco, nem idiota. Simplesmente gostava de fazer o que quisesse, e a vida que levava lhe convinha.

— A propósito, eu ia ligar para você, mas não queria incomodar.

— Venha jantar na minha fazenda — convidou ele, e pulou da grade.

Ele desceu por uma passagem estreita e depois subiu uma escadinha até onde estava o cavalo que montaria nesse dia. Ela o observava fascinada e sentia que o conhecia, mesmo depois de uma conversa tão curta. Esperava que não se machucasse.

Um instante depois, anunciaram o nome dele, e Nick e o cavalo irromperam para fora da baia. Ele conseguiu ficar no cavalo por vários segundos, até que foi jogado longe; três palhaços começaram a dançar ao redor enquanto outros homens o ajudavam a se levantar e o levavam para fora da arena. Ele não se incomodou com o ocorrido e voltou para vê-la, com um sorriso torto, colocando o chapéu de volta.

— Viu o que eu quis dizer? Não tem nada em LA que se compare a isso.

Ele estava muito feliz. Ela assentiu, maravilhada. Pouco depois, duas mulheres chegaram correndo para pedir um autógrafo assim que perceberam que ele era Nick Brooke, e não só um caubói qualquer.

Ele deu autógrafos e foi simpático com as mulheres; também posou para uma foto com elas.

— Você está bem? — perguntou ela, depois.

— Claro. Faço isso sempre.

— Seria bom se evitasse enquanto estiver filmando — sugeriu ela e riu.

— Não vi nenhum rodeio na bíblia.

— É verdade — admitiu ela.

— Janta comigo? — perguntou ele, encarando-a com seu olhar penetrante, em expectativa.

Ela hesitou.

— Eu adoraria, mas somos muitos. Estou com meus filhos, genro, nora e duas netas.

— Você não parece ter netos — comentou ele, admirando-a de sua altura considerável.

— Se isso é um elogio, obrigada. Enfim, vou poupar você do trabalho de ter que receber todos nós; mas você poderia ir ao hotel onde nós estamos.

— Acho que consigo arranjar comida suficiente para o seu grupo — disse ele, casualmente. — Amanhã às sete?

Ela não queria ser rude, então aceitou.

— Fazenda Circle Four. Seu hotel deve saber onde fica. Onde vocês estão?

— No Grand Teton Ranch — respondeu ela.

— É legal lá — disse ele. — Vejo vocês amanhã. Nada chique, vão de jeans. As crianças podem nadar enquanto jantamos, se quiserem. Os adultos também.

— Tem certeza? — perguntou ela, constrangida.

— Eu pareço um homem que não sabe o que pensa ou que tem medo de crianças?

Ele estava brincando, e ela riu.

— Não. Obrigada.

Ele acenou e se afastou, mas se voltou e olhou para ela uma vez. Era bonito demais e tinha um charme inato que deixava as pernas de Kait moles. Ela se repreendeu por isso enquanto voltava para seus filhos. Ele era um astro de cinema, claro que era encantador. E a última coisa de que ela precisava era fazer papel de idiota flertando com Nick ou ficando embasbacada só porque ele montava um cavalo arisco e ficava bonito de chapéu.

Ela se justificou quando se reuniu com o grupo.

— Desculpem, eu precisava falar com aquele cara que cantou o hino.

Tommy riu dela.

— Você acha que eu não sei quem ele é, mãe? É Nick Brooke, o ator. Você o conhece?

Ele estava surpreso. Ela tinha uma vida que o filho desconhecia agora.

— Ele vai ser o protagonista masculino da segunda temporada, se a série durar até lá. Eu devia ter ligado para ele esta semana, mas não liguei. Ele nos convidou para jantar amanhã, não tive como recusar.

— Recusar? — repetiu Tommy. — Eu quero conhecer o Nick!

— Conhecer quem? — perguntou Maribeth, que estava prestando atenção às meninas, cobertas de algodão-doce e se divertindo muito.

— Minha mãe conhece Nick Brooke. Vamos jantar na casa dele amanhã.

— Ai, meu Deus, eu não trouxe nada chique! — disse Maribeth, em pânico.

Candace se inclinou para eles também.

— Nem eu. Aonde nós vamos?

— Jantar com um astro de cinema — disse Tommy, adorando a ideia.

Nick era seu ator favorito.

— Eu empresto alguma coisa para vocês duas — ofereceu Stephanie, e todos riram.

Ela estava de jeans rasgado e tênis de cano alto surrado, como todas as noites.

— Acho que vou pegar alguma coisa emprestada da mamãe — disse Candace, diplomaticamente.

— Ele disse para irmos de jeans; e falou que as crianças podem nadar durante o jantar. E nós também. A propósito, era ele no último rodeio — disse ela.

Tommy ficou visivelmente impressionado.

— Nossa, esse cara é sensacional — ele elogiou.

— Ele deve ser louco — comentou Frank. — Eu me senti mal só de olhar.

— Eu também — disse Kait, triste. — Se ele se matar, ficamos sem galã para a segunda temporada.

Conversaram animadamente, assistiram ao restante do rodeio e falaram sobre o jantar com Nick no caminho de volta à fazenda. Estavam todos ansiosos para encontrá-lo e ainda surpresos por Kait o conhecer.

— Sua vida definitivamente ficou interessante, mãe — disse Tommy, e ela riu.

— Acho que sim — admitiu ela.

Kait não havia tido tempo para pensar sobre isso, mas conhecera muitos atores importantes nos últimos quatro meses, e ela e Maeve haviam se tornado boas amigas. Mas não conhecia Nick Brooke de verdade, apenas apertara a mão dele. E agora todos jantariam na fazenda dele. Isso não era nada, ela sabia, mas pelo menos impressionava seus filhos. Já era alguma coisa.

☆ ☆ ☆

O recepcionista deu a eles as indicações para chegar à fazenda de Nick. Kait não sabia o que esperar. Estavam de jeans e camiseta, e quem tinha estava usando botas de caubói. A parte texana do clã estava devidamente equipada, e ela e Candace haviam comprado botas uns dias antes, em Jackson Hole. Stephanie e Frank estavam com seus tênis Converse de cano alto furados, mas todos tinham aparência respeitável quando chegaram à fazenda. Tocaram o interfone e o portão se abriu para que entrassem. Ainda tiveram que rodar quilômetros até a casa principal, passando por cavalos e pastagens. Aquele lugar provocava uma sensação de paz, com tanta terra ao redor. A casa era grande, no alto de uma colina, tinha um pátio imenso e um enorme estábulo perto, onde Nick guardava seus melhores cavalos.

Ele os estava esperando. Ofereceu bebidas e cerveja, e refrigerantes para as meninas. Do pátio, tinham uma vista deslumbrante das terras dele, até onde a vista alcançava. Kait podia se imaginar sentada ali durante horas, só curtindo a vista. E havia uma piscina imensa, com mesas, cadeiras e guarda-sóis ao redor. Parecia mais um hotel que uma casa.

— Passo muito tempo aqui — explicou ele. — Esta é minha casa.

A conversa dele com Frank e Tom fluiu facilmente, e ele brincou com as crianças. Em dado momento, convidou todos a se sentarem. Um chef cuidava da churrasqueira e um jovem de jeans e camisa xadrez servia entradinhas e sanduíches de queijo grelhado cortados em pedaços pequenos. Nick perguntou se havia algum vegetariano no grupo e Stephanie levantou a mão. Prepararam uma refeição especial para ela. E conversaram confortavelmente durante uma hora. Ele falou sobre seus cavalos, e assistiram a um pôr do sol espetacular. Depois, Nick os levou ao estábulo principal, a pedido de Tom. Tudo era de alta tecnologia de precisão lá, e os cavalos que ele criava eram puros-sangues.

— Meu sogro tem cavalos de corrida — disse Tom —, mas não sei nada sobre eles.

Ele começou a fazer perguntas, e Nick, educadamente, respondeu a tudo que ele queria saber. Então, voltaram para a casa, onde o jantar os esperava. A comida era despretensiosa, coisas que a maioria das pessoas adorava comer: frango frito, costela grelhada, espigas de milho, purê de batata, vagens, uma salada enorme e um prato vegetariano para Stephanie. E, de sobremesa, torta de pêssego, que Nick disse ter feito ele mesmo com pêssegos da fazenda.

Ele pediu a Kait que se sentasse ao lado dele e os dois conversaram. Mas ele fez questão de falar com os outros também. Ele e Tom se deram muito bem e, claro, Nick sabia quem era o pai de Maribeth. Ele era do Texas, e lá todo mundo sabia quem era Hank Starr.

— E qual é a que gosta de viver perigosamente? — perguntou, simpático, e pousou os olhos diretamente em Candace.

Ela riu.

— Acho que é verdade; pelo menos é assim que minha mãe vê. Eu só faço meu trabalho — disse ela, bem-humorada, olhando meio constrangida para a mãe, que a havia denunciado.

— O que você faz? — perguntou Nick, interessado.

Kait desconfiou que Nick sentia atração por Candace, embora fosse mais de vinte anos mais velho. Mas não havia nada de lascivo em seu olhar. Ele apenas admirava mulheres bonitas, e Candace era uma delas.

A verdade era que ele parecia mais interessado em Kait e falava baixinho com ela sempre que tinha chance, como se fossem mais íntimos do que realmente eram.

— Eu produzo documentários para a BBC — respondeu Candace. — Às vezes nós vamos a lugares perigosos.

— Ela foi atingida pela explosão de uma mina terrestre perto de Mombaça há três meses — explicou Tom.

— Nossa, é um lugar perigoso. E você está bem agora? — perguntou.

— Os braços dela pegaram fogo e ela ainda tem que usar curativos — explicou Merrie, e Candace lhe lançou um olhar de censura.

— Estou bem. Mamãe foi para Londres e cuidou de mim.

Ela sorriu para a mãe, como se isso fosse uma ocorrência comum.

— E você está louca para voltar, não é? — desafiou ele.

Ela riu e assentiu. Mas Kait não disse nada.

— Você é tão louca quanto eu — afirmou Nick. — Eu participo do rodeio de cavalos toda semana. Desisti dos touros. Mas não tem minas terrestres na arena. Você corre riscos grandes.

Ela deu de ombros, e ele não disse mais nada. Nick era direto e sincero, mais que apenas um caubói.

Ele então passou a falar com conhecimento sobre sua criação de cavalos.

— Nós criamos aqui alguns dos melhores cavalos do país — revelou, com orgulho.

Depois do jantar, os outros foram nadar, mas Nick e Kait ficaram no pátio, conversando baixinho, enquanto ela curtia a vista.

— Gostei da sua família, Kait — disse Nick, sorrindo. — Seu filho é um bom homem. Não é fácil criar filhos assim hoje em dia. Você deve passar muito tempo com eles.

— Eu passava, quando eles eram jovens. Agora nós estamos cada um em um canto e não nos vemos muito. Nunca é suficiente para mim.

Ela tentou não parecer melancólica; estava adorando essas férias com eles. A noite com Nick era um bônus, e ela podia conhecê-lo um pouco antes da série.

— Você tem filhos? — perguntou ela, com cautela.

Poderia ser uma pergunta intrusiva, mas ele não parecia um homem de segredos. Era naturalmente reservado, mas ela não tinha a sensação de que escondia algo.

— Não. Não sei se eu seria bom nisso. Quando era mais novo, não queria ter filhos. Agora gostaria de ter tido, mas acho que estou velho para isso. Gosto da minha vida do jeito que é e de fazer o que eu quero. É preciso ser altruísta para ter filhos, e eu não sou. Atuar é uma profissão exigente, se for para fazer direito. Eu me dediquei a isso durante muitos anos quando era mais jovem; agora, seleciono e escolho o que eu quero fazer. Não tem muito espaço para filhos nisso, ou não tinha antes, quando era o momento. Não existe coisa pior do que pais ruins. Eu não queria ser um pai ruim; já bastavam os meus.

Ele fez uma breve pausa e prosseguiu:

— Eu morei em uma fazenda até os doze anos. Depois disso, passei quatro anos sob custódia do estado, quando meu pai morreu em uma briga de bar. Não conheci minha mãe. Fui para Nashville com dezesseis, achando que queria ser cantor country, mas descobri que não queria essa vida. Nos bastidores, eram só pessoas decadentes tentando tirar vantagem dos novatos. Não vi a luz do dia por um ano. Fui parar em LA e acabei conseguindo um papel que me deu sorte. O resto é história. Fiz curso de interpretação, faculdade à noite, trabalhei duro, ganhei dinheiro e voltei ao mundo real quando tive oportunidade. Agora estou aqui, feliz, finalmente. Se eu tivesse arrastado uma criança por tudo isso, teria sido complicado. O sucesso cobra seu preço; eu abri mão dos filhos e não me arrependo.

— Não é tarde demais — disse ela, sorrindo.

Ele ainda era jovem, dois anos mais novo que ela.

— Não sou desses — argumentou ele. — Não quero ser um velho com uma esposa de vinte anos e um bebê. Levei muito tempo para crescer, agora estou aqui. Não preciso mais provar nada para ninguém nem me exibir por aí com uma menina que tem idade para ser minha neta, que vai me largar daqui a alguns anos e me deixar chorando. Gosto da minha vida do jeito que é. Um bom papel em um filme de vez em quando, boas pessoas, bons amigos, tenho uma vida ótima aqui. Los Angeles não é minha praia. Nunca foi.

— Já foi casado?

— Uma vez, faz muito tempo. Foi como uma música country, de corações enganados e sonhos desfeitos — revelou ele, sorrindo. — Eu era muito novo e ingênuo, e ela muito mais esperta que eu. Roubou meu coração, meus cartões de crédito, esvaziou minha conta e fugiu com meu melhor amigo. Foi quando eu saí de Nashville e fui para Los Angeles. Me concentrei só na minha carreira depois disso, e deu tudo certo.

Ela riu do jeito de ele falar.

— Sem dúvida — disse.

— Não me refiro a isso. — Ele a olhou nos olhos de novo. — É legal ganhar um Oscar como recompensa pelo trabalho duro, mas a parte boa está aqui. — Ele indicou as colinas ao redor deles e as montanhas além. — Aqui é meu lar e isso é quem eu sou.

Ele era um homem honesto, sem artifícios nem pretensões, que sabia o que queria e quem era, e se esforçara muito para chegar lá. E agora estava aproveitando ao máximo.

— Você é casada, Kait?

Ele estava curioso sobre ela também.

— Fui, duas vezes. Dois erros. Da primeira vez eu era bem nova também. Ele não roubou meus cartões de crédito, simplesmente nunca cresceu e fugiu. Criei meus filhos sozinha e ele não fez parte da vida deles. Da segunda vez eu já era mais velha e deveria ser mais experiente. Houve um mal-entendido sobre quem nós éramos, e o casamento terminou bem rápido quando ele deixou isso claro.

— Outra mulher? — perguntou ele, diretamente.

— Outro homem — respondeu ela simplesmente, sem raiva nem amargura. — Fui imbecil por não ver isso.

— Somos todos imbecis às vezes. Às vezes temos que ser para sobreviver. Não podemos enfrentar a nós mesmos o tempo todo. É um trabalho árduo — filosofou ele, com considerável sabedoria.

Ela assentiu. Ele tinha razão.

Os outros já haviam saído da piscina e agradeceram a ele pela noite maravilhosa. E foram embora um pouco depois.

— Quer jantar conosco no hotel amanhã? — perguntou Kait antes de entrar no carro com os outros.

— Eu adoraria — disse ele, com sinceridade —, mas vou para Laramie comprar uns cavalos. Vai ter um leilão lá. Volto no domingo.

— Domingo nós vamos embora — apontou ela com pesar; realmente gostara de conhecê-lo. — Foi uma noite maravilhosa.

— Também achei. — Ele sorriu para ela. — Vou a Nova York ver como andam as filmagens. Quero ter uma ideia de tudo antes de entrar no final.

— Vejo você lá, então — despediu-se ela, sorrindo.

— Boa sorte com a série — respondeu ele, calorosamente, enquanto ela entrava no carro.

Ele acenou enquanto eles se afastavam.

— Que cara legal! — comentou Tommy enquanto voltavam para a fazenda.

— Ele gosta de você, mãe — afirmou Stephanie, com rara perspicácia.

Ela e Frank ficaram impressionados com o computador sofisticado dele, os outros com as obras de arte que ele colecionava. Candace olhou séria para a mãe.

— Steph tem razão.

— Gostei dele também. Ele é legal. Mas, como vamos trabalhar juntos, ele só queria conhecer a coprodutora-executiva — respondeu ela, animada.

Todos debocharam.

— Ele seria ótimo para você, mãe — deduziu Tommy, bem--humorado.

— Não seja bobo. Ele é um astro de cinema, pode sair com quem quiser; e aposto que namora mulheres com metade da idade dele.

Se bem que ele havia dito o contrário. Mas ela sabia que não podia seguir esse caminho. Se chegasse a se apaixonar por ele, sua série estaria em apuros. Era trabalho, e só o que poderia ser. Kait não queria ter fantasias nem se apaixonar por superastros como Nick Brooke e fazer papel de boba.

— Você tem nossa total aprovação, por unanimidade, se quiser se casar com ele, mãe — brincou Candace.

Kait a ignorou e ficou olhando pela janela, tentando não pensar em Nick. Ele estava muito, muito, muito fora de seu alcance, e ela sabia disso. Mas havia sido uma noite fantástica, de qualquer maneira.

Ela não disse mais uma palavra sobre ele quando chegaram ao hotel. Todos trocaram beijos de boa-noite e foram dormir.

CAPÍTULO 11

O fim das férias chegou rápido demais e foi doloroso dizer adeus. As meninas e Kait iam pegar voos com uma hora de diferença e esperaram juntas no aeroporto; Tom, Maribeth e as crianças partiram naquela manhã no avião de Hank. Havia sido como Kait esperara e quisera compartilhar com sua família. Ela tinha lágrimas nos olhos quando abraçou cada um deles, e as filhas de Tom também choraram quando partiram.

Candace seria a última a embarcar. Ao se despedir, Kait a abraçou com força e disse para ela se cuidar. As duas se entreolharam por um momento.

— Por favor, não faça nenhuma bobagem — implorou Kait, abraçando-a de novo antes de partir.

— Prometo — sussurrou Candace.

Ela não contara à mãe que havia recebido uma mensagem naquela manhã. Havia sido mandada para o Oriente Médio, a uma área remota onde ocorrera um massacre de mulheres que não seguiram as ordens do líder religioso, o ato foi um aviso para as outras mulheres da cidade. Haviam sido brutalmente assassinadas, e essa cobertura faria parte de um documentário maior no qual ela trabalhava havia meses. E ela queria ir.

— Amo você, mãe — disse, séria. — Obrigada pelas férias

maravilhosas. — E, para deixar o momento mais leve, acrescentou.
— Acho que você deveria investir em Nick Brooke.

— Não seja ridícula!

Kait riu e acenou enquanto corria para pegar seu voo para Nova York. Foram férias que nenhum deles jamais esqueceria. Ela queria fazer isso com mais frequência, e fizera essa sugestão antes de partirem. Todos concordaram. Era o benefício de eles terem crescido; podiam passar bons momentos juntos, mesmo sendo difícil encontrar tempo. Havia sido uma semana mágica e fortalecera os laços entre eles.

Ela ficou triste sozinha em seu apartamento naquela noite; sentia muita falta deles. Tommy havia mandado uma mensagem quando chegara a Dallas, e ela sabia que Candace estava no voo para Londres naquele momento. E Stephanie ligara para agradecer de novo.

Na manhã seguinte, a vida se tornou real mais uma vez. Maeve ligou para ela às sete e meia. Kait a achou preocupada assim que atendeu e ouviu a voz da amiga.

— Ian está com um resfriado forte; não consegue expectorar. Isso pode matá-lo — disse, chorando. — Se ele pegar uma pneumonia, pode ser o fim.

— O que eu posso fazer para ajudar? — ofereceu Kait.

— Nada — disse Maeve. — Não vou poder começar a filmar daqui a duas semanas se ele estiver doente assim.

— Vamos esperar para ver o que acontece. Podemos filmar sem você um tempo. Becca tem alguns roteiros prontos.

Mas a verdade era que Maeve estava em quase todas as cenas durante a maior parte da série, exceto nas cenas de guerra, nas quais Loch aparecia sozinho. Se precisassem, de qualquer forma, filmariam essas primeiro.

— Sinto muito. Queria avisar você; vamos interná-lo hoje.

— As meninas estão bem?

— Tamra e Thalia estão segurando as pontas. Elas também ficam preocupadas com ele. Como foram as suas férias? Desculpe por jogar isso em cima de você no primeiro dia de volta.

— Vamos ver como vai ser — repetiu ela, e Maeve prometeu mantê-la informada.

A seguir, Kait ligou para avisar Zack. Ele teve a mesma reação de Kait: não entrar em pânico até que não tivessem outra escolha. Mas já sabiam que enfrentariam problemas com Maeve, já que o marido dela estava muito doente e iria piorar.

— A propósito, você ligou para Nick Brooke? — perguntou ele.

— Não precisei. Nós o encontramos no rodeio. Ele cantou o hino e eu fui cumprimentá-lo. Ele nos convidou para jantar na casa dele. Nick é uma pessoa fantástica, acho que vai enriquecer muito o personagem.

— Verdade; ele é bonito, tem talento e é conhecido. Isso nunca é demais — disse Zack, irreverente.

Kait não falou mais nada, mas estava ansiosa para ver Nick de novo e se sentia uma idiota por ter uma quedinha por um astro de cinema na idade dela. Mas tinha certeza de que, quando começassem a trabalhar juntos, isso passaria. Poderia ter se apaixonado por Zack em algum momento, e agora eram bons amigos. Era tudo que ela queria com Nick Brooke. Não pretendia transformar seu local de trabalho em um criadouro de romance, nem o usar como uma oportunidade para conhecer homens, especialmente astros de cinema que estavam fora de seu alcance. Já teriam dores de cabeça suficientes com Dan Delaney e Charlotte Manning, que costumavam transformar os sets em quartos gigantes e dormir com todo mundo.

Nos três dias seguintes, as notícias de Maeve sobre Ian não foram animadoras, mas no final da semana, milagrosamente, as coisas melhoraram. Uma semana depois de ser internado, ele teve alta, de volta à condição em que estava antes. Não estavam mais em alerta vermelho. E as filhas de Maeve estavam por perto para o caso de ela precisar de ajuda. Ela havia dito que elas colaboravam de boa vontade.

Kait havia ligado para Agnes também, que estava se esforçando muito e havia acrescentado aulas de ioga e pilates à sua rotina diária de reuniões do AA, para ficar em forma. Estava louca para começar a série. Já havia chegado muito longe de onde estava quando Kait a conhecera, alcoólatra e reclusa, meses antes. Agora era uma atriz talentosa e famosa, pronta para começar a trabalhar. Atribuía sua mudança totalmente a Kait, mas esta sempre a fazia recordar que Agnes havia encontrado forças para mudar, que ninguém havia feito isso por ela.

Nos últimos dias antes de começar a filmar, Kait trabalhou em estreita colaboração com Becca nos roteiros; estava feliz porque eram fiéis à bíblia que Kait havia escrito. O material era forte e bem desenvolvido. Zack estava cem por cento certo sobre ela, o que Kait admitiu abertamente, especialmente para a própria Becca.

A figurinista já estava com tudo pronto, e o elenco inteiro tinha que fazer provas, testes de cabelo e maquiagem, especialmente para acertar todas as perucas e apliques, já que era uma produção de época. E, como sempre, Maeve e Agnes compareceram pontualmente a todos os compromissos, assim como Abaya Jones. Mas Charlotte Manning queria que levassem as perucas a seu apartamento, cancelava reuniões e esquecia falas nos ensaios, o que deixava todo mundo louco. Ela era um grande nome, uma mulher linda e um grande pé no saco de todos. E Dan Delaney não era melhor. Já havia dado em cima da figurinista durante as provas, o que a fizera rir.

— Só para te poupar tempo e problemas — explicou Lally —, sou lésbica, minha namorada é maravilhosa e duas vezes mais homem que você, e está grávida do nosso bebê. Portanto, tome um banho de água fria, gostosão, e vamos ajustar o seu figurino. Como está essa jaqueta? Muito apertada embaixo do braço? Consegue se movimentar direito?

— Desculpe, eu não sabia — disse ele, referindo-se à cantada, que ela recebera com naturalidade.

Ela já havia lidado com homens como ele antes. E todos riram quando ele saiu da sala, depois de ela marcar o paletó para soltar debaixo dos braços e no peito. Ele era um homem grande com um cérebro pequeno e um ego enorme, como ela comentou com sua assistente.

— Boa, Lally — cumprimentou uma das sonoplastas, e ela riu também.

Pretendiam rodar a primeira cena na pista de pouso que alugaram em Long Island com os aviões antigos e filmar todas as cenas necessárias antes de mudar a locação para a casa no interior do estado de Nova York.

Estavam todos prontos no dia em que começaram a rodar. Kait ficou sentada com Becca, observando o roteiro cuidadosamente enquanto os atores diziam suas falas. Maeve estava na primeira cena com Dan Delaney e Phillip Green, o ator que interpretava seu marido, Loch. Phillip esteve impecável, ao passo que Dan desperdiçou o tempo de todos com seu rosto lindo e sua fala mansa. E, como esperado, Maeve roubou a cena, dirigida por Nancy Haskell, que extraía dela cada gota de emoção. Kait tinha lágrimas nos olhos quando Nancy fez sinal para a câmera cortar, no fim da cena.

Era um dia quente; os caminhões do refeitório despejavam galões de água e distribuíam refrigerantes, chá e limonada gelados. Nancy se mostrou satisfeita quando pararam para almoçar. Já tinham duas cenas prontas, uma vez que Dan finalmente acertara suas falas.

Kait foi visitar Maeve no trailer dela e a parabenizou pelo ótimo trabalho que havia feito. Agnes estava em seu trailer, assistindo a novelas diurnas e esperando para recomeçar à tarde. Kait foi vê-la também; Agnes estava feliz, de roupão de cetim e peruca. Via-se que era uma estrela em cada centímetro de seu ser. E não havia dúvida de que Maeve e Agnes elevaram o calibre da série a outro patamar. Kait estava grata por elas estarem no elenco, e as duas também. E se formara um forte vínculo entre elas, a diretora e Kait. Todas haviam entendido o material profundamente, além de suas falas. As personagens já faziam parte delas depois de semanas de ensaio e meses de leitura do script.

 A filmagem transcorreu sem problemas durante três dias. Até que parou quando Charlotte teve um ataque de fúria porque não gostou da peruca, jogou-a no chão e se recusou a fazer a cena seguinte se não fosse trocada. Nancy Haskell lidou com a situação com a maior calma e passou a gravar uma cena com Maeve e Agnes; ambas estavam dispostas. Conseguiram com duas tomadas, e, depois disso, Nancy foi falar com Charlotte no trailer da atriz. A jovem ainda estava fazendo birra por causa da peruca, enquanto duas cabeleireiras trabalhavam freneticamente; uma delas estava chorando porque Charlotte jogara uma lata de Coca-Cola nela. A moça estava com um hematoma no braço e ameaçava se demitir. Era a clássica Charlotte, razão pela qual era sempre odiada nos sets.

 A diretora entrou e fechou a porta silenciosamente. Charlotte ergueu os olhos, surpresa, ao ver Nancy – uma figura intimidadora com uma voz assustadoramente suave.

 — Você está na próxima cena e, francamente, não me importo se entrar careca. Mas é melhor você se mexer, e se jogar *qualquer coisa* em *qualquer pessoa* neste set de novo, vou ligar para o jurídico. Não é tarde demais para tirar você da série. Fui clara?

 Charlotte assentiu, muda. Ninguém nunca havia falado com ela daquele jeito. Todos ficaram maravilhados ao vê-la sair do trailer dez minutos depois, usando a peruca e mansa como um cordeiro. Ela fez a cena sem errar uma fala. Nancy deu uma piscadinha para Kait enquanto passavam para a cena seguinte, com Agnes e Maeve, que foi um prazer de se ver. Naquela noite assistiram ao que haviam filmado durante o dia, e todos ficaram satisfeitos.

Zack estava em LA fechando outro negócio, e Kait lhe contou que estava tudo indo bem em Nova York. O marido de Maeve parecia estar em equilíbrio de novo e fora de perigo iminente, por enquanto. Era o melhor que podiam esperar dele e de Maeve.

Abaya era ainda melhor do que eles achavam que seria como Maggie. E trabalhou brilhantemente com Maeve, que lhe ensinou alguns truques. Ela era muito profissional e uma atriz muito boa, embora fosse nova no ramo, e estava provando que arriscar com ela havia sido a escolha certa. O único que tentava distraí-la era Dan Delaney, que não parava de convidá-la para sair

Ele entrou no trailer dela sem bater quando ela saía do banho. A jovem se cobriu com uma toalha e o mandou sair.

— Vai ser difícil, se é que você me entende — disse ele, com malícia, apontando para a própria virilha.

— Onde você pensa que está, no ensino médio? Quem te disse que essa cantada é bonitinha?

Abaya o achava ofensivo e rude e recusava todos os convites dele. Mas ele simplesmente passou para a próxima. Foi atrás de uma das cabeleireiras e uma figurante que o achava gostoso; ela transou com ele no trailer um dia, na hora do almoço, e Dan contou para todo mundo.

— Ou ele é viciado em sexo ou não tem pau e está tentando provar alguma coisa — disse Abaya a Maeve, enojada.

Ela temia suas próximas cenas com Dan, mas, como seus personagens eram irmãos, ele não teria oportunidade de pôr as mãos nela – para alívio de Abaya. Na verdade ele era um ator razoável, mas não tão talentoso quanto ela. Era um sujeito desprezível na vida real, e ela não o suportava. Conflitos como esse eram comuns em qualquer set, como Maeve explicara a Kait. Alguém sempre odiava alguém, e metade do elenco transava entre si.

A grande emoção para todos foi quando terminaram as cenas de Long Island para a primeira temporada. Estava tudo saindo exatamente como Kait esperava. Maeve foi maravilhosa, Agnes foi brilhante como a avó e Phillip Green foi perfeito no papel de Loch. Dan Delaney se recompôs e manteve a calça fechada o suficiente para fazer atuações convincentes; e no final, voando com o pai, Abaya roubou a cena. Todos aplaudiram na última tomada, e Kait quase chorou de felicidade. Charlotte e Brad, os filhos mais novos e insensatos, fizeram apenas breves aparições no primeiro episódio, por isso não tiveram chance de estragar nada. E Brad não havia causado problemas até então. Pelo que Kait via, seria uma estreia absolutamente perfeita, especialmente depois que acrescentassem as cenas no interior de Nova York.

Kait estava animada quando chegou em casa naquela noite e sorria sozinha toda vez que pensava nisso. Mas sua euforia acabou quando Candace ligou de Londres para dizer que ia viajar naquela noite em outra missão perigosa. Ela não contara a Kait antes, e sua mãe ficou muito apreensiva.

— Quantas vezes mais você vai fazer isso? Está desafiando a sorte. A última vez não foi suficiente?

— Não vou fazer isso para sempre, mãe, prometo. Mas esses documentários abrem os olhos das pessoas para o que está acontecendo no mundo.

— Isso é ótimo — disse Kait, furiosa —, mas deixe que outra pessoa os faça. Não quero perder você, não entende?

— Sim, entendo. Mas eu tenho vinte e nove anos, tenho que viver a vida de maneira significativa para mim. Não posso simplesmente aceitar um emprego entediante só porque você quer que eu fique segura. Não vai acontecer nada comigo.

Ela era tão inflexível quanto a mãe, que tinha lágrimas escorrendo pelo rosto.

— Você não pode saber. Não existem garantias na vida. Você se coloca em risco em cada missão dessas.

— Pare de se preocupar tanto comigo, é muita pressão. Me deixe trabalhar.

Kait não sabia mais o que dizer para convencê-la, e sabia que não conseguiria. Era uma batalha que ela nunca venceria com Candace.

— Cuide-se — disse tristemente — e me ligue quando puder. Amo você, só posso dizer isso.

— Eu também amo você, mãe. Cuide-se também.

Desligaram, ambas irritadas e tristes. Kait ficou sentada chorando um pouco e depois ligou para Maeve.

— Ela vai viajar de novo, para algum buraco de merda onde alguém pode tentar matá-la. Ela corre riscos demais e não sabe disso. Às vezes eu odeio meus filhos, porque os amo muito.

Maeve entendia o que Kait estava dizendo e sentiu pena dela.

— Tenho certeza de que ela vai ficar bem. Acho que existe um anjo da guarda especial para filhos teimosos — alegou, calorosamente.

— Nem sempre — disse Kait, com desespero na voz. — Ela simplesmente não escuta. Está ocupada demais tentando salvar o mundo.

— Ela vai se cansar disso um dia — contemporizou Maeve.

Nem podia imaginar como era difícil aceitar isso, depois de Candace ter se machucado tão recentemente e corrido o risco de morrer.

— Espero que você tenha razão e que ela viva o suficiente para isso.

— Vai, sim — disse Maeve, com firmeza.

Passaram a falar das cenas, que haviam sido ótimas naquele dia, e de como o primeiro episódio seria fantástico quando estivesse completo. Mandaram tudo para Zack digitalmente, e ele ligou para ela tarde da noite, muito animado. Ela estava pensando em Candace quando atendeu à ligação dele.

— Você parece desanimada. Por quê? O primeiro episódio ficou ótimo.

— Desculpe, não é nada. Coisas de família. Às vezes os meus filhos me deixam louca.

— Alguma coisa séria?

Ele se preocupava com ela, e isso a comovia.

— Ainda não, e espero que nunca.

— Bem, mudando de assunto, o que foi que você fez com Nick Brooke? Ele me ligou hoje e não parou de falar de você, que você é maravilhosa e tal. Acho que você o enfeitiçou.

— É pouco provável. Ele pode ter quem quiser — disse ela, lisonjeada, mas não levou isso a sério. — Passamos uma noite agradável na casa dele, é um cara muito legal.

— Ele pensa o mesmo de você. Disse que vem antes para assistir às filmagens, para ver como é a dinâmica. Mas, francamente, acho que ele vem para ver você.

— Não seja bobo! — retrucou ela, alegre.

— Acho que estou com ciúme.

Nisso ela também não acreditava. Ela havia ouvido rumores recentes de que Zack estava namorando discretamente uma grande atriz, e estava feliz por ele.

Conversaram sobre o primeiro episódio de novo, e ele a parabenizou por ter feito uma abertura fantástica da série. Disse que a emissora iria comemorar quando visse. Mas era difícil dar errado com duas grandes atrizes como Agnes e Maeve. Os outros eram bons também, e Nancy sabia exatamente como combinar as performances e criar a magia.

Kait tentou manter a cabeça focada no primeiro episódio quando foi para a cama, mas só conseguia pensar em Candace indo em direção ao perigo de novo. Era insuportável pensar nisso, mas não havia nada que ela pudesse fazer para impedir. Era nessas horas, sentindo-se totalmente impotente, que ela percebia de novo como era difícil ser mãe, principalmente de adultos. Ao mesmo tempo, era o que mais amava.

CAPÍTULO 12

As cenas que filmaram na pista de pouso em Long Island correram notavelmente bem, e a atmosfera no set era positiva, entusiasmada e produtiva. E na terceira semana de filmagem foram para o norte do estado de Nova York, para filmar cenas na casa. Pegaram uma onda de calor terrível que deixou todos desconfortáveis, mal-humorados e rabugentos; inclusive Maeve, que era uma profissional experiente, e Abaya, que normalmente era um anjo. Todo mundo estava desanimado e sofrendo com o calor. E Charlotte começou a vomitar assim que chegaram lá. Ela culpou os food trucks e a má refrigeração do trailer onde havia sido montado o refeitório. Ligou para seu agente para reclamar e insistiu que chamassem um médico, dizendo que estava com salmonela.

— Qual é o problema dela agora? — perguntou Zack quando ligou para Kait.

— Ela acha que a estamos envenenando — disse Kait, cansada; o calor a estava afetando também. — Deve estar uns quarenta e cinco graus aqui, e a casa não tem ar-condicionado.

Todo mundo ficava nos trailers desfrutando da refrigeração até ser chamado ao set.

— Eu bem que gostaria de envenená-la — disse Zack, exasperado. — Mais alguém está doente?

— Ninguém — confirmou Kait.

Ela deixava que os assistentes de produção lidassem com Charlotte tanto quanto possível, mas, ocasionalmente, achava que tinha que intervir.

— O que você acha que ela quer? — perguntou Zack.

Ele respeitava o julgamento de Kait cada vez mais. Ela tinha ótimos instintos sobre as pessoas.

— Não faço ideia. Mais dinheiro, uma folga, um trailer melhor. Quem sabe o que esperar dela?

Kait já estava experiente com as palhaçadas que aconteciam durante as filmagens de uma série.

— Acha que ela está doente mesmo?

Ele estava preocupado; ela estava em muitas cenas e poderia atrasá-los.

Kait pensou por um instante.

— Não sei. Ela parece bem, mas pode estar com um problema estomacal, pode ter pegado uma bactéria qualquer. Não acho que seja intoxicação alimentar; se fosse, todo mundo estaria passando mal. Pode ser o calor. Chamamos um médico, acho que vem mais tarde. Ela não está com febre, eu medi.

Ele riu.

— Você fala como se estivesse comandando um acampamento para meninas rebeldes.

— É como me sinto; só que ela é a única rebelde do set.

— Ainda bem que você tem filhos. Me ligue depois que o médico a vir. Só espero que ele não a mande tirar duas semanas de folga. Estamos dentro do cronograma até agora, eu odiaria que ela estragasse tudo.

— Eu também — disse Kait, séria.

Então, ela voltou para ver Charlotte. A jovem estava deitada no trailer com um pano úmido na cabeça; disse que havia vomitado de novo.

— O que você acha que é? — perguntou Kait, sentando-se ao lado dela e acariciando sua mão gentilmente.

De repente, Charlotte olhou para ela com os olhos arregalados e se desmanchou em lágrimas. Era óbvio que estava assustada. Kait sentiu pena dela, apesar da peste que era, às vezes.

— Talvez seja só o calor.

Charlotte sacudiu a cabeça e foi vomitar de novo. As coisas não pareciam bem. Ela ainda estava chorando quando voltou, cinco minutos depois, e se sentou diante de Kait.

— Não sei como aconteceu... — disse, arrasada. — Acho que estou grávida — sussurrou.

Ela começou a soluçar e se desmanchou nos braços de Kait.

Kait estava perplexa, sem querer acreditar no que havia ouvido. Se bem que parecia verdade.

— Tem certeza? — perguntou, tentando acalmá-la.

Charlotte assentiu e assoou o nariz no lenço que Kait lhe entregou.

— Tenho.

— E o pai? — perguntou Kait, com a voz embargada, e a bela estrela a fitou.

— O baterista de uma banda com quem eu saio de vez em quando.

— Tem certeza?

— Quase. Acho que ele foi o único com quem eu fiquei nos últimos três meses, mas não consigo lembrar. Eu flerto muito, mas só vou até o fim com uns caras que eu conheço, e dois deles trabalharam em LA há pouco tempo.

Kait não via nada de tranquilizador nisso, mas pelo menos Charlotte achava que sabia quem era o pai.

— Já sabe o que quer fazer?

— Não. Acho que vou ter. Não seria certo tirar, não é?

Kait quase gemeu. E a participação dela na série? Era o menor dos problemas de Charlotte, mas o mais importante na cabeça de Kait, e Zack teria um ataque.

— Você tem que tomar essa decisão sozinha — disse Kait, com calma.

O médico chegou, então Kait os deixou sozinhos. Voltou para o trailer que estava usando como escritório. Sentou-se e colocou a cabeça entre as mãos, sobre a mesa. Não ouviu Agnes entrar atrás dela.

— Pelo jeito a coisa não está boa — disse Agnes com voz forte.

Kait deu um pulo e sorriu.

— Não está.

— Posso ajudar em alguma coisa?

— Não, mas obrigada. Vou resolver.

A assistente de Charlotte foi buscá-la então, e ela deixou Agnes às pressas. A essa altura, o médico já havia ido embora. Ele confirmara o diagnóstico de Charlotte; ela havia feito um teste de gravidez naquela manhã, pedira a uma assistente que fosse à farmácia mais próxima para comprar um. Ela olhou para Kait com seus olhos grandes e inocentes.

— Vou ficar com o bebê, Kait. Não quero outro aborto.

— O que você quer fazer em relação à série?

O resto da decisão era problema de Charlotte. Kait só tinha que cuidar da série.

— Eu quero ficar. Posso? — Seus olhos se encheram de lágrimas. — É um ótimo papel para mim.

Kait assentiu; sabia que isso era verdade. Mas o que fariam com Chrystal na história?

— De quanto tempo você está?

— Uns três meses, acho. Vai demorar para aparecer. Da última vez, só comecei a engordar aos cinco meses.

— Você tem filhos? — perguntou Kait, chocada.

— Eu engravidei no colégio, quando tinha quinze anos. Entreguei o bebê para adoção. Já fiz dois abortos depois disso, e acho que não devo fazer de novo. Estou com vinte e três anos, idade suficiente para ter um filho, não acha?

— Isso depende de você estar preparada para assumir a responsabilidade — disse Kait, séria.

— Acho que minha mãe me ajudaria.

Tudo parecia muito confuso para Kait, com um possível pai baterista que nem namorado dela era; e ela nem tinha certeza. Tinha "quase" certeza de que ele era o pai, mas não totalmente.

— Preciso falar com Zack — avisou Kait, estressada.

Ela saiu do trailer um minuto depois e foi direto para o escritório ligar para ele.

Ela o pegou quase saindo para o almoço.

— Temos um problema — começou, sem rodeios.

— Ela foi envenenada mesmo?

— Ela está gravida. Três meses. Quer manter a gravidez e continuar na série — fez um cálculo rápido. — Isso significa que ela vai ter o bebê em janeiro. Vamos estar em recesso nessa época, então ela poderia voltar a trabalhar depois de ter a criança, se quisesse. Ou podemos filmar as cenas dela antes de nascer. Ela disse que até os cinco meses não deve dar para ver, o que nos dá até o final de setembro. A essa altura já vamos ter terminado de filmar. Podemos passar todas as cenas dela para a frente e rodar agora; assim, quando a gravidez começar a aparecer, não vamos precisar dela. Ela poderia voltar logo depois, se você ainda a quisesse. Ou a demitimos agora e a substituímos.

Kait estava sendo racional, tentando salvar a série.

— Pelo amor de Deus, você está de brincadeira, não é? Quem é o pai? Ela sabe?

— Não sei, talvez um cara com quem ela sai, entre outros. Ela não tem certeza. Podemos incluir o bebê no roteiro, se você quiser ficar com ela. Já que ela é uma menina rebelde, pode dar certo. Estamos falando de 1940; ela poderia decidir manter a gravidez, o que seria muito corajoso para a época; até que funciona com o tema da série. Teríamos que contratar um ator para ser o pai — conjecturou Kait, com a mente a mil.

— Não, nada disso. Ela não sabe quem é o pai, mas fica com o bebê mesmo assim. Seria um ato de coragem, as pessoas vão amar um bebê e uma mãe solteira na série. Pode dar certo. Prefiro fazer isso a demiti-la; ela é um nome de peso, apesar de nos deixar loucos. E, pelo amor de Deus, fale com Becca imediatamente. Vamos filmar todas as cenas dela antes da gravidez no mês que vem, e depois filmamos outras quando começar a aparecer.

Kait concordou com ele; estavam pensando em sincronia.

— Mas estou avisando: talvez eu mate essa garota quando a vir. E preciso avisar as seguradoras que temos uma mulher grávida no set agora.

— O que eu digo a Charlotte?

— Que ela é a mulher mais sortuda do mundo e que vai ficar. Pode funcionar a nosso favor, mas com certeza eu não a teria contratado se soubesse que ela estava grávida. Mas é uma reviravolta na história adequada para uma menina promíscua. Ela pode ter um namorado canalha, que foge, assim não precisa aparecer, se funcionar melhor para você e Becca.

— Daremos um jeito.

— Ótimo. Estou atrasado para o almoço na emissora. Ligo mais tarde. E ela tem que trabalhar, não pode ficar por aí reclamando. Ela é jovem e saudável, mande-a voltar ao trabalho.

— Maravilha. Vou avisá-la.

Kait retornou ao trailer de Charlotte. Ela estava com uma aparência melhor, a cor havia voltado a seu rosto.

— O que ele disse? — perguntou Charlotte, apavorada, pois tinha certeza de que seria demitida.

— Vamos incluir a gravidez na série, se você quiser ficar.

— Amei isso. E prometo que não vou mais causar problemas. Eu não enjoei da última vez; deve ser o calor. Acabei de ligar para meu agente e contei a ele.

— Vamos fazer dar certo — Kait a tranquilizou. — Vamos filmar todas as suas cenas antes da gravidez assim que pudermos. E assim que começar a aparecer nós vamos incluir a gravidez no roteiro. Becca e eu vamos cuidar disso. Como está se sentindo? Pronta para voltar ao set?

Charlotte assentiu humildemente, grata a Kait e a Zack.

— Obrigada por não me demitir — ela disse, dócil como um cordeiro.

— Sem mais birras hoje, ok?

— Prometo. Faço o que você mandar.

— Vá fazer o cabelo e a maquiagem e esteja pronta para rodar em meia hora.

Teriam que adequar o guarda-roupa dela também. A cabeça de Kait estava explodindo quando saiu para se encontrar com Becca para avisá-la de que passariam noites longas e quentes juntas adequando o roteiro, acrescentando o bebê ilegítimo de Chrystal à história.

Encontrou Maeve no caminho.

— Como está a princesa? — perguntou Maeve, lançando um olhar de repugnância em direção ao trailer de Charlotte.

Ela causava problemas demais, e não valia tanto, na opinião de Maeve.

— Tenho más notícias para você — disse Kait, séria.

— Ai, merda! Ela quer uma pedicure antes de voltar ao set?

— Sra. Wilder, lamento informar que sua filha de catorze anos, Chrystal, está grávida. Ela vai ter o filho no início da segunda temporada. E não tem certeza de quem é o pai.

Maeve levou um tempinho para entender, mas de repente disse:

— Está falando sério? Ela está grávida? Puta merda! O que Zack disse?

— Ele concordou em mantê-la e incluir a gravidez na série. Podemos fazê-la ter o filho no set. Ou pelo menos fazer uma cena de parto com você e Agnes como parteiras.

Maeve caiu na gargalhada ao pensar nisso.

— Seria interessante. Não vejo a hora de contar a Agnes. Acho que ela não vai conseguir se imaginar como parteira.

— Temos que adiantar as primeiras cenas dela enquanto a gravidez não aparece. O cronograma vai ficar meio confuso, mas acho que podemos fazer isso sem atrasar. Becca e eu temos bastante trabalho pela frente — disse Kait quando viu Becca a distância e acenou para ela. — Lamento pelas más notícias sobre sua filha--problema, sra. Wilder.

Maeve riu de novo e foi procurar Agnes para lhe contar sobre Charlotte.

A notícia já havia se espalhado pelo set no dia seguinte. Charlotte estava meio envergonhada; algumas pessoas lhe deram os parabéns, e a figurinista, também esperando um bebê com a namorada, contou que o seu nasceria em setembro.

Voltaram a trabalhar para valer logo depois da notícia. Foram todos resilientes; Becca já estava trabalhando nos ajustes do roteiro nas cenas que envolviam Charlotte e escrevendo um novo roteiro para o episódio em que ela contaria à mãe que estava grávida. Kait estava grata por nunca ter enfrentado esse problema, e ainda mais por Charlotte não ser sua filha. As filhas de Kait jamais engravidaram, ao passo que Charlotte estava na quarta gravidez aos vinte e três anos, sem ter certeza de quem era o pai.

Mas Kait só tinha que se preocupar com os roteiros que estavam mudando. Como havia explicado, esse acontecimento dera uma guinada boa na história; Chrystal Wilder decidia ficar com o bebê, sua mãe permitia, e a filha se tornava uma mulher corajosa em 1940. Ter um filho e confessar isso era algo ousado naquela época, quase inédito. E Hannabel teria muito a dizer sobre isso. Agnes mal podia esperar e tinha até algumas ideias sobre o assunto. Anne e a mãe teriam algumas discussões importantes sobre o tema. Loch não precisaria saber até voltar da Inglaterra e ficaria chocado com a decisão de sua esposa de deixar a filha ficar com o bebê. Nenhum homem decente jamais desejaria se casar com ela nas circunstâncias daquela época. Kait já se dera conta de que precisariam de um bebê na série na segunda temporada, mas isso seria fácil de resolver. Ela já havia pensado em tudo.

O comportamento de Charlotte passou a ser exemplar no set a partir de então. Não reclamava mais da peruca, da roupa ou da maquiagem. Não dizia uma palavra. Vomitou só uma vez e voltou ao set logo depois.

— Se com isso ela se acalmar, talvez tenha sido a melhor coisa que já aconteceu conosco trabalhando com ela — sussurrou Maeve para Kait.

Charlotte estava tão grata por ainda estar na série que não causou nenhum problema por pelo menos uma semana, o que já era melhor do que até então. E os roteiros que Becca criara, incorporando a gravidez, estavam entre os melhores que Kait já havia lido. Estava começando a parecer uma bênção disfarçada para todos; e, se tudo desse certo, para Charlotte acima de tudo.

A notícia da gravidez de Charlotte foi instantaneamente eclipsada por uma ligação de Zack com notícias importantes. Ele havia se encontrado com o chefe da emissora, e, com base nos episódios a que estavam assistindo atentamente e no elenco poderoso que tinham, deram sinal verde para mais nove episódios. Teriam que trabalhar mais e mais rápido e criar mais nove roteiros, mas eram notícias fantásticas. Todo o elenco aplaudiu quando foi informado.

☆ ☆ ☆

Kait estava tão ocupada com Charlotte, as mudanças no roteiro para acomodar sua gravidez e os nove roteiros adicionais em que ela e Becca estavam trabalhando que foi a última a notar Dan entrando e saindo do trailer de Abaya todos os dias. Foi Agnes quem comentou com ela, com o olhar divertido. Kait ficou preocupada assim que soube e foi visitar Abaya durante um intervalo, no dia seguinte. Ela sabia que Abaya não gostava dele e que Dan a assediava e a pressionava a sair com ele.

— Está acontecendo alguma coisa entre vocês dois? Ele está incomodando você? — perguntou, tentando se mostrar casual.

— Não — disse Abaya a princípio. — Bem, talvez alguma coisa esteja acontecendo. — Ela corou. — Na verdade, mais ou menos. Nós jantamos algumas vezes esta semana.

— Mas você não o achava um viciado em sexo e pervertido? Como foi que isso mudou tão depressa? — perguntou Kait, preocupada.

— Ele disse que nunca conheceu ninguém como eu e que está louco por mim, Kait. Sempre me traz flores. Ele teve uma infância muito difícil.

O lindo rosto de Abaya transbordava confiança e inocência, e Kait sentiu o coração se apertar.

— Dan é um sujeito muito ocupado — disse Kait, referindo-se à meia dúzia de mulheres com quem ele já havia dormido no set.

Ela não queria que Abaya fosse a próxima e se machucasse. Tentou dizer isso o mais gentilmente possível.

— Comigo é diferente, eu sei. Ele me respeita.

Kait quase gemeu alto e quis sacudi-la, mas não tinha o direito de interferir. Alertou-a de novo para ter cuidado. Cruzou com ele a caminho do trailer de Abaya quando saiu e o enquadrou com um olhar feroz.

— Se você pisar na bola com ela, eu mato você com minhas próprias mãos — disse ela em voz baixa, para que só ele a pudesse ouvir. — Ela é uma menina adorável e um ser humano decente, mas não sei se você sabe o que isso significa.

— Estou apaixonado por ela — respondeu ele, aparentemente sincero.

Mas Kait não acreditou. Essa série estava lhe ensinando muitas coisas.

— Estou falando sério, Dan. Não brinque com ela. Você pode ter quem quiser, não brinque com ela.

— Por que você não cuida da sua vida, Kait? — rebateu ele, rude, e passou por ela para entrar no trailer de Abaya.

Kait estava fumegando quando se aproximou de Maeve, que estava tomando um chá gelado com Agnes, esperando para fazer o cabelo e a maquiagem antes da cena seguinte.

— Eu odeio aquele cara — disse Kait, sentando-se.

As três haviam se tornado amigas bem depressa.

— Quem? — perguntou Maeve, assustada com a veemência atípica na voz de Kait.

— Dan. Ele vai arrasar com Abaya. Ele não dá a mínima para ela, só quer conquistá-la porque ela o rejeitou.

— Nem o inferno tem a fúria de um ator narcisista rejeitado — disse Agnes, com sabedoria.

Maeve assentiu. Ambas já haviam visto isso acontecer centenas de vezes ao longo dos anos.

— Ela acha que ele está apaixonado e que a *respeita* — disse Kait, preocupada com Abaya.

Ela tinha certeza de que ele a trairia em poucos dias, se é que já não a traía.

No entanto, apesar da gravidez de Charlotte e do romance de Dan com Abaya, as filmagens estavam indo bem, devido ao profissionalismo do elenco. E, para alegria de Zack, estavam adiantados, o que lhes daria o tempo necessário para rodar os nove episódios adicionais.

As atuações de Maeve e Agnes eram incrivelmente poderosas. Os roteiros de Becca estavam funcionando bem. Estavam guardando Nick Brooke para o episódio final da temporada e ajustando os nove episódios novos. Kait e Becca estavam trabalhando neles.

Em meados de agosto, terminaram as cenas com Charlotte antes da gravidez, e ela estava ótima. E Abaya brilhava; ela e Dan se tornaram inseparáveis dentro e fora do set. Voltariam para Long Island dali a duas semanas para filmar na pista de pouso de novo. Todos estavam satisfeitos; o calor no interior do estado de Nova York era escaldante.

☆ ☆ ☆

Kait se surpreendeu, certa manhã, quando Agnes não apareceu para filmar. Foi procurá-la no trailer, mas ela não estava; e a cabeleireira e a maquiadora disseram que ainda não havia chegado. Era a primeira vez que ela se atrasava, e Kait ficou com medo de que algo tivesse acontecido. Então, pegou o carro e foi até o hotel onde ela se hospedava, a poucos quilômetros. Era um lugar sombrio. Não houve resposta quando ela bateu na porta de Agnes, então ela pediu uma chave na recepção para entrar. Encontrou Agnes completamente bêbada, caída no chão, com uma garrafa de uísque ao lado. Ela tentou se sentar quando viu Kait, mas não conseguiu. Kait a puxou para a cama, enquanto Agnes divagava, incoerente. Ficou falando sobre Johnny, como se Kait soubesse quem era esse. Kait achou que ela estivesse se referindo ao jovem piloto da série, mas suas divagações não faziam sentido. Kait mandou uma mensagem para Maeve, que apareceu vinte minutos depois. Juntas, colocaram Agnes no chuveiro, de roupa e tudo. Ela estava só um pouco mais sóbria quando a deitaram na cama e vestiram roupas secas nela. Então, sentou-se na cama e olhou para as duas.

— Voltem para o set — disse ela, severamente. — Vou tirar o dia de folga hoje.

Agnes começou a tatear pelo chão, procurando sua garrafa. Mas Kait a havia tirado; estava quase vazia, e Kait presumira que ela havia bebido quase tudo na noite anterior.

— Vamos tomar um pouco de ar — disse Maeve, e as duas arrastaram Agnes para fora.

Mas o calor era tão opressivo que não ajudou.

— Vocês sabem que dia é hoje, não sabem? Ele estava no barco com Roberto. Não foi culpa dele. Foram pegos por uma tempestade a caminho de casa.

Kait e Maeve trocaram um olhar, mas não comentaram nada; ajudaram Agnes a se deitar.

— Me deixem em paz — exigiu Agnes.

Elas saíram para conversar um minuto.

— O que está acontecendo? — sussurrou Kait. — Quem é Johnny? Não me pareceu que ela se referia ao piloto da série.

— Ela e Roberto tiveram um filho — disse Maeve, em tom conspiratório. — Mas mantiveram em segredo. Naquela época, ter um filho fora do casamento seria um grande escândalo e prejudicaria a carreira dos dois. Não sei todos os detalhes, mas Roberto saiu com ele num veleiro. Foram pegos por uma tempestade na volta, o barco virou e o menino se afogou. Ele tinha oito anos. Hoje deve ser o aniversário da morte dele. Talvez ela tenha começado a beber quando isso aconteceu. Eu sei que ela ficou anos afastada. Segundo Ian, Roberto se culpou para sempre. Ela nunca mais foi a mesma depois disso. Nunca admitiu ter tido um filho, nem que ele morreu. Eu soube por Ian. Foi uma das grandes tragédias da vida dela; a outra foi perder Roberto.

Kait sentiu seu coração doer por Agnes; lamentava não ter sabido disso antes. Maeve voltou para o quarto onde Agnes estava dormindo e Kait foi até a portaria para perguntar onde havia uma reunião do AA. Disseram que havia uma na igreja descendo a rua todas as noites. Ficava a menos de dois quilômetros dali. Kait agradeceu e voltou para o quarto.

— Você precisa voltar — disse a Maeve. — Você tem uma cena com Abaya agora de manhã. Vou ficar com Agnes. Eles podem passar o dia sem mim.

Maeve assentiu.

— Volto quando acabar de filmar. Acho melhor a deixarmos

dormir — sugeriu Maeve, triste, e Kait concordou.

— Vou levá-la a uma reunião do AA hoje à noite. Tem uma aqui na rua.

— Talvez ela não queira ir. — Maeve olhou para Agnes.

— Não vou dar escolha a ela. Vou deixá-la dormir agora e tentar fazê-la comer um pouco quando acordar. Diga a Nancy para passar a cena dela para amanhã. Ela pode trabalhar com você e Abaya o dia todo hoje. Dan pode passar o dia decorando as falas dele para amanhã.

— Não se preocupe com isso — pediu Maeve.

Um minuto depois, Maeve voltou ao set.

Agnes só acordou às cinco da tarde. Viu Kait sentada em uma cadeira no canto do quarto, observando-a.

— Desculpe pela recaída — disse, com a voz rouca.

Parecia velha e estava abatida, como quando se conheceram. Kait não perguntou o motivo de isso ter acontecido; já sabia, graças a Maeve.

— Acontece. Você vai se recuperar. — Kait se sentou na beira da cama. — Quer comer alguma coisa?

— Talvez mais tarde. Obrigada, Kait, por não me dizer que eu sou um fracasso.

— Você não é um fracasso; tenho certeza de que teve seus motivos — disse Kait calmamente, sem julgamento.

Agnes ficou deitada na cama um longo tempo, olhando para o teto, relembrando.

— Roberto e eu tivemos um filho. Ele se afogou em um acidente de barco com Roberto quando tinha oito anos. Hoje é aniversário desse dia.

Kait não disse que já sabia; gentilmente, deu um tapinha na mão de Agnes.

— Sinto muito. Não consigo imaginar nada pior que perder um filho. Deve ter sido terrível para vocês dois.

— Achei que Roberto ia tentar se matar. Ele era muito sensível. Estava tentando se divorciar antes de isso acontecer, para que nós pudéssemos nos casar. A esposa não concordava, e não havia divórcio na Itália naquela época. Então ele tentou conseguir a anulação, mas desistiu depois disso. Ele desistiu de muita coisa, nunca mais foi o mesmo. Foi bom para o trabalho dele, mas não tão bom para nós. Nós bebíamos muito juntos, era a única maneira de superar. Um dia ele parou de beber e começou a frequentar o AA. Eu nunca parei. Parava um pouco, mas depois voltava. Esta data é sempre difícil. O pior dia do ano para mim.

— Você devia ter me contado.

— Para quê? Nada que você pudesse fazer mudaria isso — disse Agnes, com um profundo desespero na voz. — E agora os dois se foram.

— Eu poderia ter passado a noite com você.

Agnes sacudiu a cabeça; pouco depois, saiu da cama.

— Vamos comer alguma coisa — convidou Kait.

Havia um café e uma mercearia do outro lado da rua. Kait estava com muita fome; para não deixar Agnes sozinha, não comera nada o dia todo.

— Em vez de comer, vamos beber alguma coisa — disse Agnes, meio brincando.

— Temos uma reunião do AA às sete — informou Kait, com firmeza.

— Aqui? — perguntou Agnes, surpresa.

— Vou com você, mas preciso comer antes.

Agnes foi pentear o cabelo e lavar o rosto. Ainda estava com uma cara péssima quando saiu do banheiro com uma calça preta, blusa branca e sandálias.

Atravessaram a rua em direção ao café. Kait comeu uma salada e Agnes pediu ovos mexidos, batata frita e café preto. Estava melhor, mas ainda desesperadamente triste, e falava muito pouco. Faltando quinze minutos para as sete, foram para o carro de Kait.

A reunião acontecia no porão de uma igreja. Agnes pediu a

Kait que entrasse com ela; foi muito comovente. Ela falou sobre a morte de seu filho, sobre o fato de ter acabado de perder cinco meses de sobriedade, mas no fim da reunião estava melhor. Elas ficaram para conversar com os outros por alguns minutos. Todos expressaram sua solidariedade, então, porque durante a exposição dela ninguém era autorizado a falar. E ela havia chorado quando contara a história.

Kait a levou de volta ao hotel e a acompanhou até o quarto. Maeve chegou minutos depois. As três conversaram um pouco; Agnes ligou a TV. Disse que ficaria bem, mas Kait sabia que ela só precisava atravessar a rua para comprar uma garrafa na loja de conveniência, e não deixaria isso acontecer.

— Goste ou não — disse Kait —, vou dormir aqui com você.

— Estarei bem amanhã. Vou voltar ao set.

— Vou ficar de qualquer maneira — afirmou Kait.

Agnes sorriu.

— Você não confia em mim.

— Tem razão, não confio — Kait respondeu, e as três riram.

— Tudo bem, se você prefere assim.

Intimamente, porém, estava grata a Kait. Meia hora depois, Maeve voltou para o hotel onde ela e Kait estavam hospedadas. Não havia espaço suficiente para todos eles em nenhum hotel, por isso reservaram quartos em motéis pequenos e feios pela região.

Kait acompanhou Maeve até o carro. As duas se voltaram quando ouviram vozes saindo de outro quarto. Quando a porta se abriu, duas pessoas saíram. Instintivamente, elas olharam; não havia dúvidas de quem eram. Era Dan, com uma das cabeleireiras com quem ele dormira antes de Abaya. Ele ficou chocado quando reconheceu as duas e olhou para Kait com uma expressão de desafio e terror. Já estava traindo Abaya... Kait se virou enquanto ele corria para o carro, como o rato que era, e ela e Maeve trocaram um longo olhar.

— Era isso que eu temia. Eu sabia que ele a trairia — disse Maeve, triste.

— Eu também. Detesto esse cara. Ela não merece passar por isso — lançou Kait, com raiva.

— Vai contar a ela? — perguntou Maeve.

Kait não respondeu.

— Você vai? — questionou Kait; ela não sabia o que fazer.

Maeve sacudiu a cabeça.

— Ela vai descobrir logo. Alguém vai contar, ou ela vai dar um flagrante. Ele não teve nenhuma cena hoje, deve ter passado a tarde toda aqui.

— Eu o odeio pelo que ele está fazendo com ela — repetiu Kait.

Maeve assentiu, entrou no carro e foi embora, e Kait voltou para o quarto de Agnes, triste. Dan não merecia o silêncio delas, mas Kait sabia que contar a Abaya seria ainda pior. Ele era um canalha e Kait se arrependia de tê-lo contratado para a série. Independentemente do que eles fizessem agora, Abaya se machucaria e sofreria muito.

CAPÍTULO 13

Com a ajuda das reuniões noturnas do AA após sua recaída, Agnes voltou aos trilhos rapidamente. Ela era uma mulher forte. Não falou mais sobre o filho, mas agradeceu a Kait por salvá-la de novo.

Todos estavam ansiosos para voltar à cidade. O calor era opressivo, o lugar era sem graça e o elenco estava começando a se irritar, o que não era de surpreender. Precisavam de um intervalo. Nancy os pressionava muito, e eles queriam voltar para Nova York e seus entes queridos e começar a filmar de novo em Long Island. Pelo menos lá haveria a brisa do mar, e alguns deles poderiam ficar na própria casa.

Uma semana antes da partida, Maeve recebeu um telefonema do médico de Ian. O remédio não estava funcionando tão bem e seu marido estava piorando. A situação ainda não era crítica, mas todos sabiam que a condição dele poderia mudar muito rapidamente. Suas filhas se revezavam com as enfermeiras, o que dava a Maeve alívio para continuar trabalhando. Mas ela estava pronta para partir a qualquer momento se recebesse uma ligação. Isso acrescentou mais tensão à atmosfera, mas não transparecia na performance de Maeve. Ela era uma profissional e tanto e se adaptou aos novos roteiros em que sua filha Chrystal lhe dizia que estava grávida e que o garoto de dezesseis anos que a engravidara fugira.

A garota inclusive admitia para a mãe que não tinha certeza de que ele era o pai da criança. Houve uma cena comovente, na qual ela decidia ficar com o bebê e Anne prometia apoiá-la. Não era o que ela queria para a filha, mas estava disposta a enfrentar a situação com ela. E houve uma cena maravilhosa entre avó, mãe e filha; a performance de Agnes foi inesquecível; ela implorou à filha que não deixasse Chrystal as destruir e que a mandasse embora, mas Anne recusou.

O novo roteiro que Becca havia escrito para essa cena permitia que o talento de cada uma transbordasse, e elas foram maravilhosas. E Nancy as dirigiu como a uma orquestra perfeitamente afinada. Kait chorou ao vê-las fazer a cena.

Desde que Kait vira Dan no hotel, ele a evitava. Ele tinha certeza de que ela contaria a Abaya. Mas ela não teve coragem. Decidiu deixá-la descobrir sozinha. Era questão de tempo; Maeve concordava. De qualquer maneira, ele não ficaria na série muito mais tempo, já que seu personagem morria na primeira temporada.

Kait estava revisando um dos novos roteiros com Becca, refinando-o e discutindo-o, quando um dos assistentes de produção chegou dizendo que seu filho estava tentando falar com ela e não conseguia. Ela havia esquecido o celular no trailer de Maeve no início da tarde. Kait estranhou que ele houvesse ligado. Haviam se falado dois dias antes, e ela havia conversado com Maribeth e as crianças também. Pretendia ligar para Stephanie, mas estivera ocupada. E não tinha notícias de Candace havia uma semana, mas sabia que logo ela voltaria para Londres.

Usou o telefone fixo do trailer para ligar para Tom.

— Oi! Como estão as coisas? — disse ela. — Desculpe, esqueci o celular no trailer de outra pessoa.

Por um momento ele não respondeu, e quando falou, ela percebeu que ele estava chorando.

— Tommy? O que aconteceu?

Seu coração quase parou, pensando que algo havia acontecido com uma das filhas dele.

— São as meninas?

— Não — disse ele, tentando se recompor, pelo bem de sua mãe. Ele levara uma hora para criar coragem para ligar para ela.

— Foi a Candy — completou. — Mãe, não sei como dizer isso... ela faleceu ontem à noite em um bombardeio... bombardearam um restaurante em que ela estava. Trinta pessoas morreram... Acabei de receber a ligação do chefe dela na BBC. Tentaram ligar para o seu celular e não conseguiram, então me ligaram. Sou o segundo contato de emergência da Candy. Não estou acreditando. Eles iam voltar hoje!

Kait sentiu como se houvesse levado um tiro. Nesse momento, Maeve entrou no trailer com o celular de Kait e viu o rosto dela. Não sabia se saía ou ficava.

— Eu não... tem certeza? Ela não está só ferida? — perguntou Kait, agarrando-se a vãs esperanças, com o rosto contorcido de dor.

Maeve se aproximou e pousou a mão em seus ombros; não podia deixá-la daquele jeito.

— Não, mãe, ela morreu. O corpo dela está sendo levado para a Inglaterra. Vou para lá no avião de Hank e a trarei para casa.

Por um momento, Kait ficou sem fala, atravessada pela dor. Até que começou a soluçar incontrolavelmente, enquanto Maeve a abraçava.

— Vai levar uns dias para a papelada sair — disse ele, ainda chorando também.

— Vou para Londres agora mesmo — anunciou ela, como se isso fosse fazer alguma diferença.

Mas, dessa vez, não faria. O pior havia acontecido. As chances de Candace tinham acabado. Era tarde demais.

— Não venha, mãe. Não há nada que você possa fazer. Encontro você em Nova York, Maribeth vai comigo.

Kait assentiu, incapaz de falar.

— Devemos estar em Nova York em poucos dias.

— Amo você. Meu Deus... eu disse para ela parar... ela não quis me ouvir.

— Era assim que ela queria viver a vida dela, mãe. Candy queria fazer a diferença, e talvez tenha feito. Ela tinha o direito de fazer essa escolha — alegou ele, recuperando a compostura.

— Não à custa da própria vida — disse Kait, baixinho. — Você ligou para Steph?

— Agora há pouco. Ela vem para Nova York assim que puder. Quando eu voltar de Londres, vou ajudar você com os preparativos.

— Posso fazer isso antes de você chegar — disse ela, atordoada. Ficou desorientada quando olhou ao redor e viu Maeve.

— Obrigada por me ligar — disse Kait, suavemente.

— Amo você, mãe. Sinto muito, por todos nós. Que bom que nós passamos aquelas férias juntos.

— É, que bom — concordou Kait.

Quando desligaram, ela caiu nos braços de Maeve e chorou.

— Bombardearam o restaurante em que ela estava. Ela ia voltar para Londres hoje!

Maeve não perguntou em que país ela estava nem quem a matara; não fazia diferença.

A assistente de Kait no set enfiou a cabeça pela porta, viu o que estava acontecendo e recuou imediatamente. E, depois de muito tempo, Maeve foi procurar Agnes para lhe contar. A notícia se espalhou pelo set em poucos minutos e as filmagens foram interrompidas.

Maeve voltou com Agnes para ver Kait, e em pouco tempo Nancy apareceu. E Abaya um pouco mais tarde. As quatro se revezavam para confortá-la e abraçá-la, e dizer a ela o quanto lamentavam. Kait apenas chorava e assentia com a cabeça. Só conseguia pensar em como Candace era linda, uma criança doce, sua primeira filha. Era impensável, inimaginável que estivesse morta.

Os outros deixaram o set muito antes de Kait sair de seu trailer com as quatro amigas, que a levaram para o hotel. Ela havia pensado em voltar para Nova York naquela noite, mas não havia nada lá, exceto seu apartamento vazio. Estaria melhor ali com elas, até que Tom ligasse dizendo que estava pronto para sair de Londres. Kait ligou para Stephanie do hotel; as amigas a deixaram sozinha para conversar com a filha e chorar. Stephanie disse que estaria em Nova York em dois dias. E dessa vez foi Agnes quem se ofereceu para dormir com ela.

— Você só quer se vingar de mim por não a deixar beber — brincou Kait em meio às lágrimas.

Agnes riu.

— Não, é que eu gosto mais do seu hotel. E a sua TV é maior.

Ficaram com Kait até bem depois da meia-noite; para ela, foi como se estivesse com sua família. Zack ligou e os dois conversaram, mas depois ela não conseguia se lembrar de nada do que ele havia dito, exceto que sentia muito; ele estava chorando. Tudo que estava acontecendo era confuso e nebuloso. Por fim, ao nascer do sol, ela adormeceu enquanto Agnes a observava.

Cancelaram as filmagens do dia, com a permissão de Zack, que disse a Nancy que não se importava com o quanto isso lhes custaria. Podiam se dar ao luxo de tirar um dia de folga. Kait não saiu de seu quarto de hotel, mas suas amigas iam e vinham o dia todo para lhe fazer companhia. E Tom ligou para dizer que estava em Londres e que chegaria a Nova York em dois dias.

Dois dias depois, todo o elenco se reuniu em silêncio na hora de ela partir; Kait viu que alguns estavam chorando. Ela pretendia tirar uma semana de folga, até depois do funeral, e Zack lhe disse para tirar o tempo que quisesse.

Foi difícil para os outros voltarem a filmar sem Kait. Sua ausência foi sentida com muita dor; a tristeza dela pesava sobre eles. Mas suas performances foram comoventes e maravilhosas, e a compaixão por ela transpareceu na atuação de todos. Maeve e Agnes, particularmente, fizeram uma de suas melhores cenas desde que haviam começado as filmagens.

Quando Kait chegou em casa, ligou para uma funerária e começou os preparativos. Fariam o culto em uma igreja pequena perto de seu apartamento. Kait estava escrevendo o obituário quando Stephanie entrou, correu para os braços da mãe e chorou.

Tommy pousou à meia-noite com o corpo de Candace – ou o que restava dele – em um caixão. Um carro fúnebre os esperava no aeroporto para levá-la à funerária. Decidiram fazer um velório privado. Kait não conseguiria enfrentar os amigos de infância de sua filha. Tommy e Maribeth chegaram ao apartamento à uma da manhã e se sentaram à mesa da cozinha. Eram quase quatro horas quando foram para a cama. Nem Kait nem Stephanie conseguiam dormir; por fim, foram as duas para a cama de Kait, e ainda estavam acordadas quando o sol nasceu.

Kait enviou o obituário ao *The New York Times* na manhã seguinte; a BBC cuidaria dos jornais britânicos. A rede de notícias também transmitiu um comunicado, com uma comovente homenagem a ela, e enviou o link por e-mail para Kait.

O serviço religioso que Kait havia organizado foi uma breve agonia em comparação com todo o resto. O choque da morte de Candace fora brutal. A família passou o fim de semana junta. E na segunda-feira, mal conseguindo se separar, Stephanie voltou para San Francisco, Tom e Maribeth para Dallas, e Kait ficou sentada em sua sala de estar, perdida. Era como se sua vida houvesse acabado. Nada mais importava.

O elenco já estava de volta à cidade, e pretendiam começar a filmar em Long Island na quarta-feira; mas ela se sentia desconectada demais para falar com eles ou voltar ao trabalho. Carmen e Paula Stein, da *Woman's Life*, ligaram para ela quando viram o obituário, ficaram arrasadas. Jessica e Sam Hartley enviaram flores. E também

Maeve, Agnes e Nancy. Zack havia enviado um enorme arranjo de orquídeas brancas para a funerária, em nome dele e de todo o elenco.

Para Kait, era como se uma parte dela houvesse morrido com a filha. Tommy providenciou para que as coisas de Candace fossem embaladas no apartamento de Londres e enviadas para sua mãe. Ela não suportava a ideia de mexer com elas quando chegassem. Cada centímetro de sua alma estava rasgado. Não apenas a vida de Candace estava destruída, mas a de Kait também.

Agnes ligou para ela naquela tarde para ver como estava, e Maeve logo depois. Estavam aliviadas por estar em Nova York de novo, assim como Kait. As duas se ofereceram para visitá-la, mas Kait disse que queria ficar sozinha. Não tinha forças para receber ninguém. De repente, tudo exceto Candace perdera a importância.

Kait estava sentada em sua cozinha, dois dias depois, pensando em suas amigas do elenco, quando de repente sentiu vontade de estar com elas. Eram sua família agora também. Colocou um jeans e uma camiseta, não se preocupou em se maquiar nem se pentear e, calçando um par de sandálias, foi até Long Island. Estavam gravando na pista naquele dia. Era a cena final de Phillip Green como Loch. Todos ficaram chocados quando a viram sair do carro e correram em sua direção. Candace morrera havia uma semana, mas, para Kait, era como se não os visse havia meses.

Agnes foi até Kait enquanto a equipe voltava ao trabalho e sorriu.

— Boa menina! Eu sabia que você viria. Precisamos de você. E aquele idiota está traindo Abaya de novo — contou, para trazê-la de volta ao presente.

Kait riu. Estava devastada por dentro, como se uma parte dela lhe houvesse sido arrancada, e o resto era só uma casca ao redor da ferida. Mas era bom estar com eles. Ela havia levado uma mochila para poder ficar em um hotel próximo se não quisesse voltar para casa naquela noite. Depois de assistir à última cena de Phillip Green, agradeceu-lhe antes de ele ir embora.

— Nick Brooke estará aqui amanhã — informou Maeve, enquanto caminhavam pela pista de pouso durante um intervalo.

— Merda, eu tinha esquecido.

Encontrá-lo parecia algo muito distante agora.

— Ele vai ficar só dois dias, para filmar a parte dele no episódio final.

Haviam programado suas cenas em um horário conveniente para ele, pois sua agenda era apertada. E continuariam filmando outros episódios depois que ele fosse embora.

— Como está Charlotte? — perguntou Kait, preocupada.

— Ainda uma pentelha, mas a maternidade iminente a fez melhorar um pouco — disse Maeve, sorrindo.

Não gostava dela, mas era uma atriz razoável e um mal necessário na série, assim como Dan.

— Agnes disse que Dan está traindo Abaya de novo. Com quem desta vez?

Pensar nisso era uma distração para Kait.

— Uma das assistentes de Lally. Aquela que tem peitos do tamanho da minha cabeça.

— E Abaya não desconfia?

Era um alívio falar sobre os problemas do set em vez de pensar noite e dia em Candace.

— Ainda não. Ela está convencida de que ele mudou e está perdidamente apaixonada. Vai ser um choque quando ela descobrir.

Maeve foi para casa naquela noite ver como estava Ian. Era por isso que gostava de trabalhar em Long Island; ficou feliz por aliviar a carga das filhas um pouco, para que pudessem sair e ver os amigos. Agnes e Nancy jantaram com Kait no hotel. Não falaram de Candace, mas viam como Kait estava arrasada. Ela ainda não era ela mesma.

Kait foi fazer uma longa caminhada na praia, sozinha, na manhã seguinte, antes de ir para o set. Quando voltou, viu uma multidão ao redor de um carro e um homem com chapéu de caubói saindo. Era frequente ver fãs rondando o perímetro externo do set, uma vez que as pessoas sabiam quem eram os atores. Um instante depois, enquanto abriam caminho para ele, ela viu que era Nick Brooke. Não estava diferente de Wyoming e sorriu quando a viu no meio da multidão. Foi até ela sério e esperou que lhes dessem espaço.

— Sinto muito por sua filha, Kait. Li no *The New York Times*. Foi uma honra tê-la conhecido.

Kait assentiu, com lágrimas nos olhos, e não conseguiu responder; ele gentilmente acariciou o ombro dela.

— Obrigada — foi tudo que ela conseguiu dizer, e o acompanhou até o trailer para ele deixar suas coisas.

— Gostaria de escrever para Tom e Stephanie, se você me der o e-mail deles.

Ela assentiu e entraram no trailer. Ele ficou satisfeito com o espaço, mas estava ansioso para ver os aviões antigos e foi procurar o hangar onde estavam guardados. Ela o acompanhou, em silêncio, até que ele viu os aviões e deu um grito de prazer.

— Eu gosto de aviões quase tanto quanto de cavalos.

Ele examinou cada um; ficaram lá um longo tempo. A essa altura, ela já estava um pouco melhor. Era como rever um velho amigo, e era muito importante para ela que ele tivesse conhecido Candace em Wyoming. Kait sorriu lembrando que Candace queria que eles ficassem juntos, mas não contou a ele. A conexão calorosa e fácil que tiveram em Jackson Hole permanecia em Long Island.

Ela o apresentou ao resto do elenco quando voltaram; ele e Maeve conversaram um pouco, e ele disse a Agnes que era uma honra conhecê-la. Ele gostou de Abaya imediatamente e foi gentil com todos. Na hora do almoço, ela contou que o vira montando um cavalo selvagem, e ele riu.

— Peguei um dos bons há duas semanas; acho que quebrei uma costela — disse ele, tocando-a com cuidado. — É melhor que Maeve seja gentil comigo na cena de amor, senão eu vou chorar.

Todo mundo riu. Maeve estava de bom humor porque Ian estava melhor naquela manhã.

Lally tirou as medidas de Nick para o figurino e costurou depressa, e por volta de uma hora, com a iluminação pronta, estavam preparados para começar a filmar. Era a primeira cena dele com Maeve. Ficaram todos impressionados com a interpretação dela o vendo pela primeira vez, quando ele aparecia como amigo de seu falecido marido e lhe pedia um emprego. O momento foi eletrizante, e, no fim do episódio, a paixão dominava. A mágica entre eles foi instantânea, mas terminou com a mesma rapidez quando Nancy deu o sinal para cortar e começou com a tomada seguinte. Era fascinante vê-los trabalhar. Eram os melhores atores que Kait já havia visto, com exceção de Agnes, que deixava todos sem palavras toda vez que fazia uma cena. Mas ela não tinha nenhuma nesse dia. Toda a ação foi entre Nick e Maeve. Trabalharam direto até as seis horas, com apenas um breve intervalo, enquanto Becca e Kait ficavam à margem, seguindo o roteiro. Nenhum deles errou uma fala sequer.

— Eles são incríveis — sussurrou Becca para Kait, que assentiu.

Ficou imaginando se acaso Nick e Maeve já não haviam tido algo na vida real, de tão convincentes que eram em seus papéis; a química entre eles era como fogos de artifício. Era uma alegria vê-los dar vida às personagens, brigando ou se apaixonando. Todos os anos de solidão de Anne Wilder explodiram em paixão na cena com Nick.

— Foi um dia maravilhoso — Nancy elogiou os dois.

Enquanto Maeve se dirigia ao trailer para tirar a maquiagem, o chefe de produção gritou que tinha um anúncio importante a fazer. Todos pararam para ouvir.

— Zack acabou de ligar de LA. A emissora acabou de dar sinal verde para a segunda temporada! — Ele estava em êxtase; era uma ótima notícia. — Nem esperaram as avaliações. Eles adoraram! Querem vinte e dois episódios completos logo de cara dessa vez!

Isso significava que a emissora estava animada e achava que a série seria um sucesso. Becca e Kait já estavam escrevendo a segunda temporada e tinham vários roteiros completos.

— Parabéns a todos!

Houve um burburinho; as pessoas comentavam o assunto e se abraçavam. Kait também ficou encantada. Pelo menos a série estava indo bem, apesar de ela estar completamente arrasada. E isso também significava que Nick estaria com eles na segunda temporada.

Ele jantou com a equipe principal naquela noite. Foram a um restaurante de frutos do mar próximo e beberam bastante vinho – exceto Agnes e Kait. Agnes estava sóbria de novo e Kait achava melhor não beber, pois estava muito frágil. Nick se sentou ao lado de Kait e ficou de olho nela a noite toda; e depois a acompanhou de volta ao hotel. Os outros foram na frente ou ficaram para trás, e Nick e Kait acabaram caminhando sozinhos.

— Tenho pensado muito em você desde que foi a Jackson Hole — disse ele. — Foi muito divertido o jantar com você e sua família.

— Para nós também — comentou ela, recordando o bom anfitrião que ele havia sido em sua fazenda.

— As filmagens vão entrar em recesso daqui a pouco. Talvez você possa voltar lá. Wyoming é linda no outono — ele sugeriu.

Mas ela não queria pensar em viajar, por ora; queria ficar perto de casa. E havia prometido visitar Stephanie em San Francisco e Tom em Dallas.

— Queria ver você de novo, Kait; não só no trabalho.

Ele estava deixando claro seu interesse por ela.

— Vamos estar ocupados quando começarmos a filmar de novo. E talvez fosse bom para você tirar um tempo de folga.

— Estou meio perdida no momento — disse ela, honestamente —, como se tudo dentro de mim estivesse quebrado, desde a semana passada.

Ele assentiu e a fitou com seus olhos gentis.

— Vai demorar para passar.

Ela se perguntava quanto tempo levaria, já que Agnes ainda estava arrasada pela morte do filho quarenta anos depois. Kait achava que sempre sentiria uma parte dela faltando; a parte que havia sido sua filha.

— Tenho coisas para fazer aqui de vez em quando. Vamos tentar passar um tempo juntos, e meu convite está aberto, se quiser dar uma fugida para a fazenda — disse ele.

Os outros os alcançaram. Dan passou abraçando Abaya; Nick falou baixinho:

— Qual é a desse cara? Tenho um mau pressentimento sobre ele. Para mim, parece tão falso quanto uma nota de três dólares.

— Tem razão — sussurrou ela. — Ele a está traindo, e só ela não sabe. Está toda derretida por ele.

— Vai parar com isso quando descobrir.

Kait pensou na história que ele lhe havia contado, sobre a mulher que partira seu coração. Mas isso acontecia com a maioria das pessoas pelo menos uma vez e, com sorte, nunca mais.

Nick estava hospedado no mesmo hotel que ela; ele a acompanhou até seu quarto e lhe deu boa-noite com um sorriso caloroso. Ela sabia que tinha muitas horas insones pela frente. Não dormia uma noite inteira desde que Candace morrera.

— O que acha de uma caminhada na praia amanhã de manhã? — perguntou ele. — Gosto de arejar a cabeça assim antes de trabalhar.

Ela assentiu e entrou no quarto; foi mais uma noite sofrida e inquieta, mas conseguiu dormir algumas horas antes de o sol nascer. De manhã, ele ligou para lembrá-la da caminhada. Dez minutos depois, ela estava do lado fora esperando por ele, e foram para a praia.

— Teve uma noite ruim? — perguntou ele, e ela assentiu. Ele não ficou surpreso. — Está se sentindo culpada, como se tivesse alguma coisa que você pudesse ter feito para impedir?

— Não... só triste. Ela tinha a vida que queria e conhecia os riscos. Mas não foi uma vida longa. Acho que ela não largaria o emprego mesmo que soubesse como tudo acabaria. Tenho pensado muito sobre isso, e Tom tem razão. Eu não gostava, mas foi a escolha dela. Os filhos são quem são, desde que nascem. Ela sempre quis mudar o mundo.

— É isso que você quer fazer com a série? Eu li todos os roteiros. Tem coisas ótimas.

— Obrigada. Só quero homenagear mulheres corajosas, que lutam para fazer o certo, mesmo em um mundo que não as entende ou não as quer.

— Não era isso que Candace fazia? — disse ele, gentilmente.

— Nunca pensei dessa forma. — Ela ficou pensativa. — Minha avó era esse tipo de mulher.

— Você também — garantiu ele. — As mulheres têm que lutar muito mais que os homens para chegar aonde querem. Não é certo, mas o mundo é assim. Vocês têm que ter força para abrir as portas e, depois, ter coragem para entrar. O mundo ainda é dos homens de várias maneiras, embora a maioria das pessoas não admita isso. Andei lendo sua coluna; você dá bons conselhos. — Ele sorriu para ela. — Talvez Candace estivesse tentando fazer o que sua avó fazia, de um jeito diferente. Talvez você também. Você criou uma ótima família, Kait.

Mas agora parte dela estava faltando. Candace nunca mais estaria presente, e isso doía muito. Ela nunca mais voltaria. Fora lutar em suas guerras e morrera tentando.

— Sua história sobre as mulheres Wilder é sobre vencer quando ninguém as deixa jogar — continuou Nick.

Ela gostava dos insights dele sobre sua história.

— Minha avó lutou para salvar a família e nos deu um presente incrível. Não o dinheiro, apesar de ser bom; mas ela se recusou a desistir e ser derrubada, e salvou a todos nós; não só a seus filhos, mas a três gerações. Ela não teve sorte com seus próprios filhos.

— Acontece às vezes — apontou ele enquanto voltavam. Ele tinha que fazer cabelo e maquiagem logo. — Seus filhos são ótimos. Todos eles. Candace também.

Kait assentiu; foram caminhando até o hotel de novo.

— Obrigada por dizer isso.

— Obrigado por me escolher para esse projeto — disse ele.

— Obrigada por aceitar. — Kait sorriu.

— Quase não aceitei; mas algo me disse para aceitar. Talvez minha intuição.

Subiram a escada para pegar o que precisavam, e ele a levou até o set no carro que havia alugado. Ela o deixou com a cabeleireira e foi para seu trailer. Tomou um susto ao encontrar Abaya esperando por ela, chorando. Kait suspeitava da razão.

— Acho que ele está me traindo. Encontrei uma calcinha vermelha no chão do carro ontem à noite. Ele fingiu que não sabia como tinha ido parar lá. Deve achar que sou idiota.

— Talvez ela estivesse lá havia um tempo e você não percebeu.

Kait não queria confirmar nem negar; cabia a Abaya ser realista, e as evidências eram flagrantes.

— Uma fio-dental vermelha? Você acha que eu não iria notar isso embaixo dos meus pés? Acho que é daquela maquiadora vadia com quem ele dormia antes. Ele é um mentiroso, sempre foi.

— Sim, é verdade — Kait concordou.

— O que eu devo fazer?

Abaya parecia tão perdida quanto Kait.

— Abra os olhos e os ouvidos, Abaya. Veja o que ele faz. Isso é uma prova mais forte do que palavras. Não seja inocente, não pense que ele é o que você quer que seja. Veja quem ele é de verdade. Assim você vai saber o que fazer.

A decisão tinha que ser dela.

Abaya assentiu e saiu minutos depois. Foi direto para o trailer de cabelo e maquiagem para confrontar a garota que odiava, logo que terminasse de maquiar Nick. Abaya o esperou sair, tirou a calcinha vermelha do bolso e a entregou à assistente de maquiagem.

— É sua? — perguntou a ela.

A garota ficou nervosa no início, mas depois deu de ombros. Não havia sentido em negar. Afinal, ele não era casado.

— Sim, é minha. Deixei no carro do seu namorado.

O coração de Abaya batia forte.

— Faz pouco tempo?

— Ontem, enquanto você trabalhava.

Abaya achou que fosse desmaiar, mas não desmaiou. Deu meia-volta e saiu. A garota era tão desprezível quanto Dan, mas não era mentirosa como ele. Dan chegou correndo ao trailer de Abaya dez minutos depois, pois a maquiadora havia relatado a conversa para ele. Estava em pânico diante de Abaya.

— Saia do meu trailer — disse Abaya, feroz. — Não tenho nada para falar com você.

Ela finalmente acordara e voltara a si.

— Espere, vamos conversar. Eu posso explicar.

— Não, não pode. Você transou com ela ontem. Eu estava certa sobre você desde o início.

— Estou apaixonado por você.

— Está nada, e me fez de boba. Agora saia.

— Nós temos uma cena importante juntos daqui a uma hora. Você não pode me deixar assim.

— Posso, sim. Agora, saia do meu trailer e da minha vida.

Ela ia jogar algo nele, mas ele deu meia-volta e saiu. Mal conseguia respirar enquanto se afastava, e percebeu que havia sido um idiota. Ela era a única mulher que ele conhecia que valia a pena, e ele havia estragado tudo pela força do hábito. Como sempre. E as mulheres facilitavam; ele podia ter quem quisesse.

Ele passou por Becca a caminho do trailer e ela o olhou com desprezo.

— Você é um idiota — disse ela, baixinho.

Ele não respondeu. Entrou em seu trailer, trancou a porta e começou a chorar.

☆ ☆ ☆

Quando Nick e Maeve gravaram outra cena do último episódio, a mágica aconteceu de novo. Kait os observava. Todos ficaram hipnotizados vendo a raiva se transformar em paixão e depois em amor. As emoções retratadas na cena eram convincentes e cruas. Ambos eram atores incríveis, suas atuações eram poderosas e profundamente comoventes. Kait recordou as coisas que ele havia dito na praia naquela manhã, sobre Candace e ela. Ele entendia das coisas da vida; havia algo incrivelmente genuíno nele, nenhum artifício, por isso o papel que representava parecia tão verdadeiro. Fizeram a cena em três tomadas, e havia lágrimas nos olhos de todos quando terminaram.

Eles tinham só mais uma cena para fazer juntos naquela tarde; Kait lamentava que ele não fosse ficar mais tempo; não tinha mais cenas para gravar. O resto teria que esperar até começar a filmagem da próxima temporada.

Ele parou ao lado dela quando saiu do set.

— O que achou? — perguntou.

— Foi perfeito — disse ela, sorrindo.

— Que bom. É assim que quero que seja. Também me senti bem.

Ela não sabia se ele estava falando sobre eles dois ou sobre a cena que acabara de rodar com Maeve. Poderia se aplicar a ambos, e ela concordava.

CAPÍTULO 14

O elenco inteiro lamentou ver Nick partir quando ele terminou seus dois dias de filmagem. Ele fez questão de cumprimentar todo o pessoal da iluminação e do som, trocar uma ou duas palavras, dar um aperto de mão, um tapinha nas costas. Era muito querido por todos com quem trabalhava. Agnes comentou que ele era um cavalheiro. Ele disse que era uma grande honra conhecê-la, apesar de ainda não ter trabalhado com ela. Suas cenas haviam sido todas com Maeve e uma com Abaya. Por um instante, Kait pensara que havia química entre eles, mas depois do que ele vira e soubera de Dan, ela percebera que ele era apenas gentil.

Rodariam o resto das cenas de Nick para a segunda temporada depois do recesso. Ele ficou para jantar com Kait e pretendia ir até Nova York de carro; tinha reuniões com um agente literário antes de voltar para Wyoming. Queria comprar os direitos autorais de um livro que havia lido e adorara para produzir um longa-metragem. Mesmo continuando na série, tanto ele quanto os outros teriam tempo para outros projetos durante o recesso. Todos contavam com isso, para ganhar mais dinheiro e para não acabarem presos a um papel, o que muitas vezes acontecia quando atores ficavam muito tempo em uma série. Mas era um problema que todos esperavam ter, se durasse muitas temporadas.

Seu jantar com Kait foi tranquilo e simples. Não conversaram muito. Ela ainda estava se sentindo vazia e muito abalada por perder Candace. Havia voltado logo ao trabalho, mas ainda não era a mesma e se perguntava se um dia seria de novo. Estava sempre cansada, não conseguia dormir à noite e as lembranças de sua filha a perseguiam. Desejava ter tentado com mais afinco impedi-la e ter insistido para que ela largasse o emprego em Londres. Mas Candace nunca teria largado. Estava muito empenhada em denunciar injustiças e mudar o mundo. Ninguém poderia tê-la impedido.

Nick notava o tormento nos olhos de Kait; não esperava que ela falasse muito. Só estar com ela já era suficiente, e Kait se sentia mais calma quando estava com ele. Ele tinha uma aura tranquila ao seu redor e dava a ela a sensação de que a estava protegendo, mesmo sem saber do quê. O pior já havia acontecido. Não havia nada que ele pudesse fazer, exceto estar a seu lado e deixá-la ficar em silêncio.

Quando conversavam, era sobre a série e os episódios futuros. Ela e Becca haviam esboçado a maioria deles e escrito alguns. E Zack e a emissora adoraram. Seria uma série marcante e, com sorte, duraria anos. Kait queria tornar a segunda temporada ainda melhor que a primeira.

— Vovó Hannabel gosta de mim? — perguntou ele, em tom de provocação.

Ele mal podia esperar para trabalhar com Agnes. Considerava-a uma mulher notável, a grande dama dos longas-metragens de outras épocas, muito antes do tempo dele.

— A princípio não — respondeu Kait, sorrindo. — Haverá um grande confronto entre vocês, que vai mudar as coisas. Becca acabou de reescrever a cena para o terceiro episódio. Depois disso, Hannabel vira sua fã. Ela o achava muito arrogante no começo, e às vezes você é mesmo, mas você está lá para ajudar a filha dela e protegê-la dos homens que estão tentando acabar com a empresa dela. Tudo muda quando você chega. Você a ajuda a fazer da empresa um sucesso, e Hannabel entende isso com o tempo.

Ele estava animado com o papel, com os atores com quem trabalharia e com os aviões. Tinha tudo que ele amava.

— Ainda precisamos colocar um cavalo em algum lugar — brincou ele.

— Vou trabalhar nisso — prometeu ela, rindo e sabendo que ele estava brincando. — Mas aviões antigos são muito sexy, e os pilotos também.

— É verdade — concordou ele, e a fitou, sério. — Quando vou ver você de novo? Antes de voltarmos ao trabalho.

Havia uma conexão inexplicável entre eles, como se se conhecessem havia mais tempo. Ele parecia entender como ela pensava e como e por que reagia, mesmo sem palavras. Seu instinto era protegê-la. Ele via que Kait tinha muita coisa para administrar e como isso pesava sobre ela, e o quanto se preocupava com os filhos e o que acontecia na vida deles. Ele queria conhecê-la melhor, passar mais tempo com ela longe do trabalho. Aquela caminhada matinal na praia havia tocado seu coração.

Ela era o tipo de mulher com quem ele gostaria de ter filhos, se a houvesse encontrado antes. As que conhecera ao longo do caminho nunca lhe pareceram boas mães; eram mais como a sua e a de Kait, que fugiram. Ele não queria filhos agora, de última hora ou para compensar o que havia perdido, mas queria uma mulher especial em sua vida, com quem pudesse conversar, a quem respeitar, para compartilhar momentos calorosos e até os maus momentos. Kait era esse tipo de mulher, apesar de parecer que não queria um homem em sua vida. Era a única coisa sobre ela de que ele não tinha certeza: se ela o deixaria entrar em seu mundo particular. Ela mesma parecia insegura sobre isso, e estava arrasada demais agora. Mas tinham que começar de algum ponto, e ele não queria esperar meses para vê-la. Acreditava que as oportunidades certas deviam ser aproveitadas e exploradas, com série ou não.

Eles saberiam das avaliações em novembro e dezembro, e se tinham um sucesso nas mãos. Estavam todos apreensivos, esperando para saber. Mas todos os sinais eram bons e a emissora confiava neles, o que era um excelente indicador de sucesso.

— O que você vai fazer durante o recesso? — perguntou ele.

— Vou tentar ir ver Tom e Stephanie — disse ela vagamente, mas Wyoming não estava em sua rota de voo. — Não sei o quanto vou estar ocupada com a pós-produção. É tudo novo para mim. Estou pensando em largar a coluna; queria esperar as avaliações, mas tem sido muito difícil fazer tudo. Sempre tem alguma crise no set; a questão não é só o cronograma de filmagem, apesar do que eu pensei no começo.

— Nunca é quando tem humanos envolvidos — disse ele, sorrindo.

— Charlotte nos surpreendeu quando contou que estava grávida. O bebê vai ficar com ela no trailer enquanto ela estiver amamentando. Provavelmente isso vai nos atrasar também.

Ela olhou para ele como que se desculpando, mas ele não parecia incomodado com o tema. Já havia trabalhado com mães que amamentavam e lidado com quase todas as situações.

— E, se a saúde de Ian começar a declinar, Maeve terá dificuldade para gravar também. Estamos preparados para isso.

— Mas não sei se ela está — disse ele, compassivo. — Será muito difícil para ela.

Kait assentiu, pensando em como fora difícil para ela perder Candace. Eram os dramas que aconteciam na vida real.

Ela gostava de conversar com Nick sobre a série. Normalmente conversava com Zack, mas não tinha tempo, ultimamente. E ele também andava ocupado. Passava a maior parte do tempo em LA desde que começaram a filmar, trabalhando em outros projetos, definindo com a emissora a publicidade de *As mulheres selvagens* e fechando o contrato para a segunda temporada.

Haveria uma grande campanha publicitária em setembro. Tinha acabado de começar para valer e parecia boa. Nick ainda era um grande segredo, mas no fim da primeira temporada haveria anúncios e outdoors dele com Maeve. Haviam tirado a fotografia enquanto ele estava no set, e ficaram ótimos juntos. Escolhê-lo para o papel do novo amor dela fora inspirador.

Conversando com Nick, ela podia imaginar como seria compartilhar a vida com o homem certo, como Maeve e Ian. Nunca havia tido isso, e nos últimos anos andara pensando que era tarde demais. Mas estava começando a questionar isso. Ou era só uma ilusão porque ele era um homem bonito e um astro de cinema? Ela não sabia e não o conhecia bem o bastante para decidir. E era o que ele queria dela: tempo para descobrir se havia algo para eles ou não. E Kait sabia que era isso que ele tinha em mente.

— Candace achava que nós deveríamos sair juntos — disse ela, timidamente. — E Steph também. Mas Tommy quer você só para ele. Ele esteve cercado por mulheres a vida toda: mãe, duas irmãs, agora esposa e duas filhas. Adora o sogro.

— Hank é um cara legal — disse Nick, já que o conhecia, embora não muito bem. Encontrara-o várias vezes comprando cavalos, e ele próprio tinha alguns muito bons.

— Acho que deveríamos honrar o pedido de Candace — disse ele, pisando com cuidado em solo sagrado, sem intenção de ofendê-la. — Vamos ver no que dá.

Ela assentiu. Ele não queria forçar nada, nem a apressar. Dava a entender que os dois tinham todo o tempo do mundo.

Ela o acompanhou até o carro depois do jantar; ele iria para Nova York.

— Vou sentir falta de caminhar na praia com você amanhã de manhã — admitiu ele.

Ela assentiu; também havia gostado disso, e de ver o nascer do sol com ele enquanto caminhavam descalços na areia, com a guarda e as defesas baixas, antes que o dia começasse e outros aparecessem.

— Eu gosto de cavalgar no sopé das colinas de manhã cedo. Dá a mesma sensação que o mar. Nós percebemos como somos pequenos e que, independentemente do que planejemos, Deus tem uma ideia maior e não estamos no comando.

Mas ela não conseguia entender qual fora a ideia dele levando Candace embora, nem o motivo de isso ter acontecido. Ainda não fazia sentido para ela. Mas talvez não tivesse que fazer sentido, e ela só tinha que aceitar. Essa era a parte mais difícil: entender que sua filha nunca mais voltaria e que ela nunca mais a veria. Kait olhou para Nick com uma vida inteira nos olhos.

— Estarei por perto se você precisar de mim, Kait — disse ele, suavemente. — Estou a um telefonema ou e-mail de distância. Pode me mandar mensagem também. Não quero atrapalhar, mas venho correndo se você chamar.

Ninguém nunca lhe havia dito isso; ele provocava nela a mesma sensação de bem-estar que ela sentia com a avó quando era pequena: que havia alguém em quem podia confiar e que a protegeria.

— Estou bem — garantiu ela, tentando se mostrar corajosa.

— Eu sei que está — disse ele, confiante —, mas nunca é demais ter um amigo por perto, ou no mesmo time.

Zack havia sido um amigo para ela desde que começaram a série, mas era diferente. Havia algo mais à espreita, sob a superfície, com Nick, que era impossível de ignorar. Candace sentira isso, e, mesmo que Kait houvesse negado na época, também sentira, mas achara que era sua imaginação.

Nick a fitou; tocou a mão dela e entrou no carro. Acenou enquanto se afastava. Não haviam feito planos de se encontrar de novo no recesso, mas ela tinha a sensação de que se veriam.

Foi andando até o hotel, pensando nele. Então, Candace surgiu em sua mente de novo, e ela passou uma noite longa, solitária e insone. E na manhã seguinte, ao amanhecer, caminhou sozinha pela praia.

☆ ☆ ☆

Todos falaram sobre Nick no set no dia seguinte. Todos gostavam dele; era difícil não gostar. Nancy comentou que ele era um ótimo ator e muito fácil de lidar, como Maeve e Agnes. Eram todas pessoas de enorme talento com quem era um privilégio trabalhar.

Abaya e Dan gravaram a última cena juntos na manhã seguinte, e foi um pesadelo. Tiveram uma discussão terrível no set. Nancy deu a eles um intervalo para o almoço e os mandou brigar em outro lugar, sem fazer a emissora perder tempo e dinheiro. Só lhe faltava ter que encarar esse último dia no set com os dois.

Dan seguiu Abaya até o trailer dela, mas ela não o deixou entrar.

— Já disse, acabou. Você não vai fazer esse jogo comigo. Eu te odiei no instante em que te conheci, e estava certa. Você é um lixo, um escroto. Pegue a sua fio-dental vermelha e desapareça. E não me ligue quando sair da série.

Ele viu que ela estava falando sério e entendeu que havia cometido um grande erro. Ela se recusava a lhe dar outra chance, e ele não a culpava. O fato de ela o rejeitar o fizera desejá-la ainda mais. Ele traíra as mulheres durante toda a vida, mas agora percebia que ela era diferente. Não poder tê-la o fizera se apaixonar. Mas era tarde demais.

Ela não acreditava nele e não queria ouvir nada.

— Tenho coisas melhores para fazer da vida.

Ela era uma pessoa íntegra e respeitava a si mesma, apesar de ter sido ingênua no início. Mas agora sabia disso.

— Não sei o que aconteceu. Eu me apaixonei por você de verdade. E o que eu fiz foi muito, muito errado — ele tentou explicar, sem sucesso.

— Você faria de novo se eu te desse a chance.

Ela tinha certeza disso, e era verdade.

— Juro que não. Me dê mais uma chance. Se eu pisar na bola de novo, eu mesmo vou embora.

Ela sacudiu a cabeça e bateu a porta na cara dele.

O desempenho deles nas cenas finais juntos naquela tarde foi um pouco melhor, mas não muito. Ambos estavam cansados, irritados e emocionalmente sobrecarregados. Abaya mal podia esperar que a parte dele na série terminasse para não ter mais que trabalhar com ele. A personagem dele logo morreria, e ela não teria que o ver mais. E ele sabia que não a veria mais depois. Ela não o deixou se aproximar depois do incidente da calcinha. Estavam filmando fora de ordem, e Nancy já havia filmado todas as cenas dele. Ele perdera Abaya bem no final, não teria tempo para tentar reconquistá-la.

Dan pretendia esquiar na Europa nas férias e desfilaria na semana de moda em Paris, depois participaria de um filme. E Abaya ia para sua casa em Vermont. Queria ficar um pouco com seus pais e irmãos e esquiar mais tarde. Já estava farta do comportamento e das pessoas de Hollywood, especialmente de Dan. Jamais poderia respeitar um homem assim, e deixou isso claro para ele.

Nancy não se entusiasmou muito com a atuação deles na última cena juntos, mas sabia que era o melhor que poderia tirar dos dois. A parte dele na série havia acabado, para grande alívio de Abaya.

☆ ☆ ☆

Maeve foi para casa naquela noite e ligou na manhã seguinte para dizer que Ian estava com febre; portanto, teve que adiar suas cenas. Remarcaram e filmaram com Brad e Charlotte. A gravidez dela já era visível, estava de cinco meses. Filmaram o máximo possível; Lally fez lindos figurinos, e eles estavam filmando os episódios de roteiros mais recentes, nos quais Chrystal e sua família enfrentavam sua desgraça. Charlotte saíra nos tabloides recentemente com o baterista que ela pensava ser o pai. Quando ela lhe pedira apoio com a criança, ele exigira um teste de DNA. Já pagava pensão para outros dois filhos que havia tido com duas mulheres, que moveram processos de reconhecimento de paternidade contra ele, e não estava a fim de um terceiro, especialmente porque nem Charlotte tinha certeza de que era dele. Mas ela estava de bom humor, e a gravidez ficou mais fácil depois das primeiras semanas, não a atrasou.

Kait achava que ela estava linda. Estavam conversando sobre testes com os bebês que usariam com ela na segunda temporada. Usariam gêmeos idênticos, como a maioria dos filmes e séries, para economizar tempo. Com gêmeos, teriam mais horas de filmagem e uma alternativa se um deles ficasse indisposto.

Rodaram a última cena da temporada em setembro, em um lindo dia de verão. Foi uma cena emocionante com as três mulheres principais.

Elas notaram que Lally não estava. Tinha sido chamada na tarde anterior, quando a namorada dela ligara para dizer que a bolsa havia estourado. O grande momento finalmente chegara e Lally retornara correndo para a cidade. Ela voltava para casa, no Brooklyn, todas as noites, para o caso de sua namorada entrar em trabalho de parto. Decidiram não saber o sexo, queriam surpresa. Lally havia mandado uma mensagem para o produtor associado às seis horas daquela manhã dizendo que o bebê havia nascido e pesava quatro quilos e meio.

— Caramba! — disse Maeve quando soube. — Graças a Deus minhas filhas nasceram pequenas. Fiquei de cama durante toda a gravidez de Thalia, e ela nasceu de sete meses. Pesava um quilo e meio.

— Stephanie era uma bebê grande — disse Kait, sem tristeza, pensando também em Candace.

Tudo a levava a pensar na filha. Ainda estava sofrendo, nos estágios iniciais de uma dor avassaladora, mas estava grata pela distração que a série lhe proporcionava. Estaria perdida sem ela e se preocupava com o que faria durante o recesso. Kait temia esse momento, sabia que suas lembranças dolorosas surgiriam sem a série para preencher seu tempo todos os dias.

Ela ainda não tinha planos para os meses de recesso. Seus dois filhos estavam muito ocupados, não poderia visitá-los, mas planejava ir em um momento bom para eles. Stephanie acabara de ganhar uma grande promoção, e Tommy estava negociando a compra de outra rede de restaurantes com o sogro. E suas netas também tinham um milhão de aulas depois da escola todos os dias. Ninguém tinha tempo livre.

Kait e Agnes combinaram de ir ao teatro juntas e ver alguns shows da Broadway. Maeve queria passar todo o tempo que tinha com Ian. Ele não estava bem, havia piorado lentamente nas últimas semanas. Foi um grande alívio para ela esse intervalo nas filmagens.

Lally apareceu na hora do almoço, exultante.

— É um menino! — gritou, e distribuiu charutos para o elenco todo.

Kait se emocionou ao vê-la; lembrou-se, como se fosse ontem, de quando seus bebês nasceram. Foram os dias mais felizes de sua vida. Charlotte ficava apavorada só de pensar em um bebê de quatro quilos e meio nascido naturalmente, sem anestesia. Disse que queria uma cesárea para não ter que passar pelo trabalho de parto, o que Kait achava muito pior. E a garota pretendia levantar os seios quando parasse de amamentar. Não queria estragar seu corpo e seus seios perfeitos.

— Cada coisa que temos que ouvir... — disse Kait a Maeve enquanto iam para o trailer.

— Atores são muito narcisistas — disse Maeve. — Nunca paro de me surpreender. Charlotte está mais interessada nos seios que no bebê dela. Não consigo imaginá-la como mãe.

— Nem eu — concordou Kait.

— Quais são as novidades entre Romeu e Julieta? — perguntou Maeve, referindo-se a Dan e Abaya.

— Terminaram. Ele está fora da série. Ela vai para a casa dela em Vermont depois de mais umas tomadas. Disse que não vai dar outra chance a ele.

— Ele mereceu. É o único habitante do Planeta Dan. Que sorte que Ian nunca foi assim — disse Maeve, com um suspiro.

Estava preocupada com ele o tempo todo agora, e seu coração quase parava toda vez que o celular tocava.

— Alguma notícia de Nick Brooke? — perguntou discretamente, sem querer se intrometer, mas porque todos haviam notado que ele estava apaixonado por ela e era atencioso. — Ele é um ótimo ator e uma pessoa decente. Ian o adora; quer vê-lo quando ele voltar. Teve uns dias muito ruins quando Nick estava aqui, senão teria falado com ele.

— Voltou para Wyoming.

Ela havia recebido mensagens dele e um e-mail, e gostara disso.

— Ele seria ótimo para você — disse Maeve, gentilmente.

Ela sabia quão reservada Kait era e que seu mundo estava de cabeça para baixo após a morte da filha. Mas em alguns meses ela se sentiria melhor, talvez aceitando um pouco mais.

— Minhas filhas disseram a mesma coisa quando o conhecemos em Jackson Hole, no verão passado. — Kait sorriu ao lembrar. — Mas não sei. — Suspirou. — Ele é muito atraente, mas não sei se preciso da dor de cabeça que é um relacionamento. Eu me sinto confortável sozinha.

— Confortável nem sempre é bom — disse Maeve. — Precisamos de uma boa chacoalhada de vez em quando. Se bem que eu também não consigo me imaginar namorando de novo. Eu sei que não vou namorar de novo quando Ian se for; nunca encontraria outro homem como ele, e nem quero.

— Por enquanto, meu ditado invertido é: ruim sem eles, pior com eles — disse Kait.

Elas riram. Maeve colocou todos os seus pertences em duas sacolas grandes e, pouco depois, voltou para a cidade. Deu uma carona a Agnes, depois que se despediram de todos.

Triste por ir embora, Kait voltou para casa sozinha. Ficaria solitária sem ver seus amigos todos os dias no set até começar a filmar de novo – se a audiência fosse boa. Zack tinha certeza de que seria um sucesso, e Kait esperava que ele estivesse certo.

CAPÍTULO 15

Kait estava examinando uma pilha de papéis em sua mesa depois de terminar sua coluna. Era como nos velhos tempos, como se os últimos meses houvessem sido um sonho, especialmente os três passados no set. Seu celular tocou; ela viu que era Stephanie e atendeu. Não a via desde o funeral de Candace, em agosto. Ainda queria visitá-la em San Francisco, mas Stephanie e Frank estavam sempre ocupados, assim como Tom e Maribeth em Dallas. Nunca era um bom momento para eles. Kait havia pensado em viajar durante o recesso, mas não achava divertido viajar sozinha.

A realidade do que havia acontecido com Candace começara a se estabelecer. Kait esperava que sua filha do meio ligasse para ela de Londres, ou pegava o telefone para ligar para ela, e então se lembrava.

— Oi, querida! — disse.

— Como você está, mãe?

— Estou bem — respondeu Kait calmamente.

— Está dormindo melhor?

— Às vezes. Mas é bom, tenho mais tempo durante a noite para fazer as coisas — explicou, com ironia.

Suas noites eram curtas e tristes desde a morte de Candace. As pessoas diziam que era normal, mas às vezes a angústia da perda era brutal.

— E você? Como está no novo cargo? — perguntou, orgulhosa da filha, como sempre.

— Tudo bem; tenho que me adaptar, mas o dinheiro é bom. Frank e eu estamos pensando em comprar uma casa.

Kait franziu a testa, pensando nisso. Não era uma ideia que lhe agradava. Não achava bom fazer investimentos importantes com um parceiro sem ser casado. Candace, até os vinte e nove anos, nunca havia tido um relacionamento sério. Hank dera a Tom e Maribeth uma casa de três mil metros quadrados de presente de casamento, no nome de ambos, de modo que Kait não precisava se preocupar com ele. E Stephanie ainda tinha um pouco do fundo fiduciário de sua bisavó, o suficiente para dar entrada em uma casinha. Já havia pagado seus estudos, que foram caros, pois estudara em ótimas escolas. Comprar uma casa acabaria com o fundo, isso se o conselho permitisse. Não dependia de Kait, Stephanie sabia, mas queria a opinião da mãe. Sempre a consultava sobre decisões importantes, e Kait se sentia lisonjeada.

— Você sabe o que eu penso sobre isso. Investir em uma casa com alguém com quem você não é casada é complicado. Por que não compra sozinha? Você poderia comprar um apartamento.

— Queremos uma casa fora da cidade, como esta alugada em que nós moramos. E juntos poderíamos comprar uma casa melhor. O pai de Frank disse que nos ajudaria.

Kait ficou calada um minuto. Não gostava da ideia. Frank era um cara legal e eles se davam bem, mas, do jeito que as coisas estavam, se terminassem, seria relativamente simples. Mas comprar uma casa complicaria a situação se um deles quisesse terminar. Stephanie não achava que isso fosse acontecer, mas não havia como prever, Kait bem sabia. Ela e Adrian se separaram em bons termos e ele fora embora, mas ela tivera que pagar pensão para ele durante um ano após o breve casamento. Nunca se conhece de verdade uma pessoa até se divorciar dela.

— O pai de Frank disse praticamente a mesma coisa. Então, nós conversamos sobre isso e vamos nos casar, mãe. Liguei para te contar isso. Nós não acreditamos em casamento, mas parece uma decisão sábia do ponto de vista financeiro.

Kait ficou chocada ao ouvir isso.

— Quanta frieza, né? Nem um pouco romântico — disse Kait, meio desapontada.

— Para nós, o casamento é uma instituição ultrapassada e tem sessenta por cento de chance de não dar certo. Estatisticamente, não é muito atraente.

Kait não conseguia discutir com ela, mas não gostava de ouvir seu tom tão blasé e negativo sobre o assunto.

— Mas parece que faz sentido para comprar imóveis — resumiu Stephanie, pragmática.

Kait havia dito isso, mas não para convencê-la a se casar.

— Mas você quer se casar com ele? — indagou Kait.

— Claro! Por que não quereria? — disse Stephanie, alegre. — Nós nos damos muito bem, estamos juntos há quatro anos. Vamos fazer um acordo pré-nupcial, com certeza, e o contrato da casa. E não queremos um grande casamento — afirmou Stephanie.

— Por que não? — perguntou Kait, triste pela decisão tão pragmática e motivada apenas pela compra de uma casa.

— Eu me sentiria uma idiota de vestido branco depois de viver com ele por quatro anos. Além disso, odiamos roupas chiques. Pensamos em casar no cartório na hora do almoço.

— Posso ir? — questionou Kait, hesitante.

Era um plano meio deprimente; não estava em clima de festa, mas queria que sua única filha tivesse um lindo casamento. Mas Stephanie saíra de Nova York havia muito tempo e não via mais seus velhos amigos, e tinham pouca vida social em San Francisco, basicamente com outras pessoas que trabalhavam no Google.

— Claro! Acho que poderíamos nos casar em Nova York, se você quiser. Talvez no Dia de Ação de Graças.

Os filhos iriam à casa da mãe no Dia de Ação de Graças e no Natal esse ano. Sabiam que seriam dias difíceis para ela depois da perda de Candace. Fora sugestão de Tom.

— Vou falar com Frank. Encontramos uma casa de que gostamos quando estávamos andando de bicicleta no domingo. O preço é justo e está em um estado bastante decente.

Só a casa importava para ela. O resto não era relevante, e isso realmente incomodava Kait. Ela não resistiu:

— Steph, você o ama? Ele é o homem com quem você quer passar o resto da vida? Quer ter filhos com ele? Tudo isso é muito mais importante que uma casa.

— Claro que eu o amo, mãe. Eu não viveria com ele se não o amasse. Só não penso nisso como você, como o início e o fim da vida, com a garantia de durar para sempre. E não quero filhos com ninguém, nem ele. Nosso trabalho é mais importante para nós.

Ela era honesta sobre isso, sempre fora, e encontrara um homem que pensava do mesmo modo.

— Filhos demandam mais compromisso do que eu jamais vou querer assumir. É muito desgastante. Veja só você agora, por causa de Candace, que tristeza...

Kait ficou chocada por Stephanie ver isso dessa forma, como um compromisso que não vale a pena assumir porque se pode perder um dia.

— Mas não me arrependo nem por um minuto de ter tido Candace, nem nenhum de vocês.

— Isso é legal, mas não é para mim nem para Frank.

Kait sabia que Candace pensava da mesma maneira. Havia se dedicado muito mais a seus documentários do que jamais poderia imaginar se dedicar a filhos. Ainda bem que Tommy não pensava assim.

— Então, o que você acha?

— Acho que você pertence a uma geração totalmente diferente e vê as coisas de outra perspectiva. Mas eu a amo e quero que você seja feliz.

— Estou feliz, e nós adoramos a casa — declarou simplesmente.

— Você se casaria com ele se não quisesse comprar a casa?

Stephanie pensou por um minuto antes de responder.

— Sim, acho que sim. Provavelmente não antes dos trinta.

Ela ia fazer vinte e sete anos, e Frank tinha a mesma idade. Kait os achava jovens para casar; se bem que ela e Scott eram mais novos quando se casaram e tiveram filhos. Mas isso fazia muito tempo e o mundo mudara desde então. O casamento não tinha o mesmo significado.

— Mas prefiro comprar a casa agora, quando os juros estão baixos e encontramos uma de que gostamos.

Ela era uma mulher de negócios acima de tudo, e não uma romântica. Não havia como contornar isso.

— Devo citar as taxas de juros no brinde? — disse Kait, brincado.

Stephanie hesitou, mas riu.

— Então, o que acha do Dia de Ação de Graças, mãe? É bom para você?

Kait percebeu que isso poderia aliviar a tristeza do feriado, mesmo que Candace não voltasse para casa no Dia de Ação de Graças havia anos.

— É bom. Os pais de Frank vêm também?

Kait não os conhecia.

— Não, eles não podem. E querem dar uma festa para nós depois em San Francisco. Já sabem dos nossos planos; e vão viajar em janeiro.

Stephanie estava satisfeita com isso, e disse que Frank também.

— Quer que eu vá para aí para comprarmos o vestido?

Kait esperava que ela dissesse sim. Seria uma boa desculpa para vê-la.

— Não posso, mãe, estou cheia de compromissos. Vejo você no Dia de Ação de Graças. Vou arranjar alguma coisa para vestir. Não quero um vestido branco e posso procurar na internet.

Compras e moda não eram os pontos fortes de Stephanie, não tinham importância para ela.

Depois que desligaram, Kait ficou em silêncio por um tempo, pensando na conversa. Não era o que ela queria para Stephanie, mas Kait sabia que suas ideias não eram relevantes. Seus filhos tinham que fazer as coisas como achavam que deviam. Assim como Candace fizera, até o fim. Talvez essa fosse a mensagem: que cada um era diferente, tinha suas próprias ideias e estilos de vida, e que não precisavam ser iguais à mãe. Kait gostaria de ver mais romance na vida de sua filha, mas Stephanie não era assim e tinha que fazer as coisas como achava que devia.

O que eles queriam era passar o Dia de Ação de Graças juntos e, no dia seguinte, Stephanie e Frank se casariam no cartório, com a roupa que ela escolhesse, apenas com a presença da família. Tom e Maribeth tiveram um grande casamento, com oitocentos convidados, organizado pelo pai dela, em uma enorme tenda com lustres de cristal, três bandas e um cantor de Las Vegas. Cada louco com sua mania. E agora era a vez de Stephanie fazer do jeito dela, independentemente do que Kait pensasse ou de seus sonhos para a filha. Pelo menos Stephanie ligara para contar e queria a mãe em seu casamento. Kait ficou grata por isso. Pensou melhor e percebeu que, se uma mãe escrevesse sobre isso para sua coluna, ela a teria aconselhado a fazer como a filha quisesse. Assim, seguiu seu próprio conselho.

Stephanie era uma jovem muito moderna, com opiniões próprias. Era disso que a série de Kait tratava: mulheres modernas que abandonavam a tradição e faziam o que acreditavam ser o certo, à sua maneira. Fora o que sua avó fizera, por necessidade. A diferença, agora, era que as mulheres faziam isso por escolha própria.

Isso fez Kait perceber que, se ela acreditava nessa teoria, tinha que dar apoio à filha. Era um admirável mundo novo para Kait, e não girava em torno de seu umbigo.

☆ ☆ ☆

Kait ligava para Maeve com frequência para saber como Ian estava. Ele começara a declinar depressa logo depois que acabaram as filmagens da série. Fora internado com uma infecção respiratória e, depois de doses maciças de antibióticos intravenosos para evitar pneumonia, tiveram que o colocar no respirador. Ele quisera ir para casa, então Maeve organizara tudo; colocara um respirador em casa, dois turnos de enfermeiras, e suas filhas ajudavam.

Maeve estava estressada da última vez que Kait falara com ela; dissera que Ian estava escorregando por entre seus dedos. O inevitável não poderia ser revertido, e ele dormia muito. Maeve passava o dia sentada ao lado da cama dele, tentando passar cada momento com o marido, e tinha uma cama no quarto dele, para poder estar com ele à noite. A situação não parecia boa para Kait; ela sabia que não era. Maeve estava preparada para o pior e aliviada por estarem em recesso. Era como se Ian houvesse esperado por ela para começar a ir embora.

Alguns dias depois, Maeve ligou para ela às seis da manhã. Kait teve um pressentimento quando atendeu à ligação.

— Ele partiu em paz há duas horas — disse Maeve, estranhamente calma, como se ainda não houvesse percebido a realidade.

Depois de perder Candace, Kait podia imaginar muito bem o que Maeve estava passando e como se sentia. Embora a amiga tivesse tido tempo de se preparar para a morte de Ian, a perda não seria mais fácil do que fora para Kait. A súbita ausência de alguém que se ama... é inconcebível pensar em nunca mais ver ou falar com a pessoa, ouvir sua voz e sua risada, silenciadas para sempre. Maeve nunca mais sentiria os braços dele em volta dela.

Anunciaram a morte de Ian em todos os canais de notícias naquela manhã. Houve homenagens a ele em todos os jornais, com os longos créditos de sua ilustre carreira. O obituário que seu assessor de imprensa escreveu dizia que ele havia morrido após uma doença e o funeral e o enterro seriam reservados, apenas com a presença da família. Uma mente brilhante estava extinta, além de um diretor talentoso e um marido e pai amoroso. O funeral seria dali a três dias, para que a família tivesse tempo de se organizar e fazer todos os preparativos. Não revelaram o local para evitar o assédio dos fãs, e o corpo de Ian seria cremado, como ele queria. Ele dizia que sentia que seu corpo o havia traído.

Nick ligou para Kait de Wyoming na noite em que Ian morreu, depois de falar com Maeve. Ela o convidara para o funeral, pois era um dos amigos mais antigos de Ian, e mandara um e-mail para Kait também, dizendo que ela seria bem-vinda.

— Vou para aí amanhã — disse Nick.

— Como você acha que Maeve está? — perguntou ela, preocupada.

— Maeve é uma mulher incrivelmente forte, mas será muito difícil para ela. Eles eram casados havia muito tempo, eram loucos um pelo outro. Eram o único casal que eu conhecia que me fazia desejar ser casado. Ian tinha um irmão mais velho, que vai chegar também. Eu me ofereci para levar Maeve e as filhas ao funeral, mas ele vai levá-las. Gostaria que eu fosse com você?

Ela pensou um minuto e percebeu que sim. Toda a experiência com Candace ainda era muito recente para ela, por isso seria ainda mais difícil; ela sentia um grande pesar por Maeve e suas filhas, apesar de estarem preparadas. Mas Maeve admitira que não esperavam que ele partisse tão rapidamente. Fora misericordioso para ele, em vez de ficar anos em um respirador, congelado dentro do próprio corpo, com a mente intacta. Kait não conseguia imaginar uma maneira pior de morrer, mas Maeve dissera que ele estava em paz no final e morrera em seus braços. Kait ficara arrasada ao ouvir isso.

Nick disse que ficaria hospedado no Pierre, não muito longe do apartamento dela, e iria para a Europa depois, encontrar amigos na Inglaterra e ver uns cavalos que queria comprar. Ele tinha vontade de convidá-la para ir junto, mas não ousou. A morte de Ian, porém, foi um lembrete para todos de que a vida é curta e imprevisível. Ele prometeu ligar quando chegasse ao hotel e a convidou para jantar na mesma noite. Estava triste pelo motivo de sua vinda, mas feliz por poder vê-la de novo.

Ela falou com Zack depois disso. Ele não iria; Maeve não o havia convidado. Ele a admirava imensamente, mas os dois não eram próximos. Depois, Agnes ligou e disse que iria sozinha.

No dia seguinte, Nick ligou no final da tarde, quando estava em sua suíte. Havia paparazzi do lado de fora, e isso não o agradava. Alguém os avisara quando vira sua reserva. Mas ele passara por eles educadamente e se refugiara em seu quarto.

— Deve ser muito desagradável. Quando saio para almoçar com Maeve, o tempo todo as pessoas vêm pedir autógrafos.

— Você aprende a conviver com isso — disse ele simplesmente, e avisou que a pegaria às sete e meia para jantar no 21, que era seu restaurante favorito em Nova York.

Ela estava com um vestido azul-marinho e um casaco combinando quando ele chegou ao edifício dela. Sentia-se muito adulta e respeitável depois de meses usando só jeans e camisetas no set; essa era a única maneira como ele a havia visto até agora. O vestido era curto, mostrava suas pernas, e ela estava de salto alto. Ele estava com um terno azul-escuro e parecia um banqueiro. Sorriu quando ela entrou no carro.

— Você está linda — disse ele.

Ela estava mesmo linda, com seu cabelo ruivo longo solto.

Ele foi tratado como um rei quando chegaram ao restaurante. Isso a fez lembrar que estava com um grande astro de cinema, coisa que era mais fácil esquecer no rodeio ou no set. Ela sorriu de repente quando se sentaram, pensando nele montando o cavalo selvagem.

— Do que você está rindo? — perguntou ele depois de pedir bull shots para os dois, que era basicamente caldo de carne com vodca.

— Estava pensando em você no rodeio.

Ele riu da lembrança.

— Minhas costelas estão bem melhores depois da última vez.

Ele disse que Maeve lhe pedira para cantar "Amazing Grace" no dia seguinte, o hino favorito de Ian. Também havia sido cantado no funeral de Candace.

Tiveram um jantar tranquilo, escondidos em um canto, ao fundo, conversando sobre alguns filmes dele e os filhos dela, a revista e a coluna. Ela disse que pretendia largar a coluna depois que vissem as avaliações.

— Vou sentir falta, mas foi difícil manter o ritmo neste verão. Queria que eles encontrassem alguém para me substituir. Odeio decepcionar as pessoas, elas contam com essa coluna.

— Tudo tem seu tempo — disse ele, sorrindo. — Você já começou um novo capítulo, Kait. Tem que se dedicar a ele com liberdade. Não pode arrastar seu passado junto.

— Mas não queria parar, e eles me pediram para terminar o ano. Eu queria honrar o compromisso, mas não imaginava que seria tão difícil. *As mulheres selvagens* consumiu todo o meu tempo. E tudo que acontece no set é muito desgastante.

Ele assentiu; sabia disso por experiência própria.

— Estou louco para começar a filmar a próxima temporada — disse ele, sorrindo calorosamente.

Ela também estava ansiosa. Ele comentou que a espera parecia uma eternidade.

— Sinto que já faço parte da série.

Ele estava satisfeito e seria a grande surpresa para os telespectadores. Uma surpresa muito grande, que ninguém havia estragado até agora. Não tinha havido vazamentos para a imprensa, e Zack estava feliz com isso. Assim que a notícia fosse divulgada, Nick e Maeve dariam uma coletiva. E antes disso queriam que Charlotte, Dan e Abaya dessem. A imprensa daria um grande impulso na série, para aumentar a audiência. Kait pensou em *Downton Abbey* de novo. Fazia meses que não tinha tempo para assistir, andara muito ocupada.

Ela admitiu sua paixão por essa série e Nick riu.

— Eu também adoro.

E ele falou de três outras séries de que também gostava, que eram mais violentas e voltadas para o universo masculino: uma era policial, outra sobre um agente antidrogas disfarçado e outra pura ficção científica. Eram séries a que todo mundo assistia e que seriam suas concorrentes.

Ele a levou de volta ao edifício dela depois do jantar, mas ela não o convidou a subir. Ambos estavam cansados, ele havia chegado naquele dia e tinham dois dias difíceis pela frente. Ele iria ver Maeve pela manhã e havia prometido levá-la para almoçar para ela poder dar um tempo dos preparativos para o funeral.

— Quer jantar comigo amanhã? — perguntou ela. — Sou péssima cozinheira, mas vou comprar alguma coisa. Não cozinho desde que as crianças foram embora, exceto no Dia de Ação de Graças e no Natal.

— Vai ser ótimo.

Ele ficou contente com a chance de vê-la de novo. Abraçou-a e lhe deu um beijo no rosto quando a deixou, então voltou para o hotel. E na noite seguinte apareceu às sete. Na mesa da cozinha ela havia colocado um frango assado, legumes e uma salada. Ele tirou o paletó, arregaçou as mangas e se sentou para comer com ela. Ela estava de calça e blusa de lã. Ele contou como estava Maeve. O funeral seria no dia seguinte.

— Acho que ela está no piloto automático, mas é uma mulher muito forte. As meninas estão muito abaladas. Mas, considerando o que ele tinha pela frente, foi uma bênção — disse Nick, solene.

— É mesmo. Ela avisou que talvez tivéssemos que atrasar as cenas dela, não esperava que acontecesse tão cedo.

Durante o jantar, Nick falou sobre os cavalos que pretendia comprar na Inglaterra e sobre um fim de semana de caça com amigos britânicos, que era uma tradição de que ele gostava. Ele tinha uma vida muito agradável quando não estava trabalhando, e sempre voltava para a fazenda, para o estilo de vida de que mais gostava. Isso era evidente. Ele ainda era um garoto do Texas no coração, apesar de morar em Nashville, LA e Wyoming desde então, e ocasionalmente em Nova York. Nick contou que, uma vez, tentara a Broadway, mas que aquilo não era para ele. Ele preferia o cinema ao teatro. Achava a atuação no palco muito limitada e afetada.

— Não vou contar a Shakespeare que você disse isso — ela brincou.

Encerraram a noite cedo, por causa do funeral no dia seguinte. Ele foi buscá-la pela manhã com um terno preto, gravata preta e camisa branca, e ela estava de terninho preto também, meias pretas e salto alto. Falaram muito pouco no carro a caminho da igreja, onde o culto estava sendo realizado. Era uma igreja pequena perto da casa de Maeve e Ian, e ela havia contratado policiais de folga, para alguma eventualidade. Mas a cerimônia transcorreu exatamente como Ian queria: só sua família e alguns amigos próximos para se despedir dele. Tamra e Thalia falaram no funeral. E, como prometido, Nick cantou "Amazing Grace", sem um tremor em sua voz forte e bonita, enquanto as lágrimas rolavam por seu rosto. E então uma procissão de homens levou a urna para fora da igreja, e todos a observaram ser colocada no carro fúnebre. Seguiram atrás para o cemitério onde ele seria enterrado. Maeve e as meninas haviam escolhido o jazigo juntas, em um jardinzinho, sob uma árvore, com espaço suficiente para a esposa e as filhas, e uma cerquinha ao redor. E um anjo de pedra olhava para ele. Cada uma deixou uma rosa-branca no túmulo, e Maeve leu o poema favorito dele antes de partirem.

No caminho de volta com Nick, Kait ficou calada um longo tempo. Não conseguia falar. Havia sido muito comovente e muito doloroso por Maeve e as meninas, mas a dor em seu coração por Candace era muito forte também. A ferida que ainda não havia cicatrizado se reabrira.

Nick entendia. Ficaram em silêncio no carro, de mãos dadas, e ela sentiu a força de Nick fluindo do braço dele para o dela.

Passaram duas horas no apartamento de Maeve, conversaram um pouco com Agnes e depois foram embora. Maeve estava exausta, seria uma crueldade ficar mais. Ela precisava de um tempo sozinha ou com as filhas. Nick levou Kait de volta ao apartamento dela. Ela soltou um suspiro quando se sentaram no sofá. O dia havia sido tão comovente que os dois estavam esgotados. Nick sabia que dormiria durante o voo. Iria para Londres naquela mesma noite, em seu avião.

Não mencionaram o funeral de novo antes de ele partir; fora demais para Kait, e ele percebera. Conversaram em voz baixa um pouco, e então ele teve que ir embora. Ela o levou até a porta e agradeceu por tê-la acompanhado.

— Divirta-se na Inglaterra — disse ela, sorrindo.

Ele a fitou gentilmente e pousou a mão no rosto dela.

— Cuide-se, Kait. E boa sorte com a série.

Faltava só uma semana para a estreia, e a tensão era nauseante. Então, ele se aproximou e a beijou nos lábios, e ela jogou os braços em volta do pescoço dele. Ela não esperava, mas ficou feliz por ele a ter beijado.

— Continua... — disse ele, sorrindo — na segunda temporada.

— Acho que você me confundiu com Maeve — brincou ela, com um olhar caloroso.

— Não... eu sei exatamente quem você é, sra. Whittier.

Ele gostava dela do jeito que era. Enfim, ele chamou o elevador e foi embora. E Kait voltou para seu apartamento com um largo sorriso.

CAPÍTULO 16

Uma semana após o funeral de Ian, Kait, Maeve e Agnes combinaram de assistir ao primeiro episódio da série juntas, no apartamento de Kait. Maeve ainda não estava bem e não queria ver ninguém exceto as duas amigas. E nenhuma delas queria assistir à série sozinha; seria mais divertido se estivessem juntas. *As mulheres selvagens* iria ao ar às nove da noite. Agnes e Maeve chegaram juntas às oito, e Kait preparou coisas para comerem enquanto assistiam – inclusive os biscoitos 4 Kids de sua avó, que eram um item básico em sua casa e na maioria das outras, e todos adoravam. Suas amigas sorriram quando os viram. Estavam nervosas demais para comer, mas animadas.

Zack e Nick haviam ligado para Kait pouco antes de suas convidadas chegarem. Tom e Stephanie também estavam assistindo.

Exatamente às nove horas, as três estavam na sala de estar, olhando para a televisão atentamente, e não trocaram uma palavra antes de a série começar. Era um assunto sério, elas estavam animadas e aterrorizadas. As avaliações da primeira noite dariam o tom. A publicidade havia sido maciça nas últimas duas semanas, e as críticas antecipadas foram positivas, especialmente sobre o elenco de astros. E o boca a boca começaria depois do primeiro episódio, quando as pessoas contassem se gostaram ou não da série.

Em vez de começar devagar, o primeiro episódio já era dramático, com todas as principais personagens, para que o público as conhecesse. Os grandes nomes foram apresentados nos créditos de abertura, exceto Nick; era uma deslumbrante variedade de grandes astros. Nick ainda era a surpresa, guardada para o final da temporada.

Kait tinha certeza de que o resto do elenco também estava assistindo naquela noite e ficaria ansioso pelas avaliações e críticas. Seus filhos haviam mandado mensagens desejando boa sorte.

As três mulheres ficaram hipnotizadas quando o primeiro episódio começou, como se nunca o houvessem visto antes e fossem meras telespectadoras. Não houve um som na sala até o primeiro intervalo comercial.

— Jesus, parece que tenho cento e dois anos — comentou Agnes, tomando um gole de Coca-Cola e pegando um biscoito 4 Kids. — Eu aparento ser tão velha assim?

— Mais ainda — disse Maeve, brincando, e Agnes gargalhou.
— Sua peruca é muito boa, sua interpretação impecável, e seu timing... — elogiou Maeve.

— Você me fez chorar na segunda cena — Agnes retribuiu o elogio. — Odeio admitir, mas Charlotte fica incrível na tela. Não é de admirar que todos os homens do planeta queiram ir para a cama com ela.

— Não ultimamente — disse Maeve, sarcástica, e as três riram.
— Além disso, ela tem vinte e três anos. Quando tínhamos essa idade, todo mundo queria ir para a cama com a gente também.

— Fale por si — disse Agnes. — Neste exato momento, todo homem com mais de cem anos internado em uma casa de repouso está me cobiçando.

O trio riu de novo. A série voltou. Todas concordavam que o ritmo e a edição eram excelentes, e o roteiro de Becca era fantástico, ainda melhor do que Zack havia prometido. Ela o polira até deixá-lo brilhando.

Assistir pela televisão junto com o país inteiro as fez perceber que a série tinha certa magia. Fluía lindamente e o elenco era impecável. Cada ator representava seu papel de maneira totalmente convincente e dizia suas falas perfeitamente. Kait sorriu, olhando para suas duas amigas, e quis tirar uma foto das três juntas. Estavam de jeans, cabelo bagunçado, sem maquiagem; Agnes e Kait de óculos e Maeve de lentes de contato. Não estavam glamorosas naquela noite; eram apenas telespectadoras de meia-idade com a missão de assistir à sua série favorita e de prestar atenção em cada palavra.

O primeiro episódio de *As mulheres selvagens* passou rápido e terminou em alta e com um gancho. O telefone de Kait tocou no instante em que acabou, assim como o de Maeve. Em ambos os casos, eram os filhos, delirando com o que haviam visto. Agnes pegou outra Coca-Cola e mais biscoitos.

Tommy disse à mãe que estava orgulhoso dela e que Maribeth havia adorado e já estava viciada. Ela gostara das personagens masculinas e dos atores que as interpretavam. Disse que Charlotte tinha uma aparência espetacular, apesar de ser uma vadia, e que Abaya era incrível para uma desconhecida e chegaria ao estrelato com a série. Segundo ele, tudo funcionara.

Stephanie ligou assim que Kait desligou e disse que ela e Frank haviam adorado. Assim como as filhas de Maeve. Carmen mandou uma mensagem para ela e Zack ligou de novo para dizer que era uma série vencedora. Ele ansiava pelas avaliações e críticas do dia seguinte.

Após as ligações, as três ficaram conversando animadamente sobre a série, criticando os mínimos detalhes que queriam melhorar na próxima temporada. No geral, acharam boa, mas sabiam que a concorrência era acirrada naquele horário.

Nick mandou uma mensagem para Kait minutos depois. Já voltara da Inglaterra, estava na fazenda. Ele disse que estava orgulhoso de fazer parte da série e que tinha certeza de que duraria anos.

— Vamos envelhecer juntos nela — escreveu, e Kait sorriu ao ler.

As três ficaram conversando por mais uma hora, e então Maeve e Agnes foram para casa. Estavam tão nervosas como quando chegaram, pois só veriam as avaliações e críticas no dia seguinte. Seria uma longa noite de espera para elas.

Zack ligou para Kait às nove horas da manhã seguinte, seis da manhã em LA.

— Ouça só — disse ele, sem cumprimentar. — "Em primeiro lugar como melhor série nova do ano, *As mulheres selvagens* explodiu no ar ontem à noite com um elenco cheio de grandes astros do cinema atual e passado: Maeve O'Hara, Agnes White, os queridinhos Dan Delaney e Charlotte Manning, o novo e deslumbrante talento Abaya Jones, Brad Evers e uma participação especial de Phillip Green. Um elenco de astros, roteiro impecável de Becca Roberts, história convincente de Kait Whittier, sobre mulheres na aviação na Segunda Guerra Mundial e além. A previsão da escritora é de sete temporadas, pelo menos, talvez oito ou dez. Assista uma vez e você ficará viciado. E, para a concorrência, cuidado: *As mulheres selvagens* vai dar trabalho nesta temporada. Parabéns a todos!"

Um instante depois, ele completou:

— O que achou da nossa primeira crítica? E nós tivemos setenta e um pontos de audiência ontem na primeira meia hora, e batemos oitenta e dois na segunda. Arrasamos!

Lágrimas brotavam nos olhos de Kait enquanto ela ouvia; agradeceu a Zach por ligar. Quando ligou para as amigas, Agnes riu de alegria e Maeve se animou de novo e ficou imensamente feliz. Só lamentava que Ian não estivesse vivo para ver. Ele havia acreditado imediatamente no projeto e a convencera a participar quando ela conhecera Kait.

Kait recebeu ligações de amigos o dia todo, inclusive de Sam Hartley, que lhe apresentara Zack na véspera de Ano-Novo. No dia seguinte, ligou para Paula Stein, da revista, que atendeu seca.

— Imaginei que teria notícias suas. Assisti à sua série ontem. É maravilhosa. Acho que agora nós fazemos parte do passado para você, não é, Kait? Depois de vinte anos...

— Mas um passado muito precioso. Vou sentir muita falta, mas está sendo muito difícil fazer outras coisas junto com as filmagens. Não quero que a qualidade da coluna caia e não consigo fazer um bom trabalho nas duas coisas. Não seria justo com vocês.

Kait tinha um longo recesso pela frente, mas já havia tomado a decisão e estava pronta para abrir mão da coluna.

— Agradeço por você ter tentado — disse Paula, generosamente. — Quando quer parar?

— Posso fazer até o fim do ano, se quiser, como prometi. Mas depois vou parar. Vai ser triste para mim. Vamos definir: eu fico até o Natal. Posso fazer uma coluna de despedida.

— É mais do que justo — disse Paula, agradecida.

Era um aviso prévio de dois meses; Kait conseguira fazer os dois trabalhos desde fevereiro e durante os três meses de filmagem da série.

— O que você vai fazer com a coluna?

Kait odiaria se encerrassem, mas sabia que poderiam fazer isso.

— Achamos que você largaria e decidimos encerrá-la quando isso acontecesse. Nunca vai haver outra "Conte para Kait" como você. Vamos substituí-la por uma coluna de beleza que Carmen quer muito escrever, "Carmen Cares".

— Ela vai se sair muito bem! — disse Kait, sinceramente feliz pela amiga.

— Então, boa sorte com a série. Você tem um sucesso nas mãos. Estamos orgulhosos de você — disse ela.

Kait sorriu. Era importante para ela ouvir isso. Havia assumido um grande risco escrevendo a bíblia para a série, mas Zack acreditara nela e fizera acontecer. Ele lutara por ela.

Ela curtiu os elogios e as ótimas críticas a semana toda. Mandou um e-mail a Carmen para dizer que havia largado a coluna e lhe desejou boa sorte com a sua. Prometeram tentar almoçar juntas em breve, mas ambas eram ocupadas e não tinham tempo por ora. Enquanto Kait pensava nisso, depois de ler mais boas críticas, percebeu que realmente havia começado um novo capítulo, como havia dito Nick. Tinha uma nova carreira, um novo talento para desenvolver, vários amigos novos e, de repente, uma vida muito emocionante. Mas tudo entremeado com a vida real. Havia perdido uma filha, o que fora uma grande tragédia, assim como Maeve perder Ian. Mas junto com os golpes que a vida lhe dera estavam as alegrias, e Kait tinha muitas. Sempre haveria o amargo e o doce para enfrentar, mas esse novo momento era muito doce. E ela sentia, com dor no coração, que Candace também teria ficado orgulhosa dela.

CAPÍTULO 17

Nick ligou para ela quase todos os dias depois que o primeiro episódio foi ao ar. E o segundo foi ainda melhor. Com as críticas que tiveram no primeiro episódio, as avaliações dispararam no segundo e continuaram subindo semana após semana. E tiveram mais críticas ótimas. O mais importante, porém, era que o país inteiro estava falando da série e todos adoravam. E nas redes sociais estava bombando.

Ela havia acabado de planejar o Dia de Ação de Graças de sua família quando Nick ligou. Havia convidado Agnes, porque ela não tinha onde passar o feriado, e Maeve e as filhas, para evitar que passassem um feriado triste sem Ian pela primeira vez. Decidiu perguntar a Nick se não gostaria de ir a Nova York e passar o feriado com eles. Achava que seria legal. Ela avisou que estaria ocupada no dia seguinte, porque Stephanie e Frank iriam se casar, só com a presença da família. Mas eles voltariam à Califórnia na noite do casamento, e Tom, Maribeth e as meninas voltariam ao Texas, de modo que ela estaria livre no fim de semana.

— Ótimo — disse ele. — Eu estava pensando em ir esquiar em Aspen, mas prefiro ficar com você. Seus filhos se importariam se eu fosse?

— Não, eles adorariam.

Esse feriado também seria difícil para eles, sem Candace. Todos haviam tido suas derrotas naquele ano, de modo que caras novas levantariam o ânimo de seus filhos. Kait tinha certeza disso.

— Confirme com eles, para ter certeza. Não quero ser um intruso.

Ele era muito atencioso. Ela perguntou aos dois filhos quando se falaram, e eles acharam que seria legal. Como Tom apontou, eles tinham uma série de sucesso para comemorar. Era uma perspectiva melhor que chorar por Candace e Ian, que era o que Kait temia. Ela adorou a ideia de Nick ir, e ele também. E Maeve também gostou, pois Nick e Ian eram velhos amigos. Seriam doze na mesa do jantar, o que era perfeito. Ela encomendou um bufê para o feriado e, depois do casamento, na sexta-feira, almoçariam no Mark, o restaurante favorito de Stephanie em Nova York. Seria um fim de semana agitado.

Quando o Dia de Ação de Graças chegou, seis episódios já haviam ido ao ar, todos com um sucesso retumbante. Kait trabalhou muito nos roteiros da segunda temporada com Becca durante o mês todo. Agora, tinham um padrão a seguir. Só o elenco tinha folga de verdade, Kait e Becca não, e Zack estava sempre ocupado com os aspectos da produção da série.

Kait sofreu um duro golpe dois dias antes do Dia de Ação de Graças, quando a mobília e os pertences de Candace finalmente chegaram da Inglaterra. Haviam demorado um pouco para embalar tudo; as coisas chegaram de navio e demoraram para passar pela alfândega. Kait ficou arrasada quando viu tudo no depósito para onde mandara as coisas para separá-las. Roupas, escrivaninha, livros, ursinhos de pelúcia da infância... caixas com fotos de suas viagens, cartas que ela havia guardado de sua mãe antes de passarem para os e-mails... Era difícil ver tudo isso, e, antes que desabasse, Kait decidiu deixar tudo guardado para analisar mais detalhadamente em outra ocasião. Ainda não estava pronta para mexer com isso; teria estragado seu feriado, pois ficou muito abalada ao ver tudo aquilo.

Frank e Stephanie chegaram na terça-feira para cuidar dos trâmites e jantaram tranquilamente com Kait naquela noite. A família de Tom chegou na noite de quarta-feira. Nick foi em seu avião e ficou hospedado no Four Seasons dessa vez. Os convidados chegariam às quatro da tarde, e o jantar seria às seis. Kait sempre gostara de reunir a família nos feriados. Estavam todos imaculados e elegantes quando os convidados chegaram. Os cristais e a prataria brilhavam na mesa coberta por uma das toalhas bordadas da avó de Kait, com flores cor de ferrugem no centro. E os aromas que vinham da cozinha eram deliciosos.

Maeve e as filhas foram as primeiras a chegar. Tamra e Thalia adoraram as filhas de Tommy e brincaram com elas enquanto esperavam pelos outros. Todos conversavam e comiam os canapés que o bufê servia em uma das bandejas de prata de Kait.

Agnes chegou em seguida, com um vestido Chanel de veludo preto de gola alta e punhos brancos. Nick foi o último, com um enorme buquê de rosas de cores outonais. O pessoal do bufê ajudou Kait a encontrar um vaso grande o suficiente e ela as colocou em uma mesa lateral.

Todos conversavam, animados; os homens foram para o quarto de Kait para assistir ao futebol até a hora do jantar. A atmosfera era exatamente como deveria ser no Dia de Ação de Graças.

Quando por fim se sentaram à mesa, Kait agradeceu e mencionou Candace e Ian, e teve que enxugar os olhos com o guardanapo, assim como Maeve. Mas o resto do jantar foi animado, e o peru e as guarnições estavam excelentes.

Nick falou sobre sua recente viagem à Inglaterra, e Tom e Maribeth sobre um safári fotográfico que queriam fazer na África do Sul na primavera, sem as crianças. E Nick sugeriu que todos fossem à fazenda no verão seguinte.

— Não é tão chique quanto o Grand Teton Ranch — disse a Kait, sorrindo —, mas farei meu melhor para entretê-los.

Tom adorou a ideia e assentiu. Kait disse que seria legal.

Maribeth colocou Merrie e Lucie Anne na cama depois do jantar, e os adultos ficaram conversando até depois das dez. Por fim, foram se levantando, depois de muita comida, e começaram a ir embora. Antes disso, Nick desejou a Stephanie e Frank um lindo casamento e uma vida feliz juntos. Ambos ficaram emocionados e agradeceram. Eles haviam comentado, no jantar, que fechariam a compra da casa nova assim que voltassem para San Francisco.

Kait notou que eles ficaram de mãos dadas durante a maior parte do jantar. Frank deu a Stephanie um anel de noivado antigo; ele disse que era o melhor que podia fazer, e ela adorou.

Trocaram beijos e abraços ao se despedir. Kait provocou os noivos dizendo a Frank para fechar os olhos na cama naquela noite, visto que não deveria ver a noiva antes do casamento. E disse que vendariam os olhos dele no café da manhã.

— Sério? — Ele olhou para sua futura esposa, em pânico, e Stephanie riu.

— Não ligue para minha mãe.

Ele estava meio assustado depois de compartilhar o Dia de Ação de Graças com grandes astros do cinema e sua futura sogra e com a perspectiva de passar o verão seguinte na fazenda de Nick Brooke. Nick havia convidado Maeve e as filhas também, pois tinha espaço suficiente para todos.

— Que noite agradável — elogiou Tommy, servindo um conhaque e entregando-o ao futuro cunhado depois que os convidados se foram.

Kait estava cansada, mas satisfeita com a refeição do Dia de Ação de Graças.

Ela sentia falta de Candace, mas, de certa forma, não era diferente dos anos em que ela não voltava para casa. Às vezes Kait tentava mentir para si mesma e fingir que Candy estava em Londres, mas em outras ocasiões estava perfeitamente ciente da verdade. E podia ver que Maeve sentia o mesmo em relação a Ian. Brotaram lágrimas em seus olhos mais de uma vez, mas ela se esforçou para se controlar, e Nick manteve o clima leve para todos com suas histórias engraçadas. Ele queria que fosse um bom Dia de Ação de Graças para Kait, e achava que havia sido.

Nick ligou para Kait quando ela já estava na cama, agradeceu por tê-lo deixado passar o feriado com ela e disse que se veriam no sábado. Ele havia alugado um carro e iriam passar o dia em Connecticut e procurar uma pousada para almoçar. E ele voltaria para Wyoming no domingo. Ela ficou feliz por Nick ter ido de tão longe passar o Dia de Ação de Graças com eles. Ele disse que havia adorado.

O dia amanheceu frio e claro na manhã do casamento de Stephanie. Ela e Frank acordaram cedo e foram correr no Central Park, ao redor do lago, antes que o resto da família acordasse. Voltaram com o rosto vermelho e revigorados no momento em que Kait servia café para os adultos e leite com cereal para as duas meninas, que estavam jogando no tablet.

Tommy entrou com o *The New York Times* debaixo do braço.

— A que horas é o casamento? — perguntou, casualmente.

Frank e Stephanie haviam ido para o quarto dela com um copo de suco de laranja, de modo que Kait respondeu:

— Temos que sair às dez e meia. A cerimônia é às onze e quinze.

Sem contar a Stephanie, ela havia encomendado um buquê de orquídeas phalaenopsis, que havia acabado de chegar. Ela ainda não havia visto o vestido da filha. Pelos padrões da família, seria um casamento bem incomum.

Reuniram-se na sala às dez, as meninas com os vestidos de veludo verde-escuro com gola de organdi branco que haviam usado na noite anterior, meia-calça branca e sapatilhas de couro envernizado preto, como as filhas de Kait usavam na idade delas. Tommy havia optado por um blazer e uma calça cinza, e um casaco azul-marinho no braço, e Maribeth vestia um terninho Chanel bege. Kait escolheu azul-marinho; achava adequado para a mãe da noiva. Cinco minutos depois, Stephanie entrou na sala com um terninho de lã branca mais elegante e tradicional do que qualquer coisa que sua mãe a vira usar na vida, e Frank com um terno escuro que Stephanie o ajudara a escolher e a barba bem aparada. Kait foi buscar a caixa da floricultura e entregou a Stephanie o lindo buquê; prendeu um lírio-do-vale na lapela de Frank e entregou dois minúsculos buquês cor-de-rosa para as netas. Formavam um grupo respeitável. Pegaram o elevador e chegaram à SUV com motorista que Kait havia contratado para a ocasião. E dirigiram-se ao centro da cidade, bem no horário. Stephanie perguntou a Frank se ele estava com a licença que haviam pegado na terça-feira e ele disse que estava no bolso.

Stephanie se voltou para seu irmão.

— Você vai me levar? — perguntou, pensando nisso só naquele instante.

Ele assentiu e deu um tapinha no ombro dela.

— Eu teria levado você anos atrás, especialmente quando você tinha catorze anos. Mas a mamãe não deixou.

Todos riram da piadinha. Seguiram para o cartório: Kait à frente segurando as mãos de suas netas, e os dois casais logo atrás.

Exatamente às onze e quinze, Frank e Stephanie estavam diante de um escrivão. Fizeram seus votos um ao outro e foram declarados marido e mulher. Trocaram alianças enquanto Kait segurava o buquê, Frank beijou a noiva e acabou. Tiraram fotos da cerimônia e as mandaram por e-mail imediatamente aos pais de Frank, e então, nos degraus em frente ao cartório, posaram para mais fotos. A seguir foram almoçar no Mark. Kait olhava para a filha com orgulho. Fora um casamento instantâneo, mas de repente Stephanie estava casada, e isso provocou lágrimas nela. Ela assoou o nariz e seu filho fez um carinho em seu ombro.

Ficaram sentados à mesa do Mark até as três da tarde, bebendo champanhe, conversando e rindo. Os noivos estavam felizes. Tommy comentou sobre a visita à fazenda de Nick de novo.

— Eu adoraria ir lá no próximo verão, mãe. Acha que o convite foi pra valer?

— Acho que sim.

Ela também imaginava que seria divertido, assim como Stephanie e Frank. Era unânime. Às três e meia, estavam de volta ao apartamento. Stephanie parou à porta e jogou o lindo buquê por cima do ombro; sua mãe o pegou, mais por reflexo que por desejo.

— Você vai ser a próxima a casar, mãe — disse Stephanie, rindo.

Ela foi com Frank para seu pequeno quarto para se trocar. Estavam usando o quarto da infância dela, atrás da cozinha, ao lado do das sobrinhas.

— Espere sentada — disse Kait, e deixou o buquê delicadamente sobre a mesa.

Queria preservá-lo para Stephanie. Quando os dois voltaram, já estavam mais como eram mesmo. Frank estava com uma velha jaqueta do exército com forro de lã, jeans rasgados, suas botas de trilha favoritas e uma blusa de lã que já havia visto dias melhores; e Stephanie com uma parca roxa que tinha desde a faculdade, jeans e um par de botas de trilha iguais às de Frank. Ela estava totalmente feliz e à vontade; Kait sorriu quando viu as alianças de ouro neles, brilhantes, novinhas, ainda sem a pátina do tempo.

O casal de noivos ficou com os outros até as seis e depois foi para o aeroporto. O voo deles para San Francisco seria às oito. Stephanie agradeceu à mãe pelo casamento perfeito e disse que tinha sido exatamente como eles queriam. Ficou emocionada por sua mãe ter respeitado todos os seus desejos e acrescentado alguns detalhes de sua autoria, como o buquê e a flor na lapela do noivo.

Todos acenaram da porta quando os recém-casados saíram e entraram no elevador.

— Foi perfeito — disse Kait, jogando-se em uma cadeira, enquanto Maribeth ia pôr nas meninas roupas de brincar, para a viagem.

Kait fez sanduíches para que comessem antes de partir e, às nove horas, Tom e a família saíram para o aeroporto para voltar a Dallas. O grande evento havia acabado. Tinham passado o Dia de Ação de Graças juntos e celebrado o casamento de Stephanie.

Quando a porta se fechou atrás do último deles, Kait vestiu o pijama e se deitou, e fez uma coisa que estava morrendo de vontade de fazer havia semanas. Colocou um episódio de *As mulheres selvagens* que havia gravado, do jeito que havia feito com *Downton Abbey* durante vários anos. Agora ela podia assistir à sua própria série, e adorava cada minuto. Foi ainda mais legal assistir de novo. Assistiu a três episódios antes da meia-noite. Então Nick mandou uma mensagem, pois achava que era tarde para ligar. Dizia apenas: como foi?

Ela ligou para ele e lhe contou tudo sobre o casamento. Admitiu que estava morta, mas mal podia esperar para vê-lo na manhã seguinte.

— Ainda quer ir a Connecticut ou quer ficar aqui?

Ela queria ir, mas as condições do tempo acabaram decidindo por eles. Chovia muito no dia seguinte e decidiram ficar em casa, no apartamento dela, comendo pipoca e assistindo a filmes. Kait o obrigou a assistir a dois filmes dele, porque ela ainda não os havia visto. Ele resmungou, mas assistiu ao lado dela, e, quando a escuridão caiu, voltou-se para ela e sorriu.

— Eu sempre me divirto muito com você, Kait. E nem gosto de assistir aos meus filmes. Mas gosto de ficar observando você — disse ele.

Ele a beijou, e ela o puxou para o sofá. Ficaram deitados se beijando, até que ela o pegou pela mão e o levou para o quarto. Era o que ele queria fazer o dia todo, mas não queria assustá-la, caso ela não estivesse pronta.

Tiraram as roupas um do outro no quarto, sob a luz do crepúsculo, e entraram sob os lençóis frescos; e, dominados pela paixão, fizeram amor. Perderam a noção do tempo e do espaço, depois cochilaram nos braços um do outro e acordaram horas depois. Estava escuro; ele acendeu a luz ao lado da cama e olhou para ela.

— Você tem a mais remota ideia do quanto eu te amo? — disse ele.

Ela sorriu e respondeu.

— Talvez metade do que eu te amo.

— Sem chance — disse ele, e fizeram amor de novo.

Muito tempo depois, levantaram e prepararam o jantar; ele sorria.

— Acho que meus filmes antigos nunca tiveram esse efeito em ninguém antes. Vamos ter que assistir a mais alguns.

— Quando quiser — declarou ela, e o beijou.

Voltaram para a cama e conversaram e sussurraram no escuro até adormecer. E ela percebeu, enquanto dormia com Nick ao lado dela, que ele era uma parte importante de sua nova aventura. Em um único ano, toda a sua vida mudara, e ela estava adorando.

CAPÍTULO 18

Dezembro foi um mês insanamente agitado para Kait e Becca. Estavam escrevendo e polindo os roteiros para a segunda temporada. Ainda tinham tempo, mas queriam que ficassem perfeitos. Tinham vinte e dois novos episódios para começar a rodar no final de janeiro. A emissora confirmara a segunda temporada assim que a série fora ao ar e obtivera excelentes avaliações. Havia páginas de fãs nas redes sociais dedicadas à série e ao elenco.

Kait havia encerrado a coluna na semana anterior. Era um alívio enorme não ter que fazer mais isso, e seria bom não ter uma agenda apertada durante o resto do recesso. Queria desenvolver mais histórias para os roteiros.

Kait comprou presentes de Natal para sua família e os membros da equipe de quem era mais próxima, e lembrancinhas simbólicas para todos. Deu um relógio de plástico vermelho engraçado a cada um e um grande Papai Noel de chocolate.

Agora, tinha que arrumar a casa para o Natal. Comprou a árvore e a mandou entregar, e usou a mesma decoração que usava todos os anos. Decorou a lareira e colocou a guirlanda na porta. E embrulhou os presentes na noite anterior à chegada de sua família. Chegariam na manhã da véspera de Natal e passariam uma noite, e depois Tommy, Maribeth e as crianças se encontrariam com Hank no Caribe, como sempre faziam na noite de Natal. Frank e

Stephanie decidiram sair em lua de mel tardia e iriam à Flórida ficar com os primos de Frank. E esse ano Kait tinha planos para a noite de 25 de dezembro. Havia convidado os principais participantes da série para uma festa em sua casa. Maeve iria e levaria Agnes. Zack estava na cidade e ela o convidou. Abaya disse que iria e perguntou se poderia levar um acompanhante. Charlotte aceitou e disse que já estava quase explodindo. Lally e a namorada levariam o bebê, que completaria três meses no dia de Natal. Tinham que levar porque Georgina – Georgie – estava amamentando. E Kait convidou Nick para ficar com ela depois que seus filhos fossem embora no dia de Natal.

O elenco era sua segunda família agora, e, em vez de se sentir abandonada quando os filhos fossem embora, ela continuaria se divertindo. Voltaria com Nick para Wyoming e ficaria duas semanas, e iria esquiar em Aspen com ele uma semana antes de retornarem a Nova York para trabalhar.

Kait terminou de embrulhar os presentes para os filhos; inevitavelmente, pensou em Candace, que não passaria outro Natal com eles. Ela já estava aceitando melhor, mas desligou a música natalina para não ficar muito nostálgica.

Na manhã da véspera de Natal, quando sua família chegou, todos disseram que a casa estava linda e a árvore perfeita. Naquela noite, no jantar, falaram sobre a série de novo e as críticas elogiosas que havia recebido. Estava todo mundo viciado nela; Maribeth disse que todos os seus amigos de Dallas assistiam e adoravam.

— A segunda temporada é ainda melhor — disse Kait, com orgulho. — E tem Nick.

— Como estão indo as coisas com ele? — perguntou Tommy.

Nick era o primeiro homem com quem ele via sua mãe em muito tempo, e era fácil ver que eram loucos um pelo outro.

— Estamos nos divertindo — respondeu ela.

— Por que você não o convidou para vir hoje? — perguntou ele.

Ele gostava de Nick, era divertido tê-lo por perto.

— Porque hoje é uma noite para a família — disse ela, pensando em Candace. — Vou dar uma festa para o elenco amanhã à noite. Ele vem.

— Você o deixou sozinho no Natal? — provocou Stephanie. O casamento estava lhe fazendo bem, ela estava feliz. Haviam comprado a casa e se mudariam depois da viagem à Flórida.

— Ele está com amigos, disse que não se importava. Vou passar duas semanas com ele em Wyoming, e uma em Aspen, antes de voltarmos a trabalhar. E ele quer que vamos todos à fazenda dele no próximo verão.

— Eu topo — disse Tommy, animado.

Stephanie, Frank e Maribeth assentiram.

— A coisa é séria, mãe? — perguntou o filho.

— Não sei o que isso significa na minha idade — disse ela, honestamente. — Estamos juntos, trabalhamos juntos, vamos ver o que vai dar. Ele é um grande astro de cinema e gosta de ser solteiro. E eu estou definindo meus caminhos. O que vai acontecer ninguém sabe. Vocês têm suas definições de relacionamentos hoje em dia, e nós também. Nada é como era antes.

Tom e Maribeth tinham um casamento tradicional, Stephanie e Frank não. As portas estavam abertas para criar o relacionamento que se desejasse.

— Fico feliz por você estar se divertindo, mãe — disse Tom.

Um pouco depois, Kait foi preparar os biscoitos e o leite para o Papai Noel com Merrie e Lucie Anne, e as cenouras e o sal para as renas. Elas amavam seus rituais e tradições. À meia-noite ela estava em seu quarto. Nick ligou para lhe dar boa-noite e dizer que a amava.

— Feliz Natal — disse ela, suavemente.

Desejou que Nick estivesse com eles, mas não parecia certo nem para ela nem para ele, especialmente logo depois de perder Candace. Talvez no próximo ano. O Dia de Ação de Graças era feito para incluir amigos, mas o Natal era uma coisa de família, mais íntimo.

— Feliz Natal, até amanhã — disse ele, ansioso.

Ainda não conseguia acreditar na sorte de tê-la encontrado.

Pela manhã, Kait, seus filhos e netas abriram os presentes, e as crianças abriram os do Papai Noel também. E, depois do tradicional almoço de sobras, ainda de pijama, foram se vestir e, com muitos beijos e abraços, despediram-se e cada um seguiu seu caminho. Em vez de se sentir desolada como sempre, Kait correu pelo apartamento arrumando as coisas, jogando fora os papéis de presente e pedaços de fita e acendendo as luzes da árvore. E entrou no chuveiro.

Nick foi passar a tarde com ela e levou sua mala. Fizeram amor e trocaram presentes nus, na cama. Ela comprara um Rolex para ele usar todos os dias. E ele deu a ela uma pulseira de ouro e botas de caubói pretas, de couro de crocodilo, que serviram perfeitamente. Tomaram banho e se vestiram, e às sete e meia seus convidados chegaram. Ela estava glamorosa de calça de veludo preto e sandálias de cetim preto. E ele de blazer e jeans, e suas botas de couro de crocodilo já bem gastas.

Charlotte foi a primeira a chegar; sua enorme barriga a precedia. Kait nunca havia visto uma barriga de grávida tão grande.

Ela se acomodou desconfortavelmente no sofá e fez Kait se lembrar de Agnes Gooch em *A mulher do século*.

— Fizemos um teste de DNA, não é dele — disse ela, referindo-se ao suposto pai que acabou não sendo. — Não sei quem é o pai do bebê — completou, mas não parecia se importar.

Isso, definitivamente, era um exemplo de maternidade da nova geração para Kait.

Maeve e Agnes chegaram juntas; Maeve disse que suas filhas haviam ido esquiar em New Hampshire naquela tarde. Becca também estava fora, havia ido para o México. Zack chegou, deu um abraço enorme em Kait e foi conversar com Nick, que estava falando baixinho com Maeve.

— Sabe, fiquei com muita inveja no começo, quando ouvi boatos sobre vocês dois, se é que é verdade — disse Zack. — Achei que Kait e eu fôssemos nos envolver quando nos conhecemos, ano passado, mas então ela escreveu a bíblia e nós começamos a trabalhar juntos, e perdemos o bonde quando ficamos amigos.

Kait ficou intrigada ao ouvi-lo, porque também sentira isso no início; mas desaparecera rapidamente, e ele estava sempre em LA. Agora, Zack era como um irmão para ela, uma pessoa maravilhosa com quem trabalhar, e eram amigos.

— Fico feliz por você ter *perdido o bonde* — disse Nick, com um olhar ligeiramente possessivo para Kait. — Do contrário eu teria ficado muito chateado.

Ele olhou para os dois com alívio, e Kait riu quando Nick passou o braço em volta dela, demarcando o território, só para o caso de Zack precisar ser alertado.

Lally e Georgie chegaram com uma montanha de equipamentos e o bebê dormindo profundamente na cadeirinha. Ele se parecia com Lally; assim, dava para saber qual óvulo havia vingado, já que ambas haviam contribuído. E Abaya surpreendeu a todos quando entrou com Dan Delaney. Ela estava bem envergonhada, mas disse que ele havia *mudado*. Ele tinha ido até Vermont e implorado por outra chance, e ela finalmente concordara.

— Mais um deslize e acabou — disse ela, olhando para ele severamente.

Todos riram. Era Natal, e Agnes disse que todos mereciam uma segunda chance. Não mais que isso. Ninguém acreditava que Dan fosse ser capaz de cumprir a promessa, mas desejavam o melhor para Abaya. Ele já não estava mais na série, pois a personagem que ele interpretara, o filho mais velho de Anne Wilder, Bill, estava morto. Ele comentou que estava fazendo um teste para um papel em outra série.

O bebê acordou e Georgie foi para o quarto de Kait para amamentar, enquanto Lally tentava montar o berço portátil para que pudessem colocá-lo depois de mamar.

Nick ajudou Kait a servir eggnog e vinho. Ela havia contratado o mesmo bufê de antes, e havia uma mesa na sala de jantar com os mesmos pratos de Natal que comeram no jantar em família.

Todos conversavam e riam. Ela colocou música natalina para tocar. Nick sorriu para ela e a beijou quando se encontraram na cozinha.

— Linda festa — disse, admirado. — E linda anfitriã.

— Grande elenco e protagonista incrível. Mas não se apaixone por Maeve na próxima cena de amor com ela. Acho que já estou com um pouco de ciúme — admitiu Kait.

— Que bom, porque eu não confio em Zack nem por um segundo. É melhor você ficar longe dele — alertou ele, rindo.

— Você não tem com que se preocupar — prometeu ela.

— Nem você — disse ele, e a beijou de novo.

Ele mal podia esperar que os outros fossem embora para poder fazer amor com ela de novo. Mas estava se divertindo, passara a gostar do elenco com quem trabalharia e se sentia à vontade com eles. Eram todos gente boa.

Passava da meia-noite quando os convidados começaram a ir embora. Alguém comentou que havia mais grandes talentos na sala que na cerimônia do Oscar, e era verdade.

— Espero que ganhemos um Globo de Ouro ou um Emmy com a série — disse Kait, e Zack concordou.

Dan e Abaya foram os primeiros a ir, por razões óbvias. Não conseguiam tirar as mãos um do outro e ficaram grudados a noite toda. Maeve levou Agnes para casa. Zack saiu para ir a outra festa e encontrar sua atual namorada. E Lally e Georgie estavam arrumando as coisas do bebê para sair. Kait tinha a sensação de que ele havia mamado a noite toda.

Então, Charlotte saiu do banheiro com uma toalha enrolada em volta dos quadris e um olhar de pânico e espanto.

— Minha bolsa estourou. Molhei todo o seu banheiro, desculpe, Kait. E agora?

Ela estava a ponto de chorar. Lally olhou para ela com espanto.

— Você não sabe? Não fez nenhuma aula?

Charlotte sacudiu a cabeça.

— Não tive tempo. Estou decorando minhas falas desde que Becca me enviou os novos roteiros. Todo mundo gritou comigo quando errei as falas na primeira temporada, estou prestando mais atenção agora.

— Você vai ter um bebê, precisava prestar atenção nisso também. Está tendo contrações? — perguntou Lally.

Georgie finalmente havia colocado a roupa de neve do bebê e o deixou na cadeirinha. Parecia bêbado de tanto mamar.

— Acho que sim. Tipo cólicas muito fortes, né? Estou sentindo desde hoje de manhã. Achei que fosse por causa de alguma coisa que comi ontem à noite.

— Ai, meu Deus, você está em trabalho de parto! Ligue para o seu médico, tem o número dele?

— Sim, mas não acho meu celular — disse Charlotte.

Nick e Kait desmontaram o sofá procurando o celular dela; finalmente o encontraram embaixo de uma cadeira. Charlotte parecia mais ter catorze anos que vinte e três. Kait não entendia como ela já havia passado por isso e sabia tão pouco. Mas havia sido oito anos antes, ela era uma criança na época.

— Georgie e eu podemos levar você para o hospital, se quiser — disse Lally, tentando ser mais gentil. — Não quero entrar com o bebê, mas podemos deixar você lá. Onde você vai ganhar?

— Na maternidade da NYU — disse Charlotte, segurando sua enorme barriga, que parecia uma bola de praia embaixo do vestido.

— Vamos para o Brooklyn, é caminho — disse Lally.

Charlotte tentava vestir o casaco; teve que se sentar para conseguir. Kait estava observando a conversa delas; não podia simplesmente deixá-la sozinha no hospital.

— Vou com você, Charlotte — disse Kait. — Dê aqui o seu celular, eu ligo para o médico.

Caiu na caixa postal, mas ela deixou recado.

— Vou pegar meu casaco — disse Kait, e foi avisar o bufê que ia sair para levar uma das convidadas para o hospital.

— Foi um problema com a comida? Uma alergia? — o responsável entrou em pânico instantaneamente.

Mas Kait apontou para Charlotte, sentada na ponta de uma cadeira, estremecendo e agarrando a barriga.

— Acho que não foi a comida que fez isso com ela — disse.

Ele ficou em choque.

— Ela vai ter o bebê agora?

— Parece que sim. Feche a porta quando sair. Não demoro. E estava tudo perfeito.

Ela já havia feito o pagamento antes da festa.

Quando ela se voltou, Nick lhe entregou o casaco e vestiu o dele.

— Você vem conosco? — perguntou Kait. — Não precisa.

— É nosso primeiro bebê — disse ele, sério. — Não vou deixar você ir para o hospital sozinha.

Kait começou a rir. Ajudaram Charlotte, apoiada no braço de Nick, a entrar no elevador. Lally e Georgie já haviam ido embora, uma vez que Kait disse que a levaria. E o porteiro chamara um táxi para eles. Kait cronometrou as contrações de Charlotte a caminho do hospital. Estavam regulares, a cada dois minutos.

Nick olhava com a sobrancelha erguida. Isso tudo era novo para ele.

— Estão próximas — sussurrou para Charlotte, que gemia e apertava o braço de Kait a cada contração.

— Nossa, que coisa horrível — disse, apertando os dentes. — Não foi tão ruim da última vez... Dói demais.

Kait não queria dizer que esse bebê provavelmente era maior. Ela estava enorme.

— Podemos ir um pouco mais rápido? — pediu ao motorista.

— Ela vai parir no meu táxi? — perguntou ele, olhando para Kait.

— Espero que não — disse Kait, de olho nela.

As contrações tinham intervalo de um minuto e meio já, e ainda estavam a dez quarteirões de distância.

— Vou ter que fazer o parto? — perguntou Nick. — Já interpretei um médico em um filme. Fui muito bem. E sempre ajudo no parto das éguas.

Charlotte estava chorando; gritou com a última contração. O motorista ultrapassou dois sinais vermelhos e, três minutos depois, deixou-os na frente da NYU.

— Vá buscar uma enfermeira e uma maca, rápido! — disse Kait a Nick, e pôs a cabeça para fora da janela para gritar. — E um médico!

Um médico chegou correndo com uma cadeira de rodas um minuto depois. Haviam parado em frente ao pronto-socorro. Kait ajudou a colocá-la na cadeira e a levaram para dentro. Charlotte gritava:

— Está nascendo... está nascendo!

Levaram-na para uma sala, levantaram seu vestido e tiraram sua calcinha. Kait estava com ela. Nick esperava do lado de fora. Charlotte soltou um grito longo e interminável, digno de um filme de terror, e a enfermeira pegou a menina que deslizou por entre as pernas da garota. A bebê chorava e Charlotte também.

— Ai meu Deus, achei que ia morrer — disse.

— É uma linda menina — anunciou a enfermeira, enrolando a bebê em um cobertor e a colocando nos braços da mãe.

Charlotte olhava para ela, maravilhada.

— Ela é tão linda — sussurrou. — Parece comigo.

Nesse momento, dois médicos e uma enfermeira entraram correndo no quarto para examinar mãe e filha e cortaram o cordão. Kait deu um beijo na testa de Charlotte e sorriu para ela.

— Você fez um ótimo trabalho.

— Obrigada por vir comigo.

Ela estava linda, apesar do rímel borrado e das lágrimas. Kait foi encontrar Nick, que esperava no corredor.

— Meu Deus, que grito horrível!

Ele estava assustado. Charlotte gritara como se estivesse sendo assassinada.

— O bebê deve pesar uns cinco quilos. Enfim, ela conseguiu. Só Deus sabe quem é o pai, mas ela agora tem uma filhinha. Daqui a pouco podemos ir para casa — disse Kait, e o abraçou.

Charlotte ligaria para a mãe, no sul da Califórnia, para pedir que fosse para Nova York; até lá, ela ficaria bem no hospital.

Nick ficou muito impressionado com Kait. Ela passara de anfitriã perfeita a enfermeira em um piscar de olhos, e quase a parteira também. Ela riu contando a ele que Charlotte havia dito que a bebê era linda e se parecia com ela.

— Era de esperar, para uma atriz. A criança provavelmente vai crescer e ser atriz também, ou uma assassina em série.

Kait ainda estava rindo.

— Parece que eu tenho cinquenta filhos. Eu dizia que sentia falta dos meus, mas agora tenho um elenco inteiro de filhos.

— Você é uma mulher muito paciente ou uma mãe nata; ou ambos. Onde estava quando eu ainda podia ter filhos?

— Cuidando dos meus. E não me peça para ter um filho agora, já fechei a fábrica. E temos que cuidar do elenco.

— Não quero ter filhos, nunca quis. Gosto das coisas do jeito que são — disse ele, e a abraçou.

Kait foi se despedir de Charlotte e admirar o bebê, que já estava no seio da mãe. Charlotte comentou de novo que iria levantar os seios quando parasse de amamentar.

Quando chegaram ao apartamento de Kait, o bufê já havia ido e estava tudo impecável. Kait e Nick se despiram e foram para a cama, exaustos depois da noite emocionante.

Ela sorriu.

— Foi um lindo Natal, Kait. Mesmo tendo passado só um pouco dele ao seu lado. Amo você.

— Eu também amo você — sussurrou ela, e ele apagou a luz.

Havia sido uma noite linda. Para Charlotte e sua filha também. Ela havia dito que lhe daria o nome de Joy. Era o nome perfeito para um dia perfeito.

CAPÍTULO 19

Nick e Kait passaram a véspera de Ano-Novo na festa de réveillon de Sam e Jessica Hartley, à qual ela ia todos os anos e onde conhecera Zack no ano anterior. Zack estava em Sun Valley, com outra mulher que conhecera recentemente. Conhecê-lo tinha mudado a vida de Kait.

Todos ficaram chocados ao vê-la entrar com Nick Brooke, pois o reconheceram. E era óbvio que eram um casal. Eles exalavam aquela intimidade que os casais têm quando se dão bem e estão em sincronia. Jessica comentou com Sam que pareciam muito apaixonados.

Quando Sam contou que Kait havia escrito a história de *As mulheres selvagens*, todos disseram que amavam a série e estavam viciados nela desde outubro.

— Nick é o astro da segunda temporada — disse ela, com orgulho.

Não era mais segredo, já havia sido anunciado; ela podia contar. Eles se divertiram no jantar; ficaram o suficiente para se beijarem à meia-noite e foram para casa, para poderem ficar juntos e fazer amor. Iriam para Wyoming no dia seguinte, e Kait estava animada. Adorava a vida que estavam começando juntos. Eles iriam passar uma noite com Stephanie e Frank em San Francisco, depois de Aspen, e o fim de semana em Dallas com Tom, Maribeth e as meninas, enquanto o resto do elenco faria outros projetos, se quisesse. E então voltariam a trabalhar na série. Kait esperava que continuasse a ser um sucesso e que as avaliações disparassem na próxima temporada, mais do que nunca com a participação de Nick.

E, sempre que eles tivessem uma folga, ela iria para Wyoming com ele. Esse era o plano; se bem que, às vezes, o que acontecia na vida real era diferente.

Kait ligou para Maeve e Agnes antes de viajar. Prometeu ligar de Wyoming, e foram para o aeroporto de New Jersey, onde ele havia deixado o avião. Decolaram meia hora depois, acomodados nas poltronas confortáveis, Nick relaxado com suas roupas de caubói, bonito demais. Ainda era difícil para ela acreditar que agora fazia parte da vida dele. E Kait via tudo o que ele sentia por ela nos olhos dele. Ela estava usando as botas de caubói que Nick lhe dera no Natal.

Ela estava em um mundo totalmente diferente agora. O passado havia ficado para trás, como um cenário, e tudo ao seu redor havia mudado. Era um novo capítulo e uma vida totalmente nova. Kait se sentia uma mulher de sorte. Tudo que acontecera fora muito diferente do que ela esperava, e muito melhor do que ela jamais pudera prever. Ficou imaginando se sua avó também sentira isso.

Enquanto pensava, tirou da bolsa um pacote de biscoitos 4 Kids. Ela sempre os levava nas viagens. Deu um a Nick; ele olhou para ela e sorriu. Ambos sabiam que Constance Whittier havia ensinado a ela que a vida era emocionante e que era preciso enfrentar seus desafios e oportunidades todos os dias. Não há como se esconder deles, e Kait nem queria. Ela queria experimentar tudo, com Nick e sozinha. Era o que mulheres corajosas faziam: abraçavam a vida.

Ela lhe deu outro biscoito e ele a beijou. A vida deles juntos seria uma aventura, e estavam prontos para isso.

O avião ganhou altitude depressa; sobrevoaram o aeroporto e rumaram para o oeste. Ela sorriu, lembrando que um ano antes havia começado a escrever a série que mudaria sua vida.

Editora Planeta Brasil — 20 ANOS

Acreditamos nos livros

Este livro foi composto em ITC New Baskerville e impresso pela gráfica Santa Marta para a Editora Planeta do Brasil em outubro de 2023.